ちくま文庫

妖精悪女解剖図 増補版

都筑道夫
日下三蔵 編

筑摩書房

目録

妖精悪女解剖図

カバー作品
金巻芳俊「玉響カプリス」(榧・木彫)

撮影：土田祐介

妖精悪女解剖図

霧をつむぐ指

1

いまにも雪になりそうな空をいただいたまま、新宿は翌日をむかえた。佐久間啓子は、革のコートの肩をすくめたまま、やはり翌日をむかえて、コマ劇場の裏の通りを歩いていた。

コマ劇場の裏の通りには、夜がなかった。ことに今夜は土曜日だけに、ひと通りは昼間より、多いくらいだ。人工光線のなかのほうが呼吸しやすいらしい若者たちが、三、四人ずつ肩をくっつけあって、歩いている。漫然と立ちどまったまま、周囲をながめているのもあって、動作はみんな緩慢だったが、全体としては、長髪の男も、ミニスカートの娘も、殺気だっているような感じだった。

その雰囲気にとけこみたい気持と、早く逃げだしたい気持が、胸のなかで摩擦を起して、啓子の足を重くした。帰って寝たいとは思わないが、まごまごしていると、さっきわかれたばかりの楠山恭三に、どこかで顔をあわさないとも限らない。計画ちゅうの仕事のはなしを、また蒸しかえして聞かされるのは、ごめんだった。いまならまだ、終電車に間にあう、と考えて、啓子は西武新宿のほうへ、足をむけた。

男の顔が目に入ったのは、そのときだった。押しかさなった黒い肩のむこうに、男の顔はいやに白く見えた。手前にいる男の肩が大きく動くと、そのむこうで、白い顔が揺れる。揺れると、白い顔に青みがくわわって、口もとが黒く染まった。

閉店したキャバレの戸口へ、ふたりの男に押しつけられて、その青年は殴られているのだった。歩みをおくらして、じろじろ見ていく若者はいても、とめようとするものはいない。青年は目をとじて、アクリル樹脂のドアのわきの石垣を模した壁に、よりかかっていた。ふたりの男は、急に異様な笑い声を短かくあげると、青年から離れて、歩きだした。背なかをまるめて、脅えているような感じだった。逆に青年のほうは、落着いて、戸口によりかかっていた。頭をそらしているのは、鼻血をだしているせいだろう。

ほっとして、啓子はポケットのなかで握りしめていた手をゆるめたが、まだ歩きだす気にはならなかった。道ばたに駐めてある乗用車のかげに立って、キャバレの戸口を見つめていると、青年がゆっくり歩み出てきた。足もとはふらついていないが、顔をそらして、左手で鼻をつまんでいる。啓子は思わず、微笑した。ＬＰレコードでも入っているらしい平べったいバッグを、右肩にぶらさげて、星も見えない夜空をあおぎながら、青年はこちらへ歩いてくる。啓子はハンドバッグをひらいて、ハンカチをつかみだすと、青年に近づいた。

「おつかいなさい。汚れてもかまわないから」

小声でいって、ハンカチをさしだすと、青年は鼻をつまんだまま、

「いや、いいんです。大丈夫ですよ」

その声が、自分でも、おかしく聞えたのだろう。青年は、くちびるを歪《ゆが》めて、笑った。するとふ、下くちびるから、また新しく血があふれて、顎《あご》をつたった。その顎へ、啓子はハンカチをあててやりながら、

「大丈夫じゃなさそうね。鼻血だって、まだとまらないんでしょう？」

「そうらしいですが、でも――」

「口をきかないほうが、いいわ。あなたはつらいでしょうし、あたしは笑いだしたくなってしまうから……とにかく、どこかで血を洗わなくちゃあ」

青年はうなずいて、周囲を見まわしてから、うしろのほうを指さした。そこに、半地下の公衆便所へおりる石段があった。

「でも――」

と、啓子は首をふって、

「いいわ。いらっしゃい」

青年をうながして、西武新宿のほうへ歩きだすと、駅のエンバンクメントに突きあたる手前で、右へ細い露地を折れた。片がわは大久保病院の裏の塀だが、左がわの露地口ちかくに、GOROHと灯りのついた看板がある。そのスナックバーのわきの壁に、青年をよりかからせておいて、啓子はドアをあけた。カウンターは客でいっぱいだったが、

さいわい見知った顔はない。

「小林さん」

と、啓子はマスターに声をかけて、

「お願い。ちょっと出てきてくれない」

まる顔の柔和なマスターは、気軽に戸口へ出てきてくれた。啓子は声をひそめて、

「つれが変なのに喧嘩《けんか》をふきかけられて、鼻血をだしちゃったの。大したことはないんだけれど、このままじゃ歩けないから……」

「いや、もう鼻血はとまったらしい」

と、鼻と口をおおったハンカチの下から、青年がいった。マスターは手をのばして、そのハンカチをどけさせると、

「ちょっと、見せてご覧なさい。ああ、ほんとに大丈夫そうだ。なかに入って、トイレで血を洗ったら、どうです？」

「迷惑のかけついでに、これ、棄ててくださる？」

と、血のにじんだハンカチを、マスターに渡してから、啓子は店へ入った。青年が顔の下半分を片手で隠して、奥の便所へ入ると、啓子はすみのテーブルにすわって、水わりを注文した。店のなかは、春さきのように暖い。暖色の照明が、かえって夜ふけを感じさせて、タバコに火をつけると、啓子は一日の疲労を思いだした。

「すいません。おかげで――」

顔をあげると、青年が目の前に腰をおろすところだった。それを見て、マスターが冷たい濡《ぬ》れタオルを持ってきた。

「これで鼻ばしらのところを、ひやすといいですよ」

「ありがとう。ぼくにも、水わりをくれませんか」

すなおに濡れタオルを鼻にあてがいながら、青年はいった。あたたかい灯の下で見ると、皮膚は荒れていたが、それほど顔いろは悪くない。くぼんだ目は品がないが、大きな口に愛嬌《あいきょう》があって、顔つきが粗野になるのを救っていた。

「いったい、どうしたの？　無理に聞きだそうってわけじゃないんだけれど、交番へとどけといたほうが、いいんじゃない？」

「そんなことをしたら、あとが大変ですよ。さっきのふたりのうちのひとりは、となりに住んでるんだから、アパートのぼくの部屋の」

と、青年は首をふった。

「じゃあ、ただ因縁をつけられたわけじゃなかったのね？」

「因縁は因縁ですよ。こっちが悪いわけじゃないんだから――学生らしいのをかもにしようとしてたんで、邪魔してやったんです。あんなに怒るとは、思わなかった」

おとなをからかおうとした子どもみたいに、青年は首をすくめた。自分より二つ三つ下の二十五、六と、啓子は青年を見ていたが、いまの表情はもっと幼い感じだった。

「だから、ほっとけばいいんです。今夜は帰らないほうがいいだろうけど、あしたになれば、あの男だってわすれるでしょう。仲間がいたんで、よけい腹を立てただけのことだろうから——申しおくれました。ぼく、ヌエといいます。変な苗字だけど、気仙沼《けせんぬま》の沼に江戸の江、沼江と書いてヌエと読むんです」

「なにをしてらっしゃるの？」

「自分じゃ絵かきのつもりだけれど、客観的には無職でしょうね。それも安定性のないやつだから、アルバイトはいろいろしてますが……」

「あたしとおなじね」

「ほんとですか？　あなたはちゃんと、ゆるぎのない基礎の上で、生活してるひとにしか見えないな。その基礎が家庭だか、財産だか、仕事だかはとにかくとして」

　沼江の大げさないいかたに、啓子は笑いながら、

「しょっちゅう、ゆるぎかけてるわ。目下は中学生相手の問題集を出してる出版屋へ出入りして、英語の問題をつくってるの」

「それが事実とすると、ご馳走《ちそう》になっちゃ申しわけないな。でも、ぼく、今夜は金がないんです。鼻血も完全におさまりましたから、ご迷惑はかけっぱなしにして、そろそろ……」

沼江は、黒い模造革ばりのストゥールから、腰を浮かしかけた。啓子は水わりのグラスを片手にしたまま、

「さっき、今夜は部屋に帰れない、といったようだけど、いくところはあるの？」

「泊るところはいくらもあり——いけねえ。金がないんだ。ご迷惑ついでに、ぼくをアパートまで、送っていただけませんか？　あなたに見張りを、お願いしたいんです。ぼく、自分の部屋に泥坊に入ろうと思うんで」

沼江は立ちあがって、にたっと笑った。にたっ、としかいえないような笑いかただったが、それほど嫌な感じではなかった。

「おもしろそうね」

「簡単なんです。となりの部屋に灯りがついてれば、道路からでもわかる。ついてなければ、見張りはいらないんです。ついてたら、ぼくが金を持ちだすあいだ、ドアの前に立っててください。そうすりゃあ、となりの男が出てきても、自分の住んでるところで、ご婦人にいいがかりはつけられませんからね。あきらめてひっこみますよ、ぼくが帰ってきたな、と思っても」

「そうでしょうね。いってあげるわ。アパートはどこなの？」

「柏木《かしわぎ》です。歩くことになりますが、いいですか？」

「しかたがないわ。乗りかかった舟ですもの」

啓子は金を払って、マスターに迷惑をかけた詫《わ》びをいってから、ゴローを出た。タクシーが客をえらびながら、ゆっくり走っている通りへ出て、西武新宿駅のエンバンクメントぞいに、職業安定所の通りのほうへ歩きだすと、ひと足ごとに周囲が深夜にかわっていった。それが柏木の通りへ出ると、タクシーのヘッドライトが右往左往して、あぶなっかしく横切るあいだだけ、また夜が遠のいた。

「もうじきです。寒くないですか？」

暗い露地へ入ると、たしかにわすれていた寒さが、革のコートのすぐ外まで、押しよせてくるようだった。

「あたしより、あなたのほうが、寒そうよ」

沼江は上衣の下に、厚いスウェーターを着ていたが、外套《がいとう》は着ていなかった。

「ぼくは平気です。ここですよ」

意外に新しいアパートの前で、沼江は立ちどまった。三階建てで、それぞれの部屋の前が、吹きぬけの廊下になっている。小さな四つ辻《つじ》の角に建っていて、横道に入ると、裏がわの窓が見わたせた。

「二階の手前のはじが、例のやつの部屋です」

「となりが、あなたの部屋？　どっちにも灯りがついてるじゃない」

「変ですか？　たしかに、ぼくが嘘《うそ》をついてる可能性は、ありますよ。あすこは他人の部屋で、ぼくはほんとに泥坊に入るつもりなのかも知れない。どうします？　二階へいって、見張りをしてくれますか？」

大げさに声をひそめる沼江の顔を、啓子は微笑で見かえした。他人の部屋で、ほんとうに泥坊に入るものならば、灯りのついている窓をえらぶはずはない。それくらいのことが、わからないと思っているのだろうか、とおかしくなったのだ。けれど、啓子にもわからなかった。やがてこの青年を、自分の手で殺さなければならなくなる、ということは。

2

「ぼく、ヌエといいます。へんな苗字だけど、気仙沼の沼に江戸の江、沼江と書いてヌエと読むんです」

と、名のった青年は、柏木の裏通りに立って、肌をさす夜気に首をすくめながら、アパートの二階の窓をあおいだ。

「ほんとに見張りをしてくれるんですか？　他人の部屋だったら、どうする気です？

ええと——そうだ、ぼく、まだ名前を教えてもらっていませんね、あなたの」

「そんな迂闊《うかつ》なことじゃ、あたしを共犯には仕立てられないわよ。佐久間啓子、拝啓の啓に子どもの子。よくおぼえておいてね。いきましょう、泥坊をしに」

啓子は大げさに靴音をしのばせて、鉄の階段をあがった。沼江もそれにならって、靴音を立てずに、ついてきた。啓子が階段をあがりきると、沼江の低い声が思いがけない間近さでうなじをくすぐった。

「そのドアの前で、立っていてください」

コマ劇場うらのキャバレの前で、沼江をなぐったやくざふうの男が、すんでいるという部屋のドアのことだった。啓子はうなずいただけで、すなおにその前に立った。いましがたの沼江のささやきかたが、うなじに口づけをされたように、啓子には感じられて、返事をしたら、大きな声が出てしまいそうだったのだ。

沼江はもう、となりの部屋の前に立って、ドアのノブをまわしている。ドアはあかなかった。沼江はドアの隙間《すきま》に目をあててから、横手にある台所らしい高窓を鉄格子のあいだに手を入れて、すこしひらいた。のびあがって、顔を近づけてから、困ったように口をとがらすと、窓をしめて、もどってきた。啓子に下を指さして、沼江はまた靴音を立てずに、階段をおりていく。あとにつづいて、道路におりてから、啓子は聞いた。

「どうしたの？」

「友だちが、ご婦人を招待してるんです。実をいうと、ぼく、友だちと同居してまして——正直にいえば、居候なんです。ぼくが遅く出かけたから、友だちは朝まで帰らないと思ったらしい。近世文芸ふうの表現をすれば、目下、お祭のさいちゅうだから、声をかけるの、遠慮したんですよ」

「じゃあ、どうするの？」

「迷惑のかけついでに、お金をすこし貸してくれませんか？　ベッドハウスへいくか、今夜は映画がオールナイトだから、高倉健に陶酔するか……」

「いいわ。あたしにまかせなさい」

なぜ、そんな考えを起したのか、啓子自身にもよくわからなかった。あとになって、偶然のせいにはしたくない、と思いながらも、そのとき、新宿へもどるところだったのだろう、空車の赤ランプをつけて、露地を横ぎろうとしたタクシーに、啓子は責任を負わせたものだ。とにかく、いつもの自分でない積極性で、首を横にふる運転手を、野方《のがた》まで千円で承知させて、啓子は沼江を呼んだ。若宮にちかい野方のはずれの暗い道で、ふたりがおりるまで、運転手は舌うちばかりしていた。

「あたしがひとりだと思って、のせたのかしら。根がけちだから、そう考えるのかも知れないけど、倍以上も金をとるんだから、すこしは愛想よくしてもいいのに」

歩きだすとすぐ、啓子はいった。沼江は微笑しながら、

「でも、タクシー運転手の労働条件ってのは、ひどいらしいですよ」

「だけど、不満を客にぶつけられるだけ、しあわせよ。経済面では最低だとしても、感情面では最高の職業だわ。すこししか報酬をくれない相手に、あたしがあんな態度をと

ったら、たちまち飢餓状態に追いこまれるもの」

「運転手にとってのあなたは、自分に報酬をくれる相手じゃなくて、会社をもうけさせる仲間なんでしょう」

「敵の仲間ね。でも、あたしたちは、敵の仲間にだって、あたりちらせないわ」

「そのかわり、第三者の運転手には、あたりたいわけですか」

「愛想よくしろってのは、こびへつらえっていうわけじゃないの。せめて、客の感情を刺激するなってことなのよ。これ以上さからうと、泊めてあげないから」

「そのリスクの上で、ぼくは運転手の気分を味わってみたんです。たしかに、いい気持だな。ぼくも運転をならって、タクシー会社につとめようかしらん」

「ばかね」

　啓子は自分が饒舌《じょうぜつ》になっているのを感じて、それが一種のてれであることにも、気づいていた。だから、沼江が調子をあわしてくれているらしいのが、ありがたかった。

「ここよ。あなたとおなじで、二階なの」

　と、啓子は声を落して、玄関を入った。マンションと名はついているが、アパートのいくらかましなものに過ぎない。あまり大きくないだけに、昔かたぎの大工にでも、うまくあたったのだろう。両どなりや上下の部屋の物音が聞えないだけが、とりえだった。二階のいちばん手前の部屋に入ると、ふた間の奥の寝室から、啓子は無言で電気毛布と敷蒲団《しきぶとん》を持ちだした。

「これは来客用のだから、気がねしないで使ってちょうだい。ただし、あたしには母親と女のきょうだいしかいないから、貸してあげられる寝巻はないわ。あしたは日曜だから、十時までは寝坊してもいいわよ」

「そりゃあ、ありがたいな」

「お手洗は、大家さんがダイニング・キッチンと称している板の間の右はし、入り口の横のドアよ。こっちの襖《ふすま》は——」

と、寝室とのさかいの戸に手をかけて、啓子はちょっとためらってから、

「裏は板張りで、なかが洋間じたてになってるの。だから、鍵《かぎ》がかかるのよ。じゃあ、おやすみなさい」

「おやすみなさい。いろいろ、ありがとう」

啓子は声に背をむけて、奥の部屋へ入った。洋風に手を入れて、ベッドをおいていることは事実だったが、板戸に鍵の設備はない。特大のペイパー・クリップがあったのを思いだして、戸のあわせめの桟を挟んでから、啓子は洋服ダンスのドアをあけた。

「すいません。まだ起きてますか?」

沼江の低い声がしたのは、服をつるしおわって、ブラジァをはずそうとしたときだった。啓子はタオルの寝巻に手をとおしながら、それをうつしている洋服ダンスの大きな

鏡に気づいて、あわててドアをしめた。

「まだ起きてるけど、なに？」

「すいません。不器用なもんだから、せっかくの電気毛布、スイッチの入れかたがわからないんですよ」

「ああ、適温って書いてあるところへ、入れておけばいいの」

「ところが、オフから離れない。ぼくの手にかかると、電気器具はかならず、こうなるんだ」

「逆にまわしてるんじゃないの？」

啓子は、戸のさかいめからクリップをはずして、すこしあけた。となりの部屋は、まっ暗だった。とたんに、襖に力がくわわって、青白い上半身が割りこんできた。啓子はいったん押しのけられてから、強い力でひきもどされた。沼江の胸に抱きよせられながら、啓子は口走った。

「よして！　大きな声を出すわよ」

「出せる？」

低い声でいって、男は笑った。その口が自分の口をおおうだろう、と思った。だが、沼江は口もとをひきしめただけで、啓子の肩をつかんだまま、両腕をのばした。ベッドに押したおされながら、啓子は小声でいいつづけた。

「やめて。いやだったら！　ほんとに怒るわよ」

「等身大の鏡にむかって、派手なネグリジェでも着てるんじゃないかって、心配してたんだ」

まじめな顔で、沼江はささやきながら、抵抗する啓子を、かなり手荒く裸にした。自分のために、いいわけをつくってくれているのかも知れない、と思ったとたんに啓子は抵抗をやめた。そう思いたくはなかったからだ。そう考えると、すこし力を入れれば外れるようなクリップで、襖にしまりをしたことも、いいわけになってしまうから。

「あかりを消して」

喉《のど》にからんだ声で、啓子はいった。沼江のからだは、離れなかった。もう一度、おなじ言葉をくりかえそうとした唇は、はじめて男の唇でふさがれた。その唇はすぐに喉から胸に移って、乳房にふれた。啓子は片手で毛布をかきよせると、顔をおおった。激しく波うってくるものに身をまかせながらも、沼江がベッドをすべりおりたのに気づくと、啓子は足をすくめた。二年ほど生活をともにした男は病身だったし、その後に知った数人も、いやに礼儀ただしかったから、沼江のしようとしたことに、狼狽《ろうばい》したのだ。それだけに、感覚は強烈だった。啓子は片手を下にのばして、男の髪をつかみながら、毛布を噛《か》んで声をこらえた。

翌朝、目がさめたとき、啓子はすぐに目蓋《まぶた》をあげなかった。電灯は消されて、窓のカーテンをすりぬけてくる自然の光が、とってかわっていることは、目をとじていてもわかった。起きあがったとき、沼江は最初になんというだろう？　それが、悪かったな、とか、よかったろう、といったものであれば、気軽に追いだせるにちがいない、と啓子は思った。すぐ上で、沼江が頭をあげる気配がした。啓子はからだを離してから、うすく目をひらいた。沼江の顔が見おろしていた。

「きみは、きれいなんだな」

きょうは曇ってる、とでもいっているような自然な調子だった。沼江はさらに身を起すと、毛布をかかげた。啓子は反射的に俯伏《うつぶ》せになりながら、

「寒いわ」

「ほんとに、きれいだ」

ひとりごとみたいにいって、毛布をおろすと、沼江は耳に口をよせて、

「もう一度、抱いてもいいかい？」

啓子は目をとじると、寝返りをうって、沼江のいたわるような愛撫《あいぶ》をうけた。甘いつかれから眠りに落ちて、目をさましたのは、もう午《ひる》ちかくにちがいなかった。手をのばしたが、さわるはずのからだがない。目をあいて見まわしたが、どこにも沼江のすがたはなかった。啓子は寝巻をきながら、隣室をのぞいた。そこにも、いない。入り口の土間に、男の靴は見あたらなかった。啓子は寝室にもどると、ベッドに腰をおろして、鏡

台においてあるハンドバッグを見つめた。

しばらくためらってから、啓子はバッグをあけてみた。なにもなくなっているものはない。財布の紙幣はもちろん、小銭の額はうろおぼえだが、減っているとは思えなかた。隣室からも、消えているものはない。台所へ出てみて、冷蔵庫はじめて持っていかれたもののあることが、わかった。きのうの朝、買ってきて四分の一ほど食べたまま、冷蔵庫の上においてあった棒みたいに長いフランスパンが、なくなっていたのだ。肩にかついでいったのかも知れない、と思ったとたん、急に笑いがこみあげてきた。小さなキッチン・テーブルによりかかって、啓子は声をあげて笑った。

3

フランスパンの長い棒を肩にかついで、日曜日の朝の住宅街を歩みさったにちがいない長身を、啓子はあっさりわすれてしまったわけではない。けれども、夜の新宿へ出かけていって、沼江をさがそうとはしなかった。

十日ほどたった水曜日の午後、飯田橋の駅にちかい問題集の出版社で、啓子が校正をしていると、机の上の電話が鳴った。受話器をとりあげると、鼻にかかった女性的な声が、耳たぶにからんできた。

「啓子さんですね。楠山ですよ。ちょっと時間をさいてもらえません？」

楠山恭三は、二年ほど啓子がいっしょに暮していた男の友だちで、しょっちゅう文化事業の企画を立てて、楽しんでいる男だった。啓子はちょっと眉《まゆ》をひそめてから、

「まだ仕事ちゅうなのよ」

「おわってからで、けっこう。じき、退社時間でしょう?」

なるほど、時計を見ると、午後五時五分前だった。

「とにかく、カメレオンでお待ちしてますから」

啓子が返事をしないうちに、楠山は電話を切ってしまった。問題集の出版社は、小さなビルの三階にある。カメレオンというのは、おなじビルの一階にある喫茶店だ。ビルの玄関が見えるテーブルに、楠山はすわっているにきまっているから、すどおりして出ていくわけには、いかないだろう。といって、裏口から逃げだすほど、弱味があるわけでもない。

わかれた男が楠山のことを、ナヨズーと呼んでいたのを思いだして、啓子は微笑した。スワヒリ語かなにかみたいだが、これはナヨナヨしていてズーズーしい、という意味だった。面とむかいあえば、楠山はかなり頑丈なからだつきの男で、なよなよした感じではない。だが、慇懃無礼《いんぎんぶれい》といった強引さがあって、じわじわと不愉快になってくるのだった。

啓子はわざとゆっくり校正をやったが、それでも五時五分すぎには、ぜんぶ終った。

一階へおりていくと、やはり、玄関の見えるガラス張りの壁ぎわに、楠山恭三はすわっていた。もう四十ちかいはずだが、長めの髪にウエーブをつけて、縁なしの青っぽいサングラスに、青っぽい服、幅びろのネクタイをむすんだところは、店の名の動物を連想させる。啓子は笑いたくなるのをこらえながら、喫茶店カメレオンへ入っていった。

「お呼び立てして、恐縮ですな。いつぞやの話が、だいぶまとまってきましてね。いよいよ、あなたにも乗りだしていただかなくちゃあ……」

金と赤の紙函《かみばこ》から、ダンヒルのシガレットをぬいて、唇に持っていきながら、楠山はいった。啓子は不愛想なウエイトレスに、レモンティを注文してから、

「いつぞやの話って、なんだったかしら？」

「ほら、新宿でお目にかかったとき、お話したじゃありませんか。翻訳輸出工房のことですよ。アメリカ人にうけそうな現代作家の小説を英訳して、むこうのエイジェントに売りこもうという……」

「そういえば、うかがったような気がするけれど……」

「いやですねえ。とても実現はしないと思ったんでしょう？　たとえばセクシイな小説なんてのは、むこうのものより、日本のほうが感情に富んでますからね。うまく訳して、ペイパーバックスにでも売りこめば、ぜったい物になりますよ。純文学のむこうに売れそうなものは、もうルートがきまってるだろうけれど、通俗物は穴です。作者の許可を

とるのは、簡単でしょう。うまくいったら、代理人としてのテンパーセントと、翻訳者としての——サーティパーセントぐらいかな。それはもらう。つまり、作者と工房とで、印税を六四でわけるわけです。うまくいかなくても、翻訳料などは要求しない。この条件なら、翻訳許可はとれますよ」

「そりゃあ、とれるでしょうけれど、小説となると、日本人の英語じゃあ、けっきょく駄目なんじゃないかしら、そうとう達者なひとが翻訳しても」

「こっちへ来てるアメリカ人で、雑誌に短篇の二つ三つ、発表もしてるやつと知りあったんでね。その点は、大丈夫。そいつがチーフになって、手を入れてくれるんです。翻訳スタッフも、五人ばかり心あたりがついたんで、やろうと思やあ、きょうからでもスタートできるんです。だから、あなたにもぜひ、加わっていただきたいんだ」

「いまの仕事、やめるわけにはいかないわ」

「家で出来ますよ。あなたには、過重なノルマは課しませんから、アルバイトのつもりで、やってください。いまから、いま話したアメリカ人にあいにいくんです。いっしょに来て、顔をおぼえといてください。おもしろい男だから、工房の件はともかくも、あっといて、損はありませんよ。それどころか、役に立つ。新しいスラングなんかがわからないとき、そいつに聞けば、なんでもわかる。いまでも、翻訳のアルバイトは、やってるんでしょう」

「ときどきはね」

「じゃあ、行きましょう。新宿にいるんです。ちょうど車をひろいにくい時間だから、先に出てますよ、ごゆっくり召しあがって、出てくると、車が停ってるということになるでしょう」

楠山は伝票をつかんで、立ちあがった。ごゆっくりといわれても、これでは落着いていられない。啓子はレモンティを飲みほして、そうそうに店を出た。タクシーはまだ、ひろえてはいなかった。

「そのアメリカ人にもあってみたいけれど、あたし、今夜は仕事があるの。地下鉄で帰るわ」

と、啓子はいった。

「三十分ぐらいなら、いいでしょう？　やつも忙しいから、どうせそのていどなんです。食事をかねての会見ってことにすれば、時間のロスにはなりませんよ」

楠山は飯田橋駅のほうへ、歩きだしながらいった。地下鉄の駅へおりる階段のところまできたとき、啓子は思わず立ちどまった。売店のそばに立って、週刊誌を読んでいる男に、気づいたからだ。沼江だった。啓子は息をととのえてから、心をきめた。

「楠山さん、ほんとうのことをいうと、あたし、ひとを待たせてあったのよ。悪いけど、そのアメリカ人にはこんど紹介してちょうだい」

楠山に声をかけると、返事も聞かずに、啓子はまっすぐ、沼江のそばへ歩みよって、

「待った？」

沼江は、おどろかなかった。ごく自然に笑顔になって、

「いや、別に」

「神楽坂《かぐらざか》のいつかのレストランにいく？」

「どこでも――ありがとう。おかげで助かった」

三分の二は、売店の女の子にいって、手にしていた雑誌を、おなじ週刊誌の山の上にのせると、沼江は啓子といっしょに歩きだした。

「いまの売店の子、親切ですよ。家へ帰りゃあ、届いているんだけれど、ぼくの書いた記事がのっていて、ちょっと目を通したいんだけど、といったら、貸してくれたんです。ああいう子に、うそをついちゃいけませんね」

と、沼江は笑った。それを、啓子は聞きながして、

「利用してごめんなさい。あんまりつきあいたくないひとと、いっしょだったもんだから――」

「ああいうひとは嫌いですか？　なかなかのダンディだったがな」

「見たの？」

「あなたのパトロンだろうなんて、失礼な想像はしませんでしたよ」

「悪いひとじゃないんだけれど、サービスの押売りをするから——偶然って、なかなかいいものね。メロドラマを軽蔑《けいべつ》しないことにするわ、きょうから」

筑土八幡《つくどはちまん》のほうへいく通りへ、横断歩道をわたりながら、啓子がいうと、沼江は頭へ手をやって、

「実をいうと、偶然じゃないんです。あなたにあいにきたんだけど、気おくれして、まごまごしてたんですよ。いちどビルまでいって、帰ってきたりして……」

「よくわかったわね、あすこが？」

「あなたの部屋においてあった問題集に、社名が入ってました」

「でも、毎日、出勤してるわけじゃないのよ」

「きのう電話をしたら、きょう来るといわれたんで、それで……」

「どんな用があったの？」

「いいんです。大したことじゃありませんから」

神楽坂にあるしゃれたフランス料理の店に、啓子は沼江をつれていった。食事をすまして、店を出てから、

「いつかのバーへいってみる、新宿の？」

と、啓子はいった。

「ゴローですか？　いってもいいな。でも、よかったら、腹ごなしにすこし歩きたいん

ですが……」

「いいわよ。歩きましょう。どっちへ歩く？　こっちは九段《くだん》、こっちは矢来《やらい》だけれど」

「こっちにしましょう」

沼江は矢来のほうへ歩きだしながら、

「うまいものを食って、ゆたかな気分になると、男らしくなるもんですね」

「あたしも？」

「あなたは、いっそう女らしくなった」

「ありがとう。あそこの出版社の男の子は、あたしを中性としか見てくれないの」

「あそこへおたずねした理由を、いってみてもいいですか？　男らしくなったところで」

「どうぞ、どうぞ。女らしくうかがうわ」

「ぼくが友だちのところへ、居候していることは、ご存じでしょう？　そこへ郷里から、妹が出てきたんです。二晩で帰るんですが、そのあいだ泊るところがなくて……」

「あたしのところへ泊めてくれというわけ？　いいわ、あなたの妹さんなら」

「ぼくのじゃない。友だちの妹が出てきたんですよ。だから、ぼくがいるところがなくなってしまったんです」

「とんだ錯覚をしてしまったわ。妹さんならよくて、お兄さんは悪いとも、いえなくなっちゃったじゃないの」

新宿へはまわらずに、啓子は沼江をマンションにつれていった。三日めになっても、沼江は出ていかなかった。

4

啓子も、帰れとはいわなかった。

沼江は三日間、ほとんど部屋から出なかった。啓子も、食事のための買物いがい、ほとんど部屋から出なかった。沼江は畳の上へ、寝ころがっていることが多かった。そのくせ、だらしがないという感じはしなかった。啓子は奥の洋風にした部屋のデスクをつかわずに、沼江が寝そべっているそばに卓袱台《ちゃぶだい》をすえて、翻訳をしていた。

「過去の日本人に、なぜ謙譲の美徳が生じたか、考えたことがありますか？」

沼江は顔をこちらへむけて、タバコを吸いながら、ときどき話しかける。そんなふうに邪魔をされるのが、啓子には珍らしく、かつ楽しかった。

「さあ、ないわね。なぜ？」

「いま、ふっと考えたもんでね。日本人が畳というものの上で、生活してたせいじゃないか、と思うんだ」

沼江は瞑想的《めいそうてき》な目つきで、タバコの煙のゆくえを見おくりながら、

「つまり、畳の上に寝そべって見あげると、立っているひと、すわっているひと、とにかく仕事をしているひとが、みんな偉大に見える。人間ってのは、大したもんだなあ、という気がして、自分はとてもかなわない、と感ずる。すなわち、たかぶる心は消えるってわけです。床に密着する時間が多いって生活は、人間をすなおにさせるんですよ」

「だから、あなたはしょっちゅう寝そべってるの？　あたしはまた、なにもしないでいることに意義をみとめて、ものぐさ太郎のまねをしてるのかと思ったわ」

「あれはいけない。ものぐさ太郎は、いけません。あれは俗人ですよ。ものぐさ太郎の話の後半、知ってるでしょう？」

「白状すると、知らないの。村のひとが餅《もち》をめぐんでやっても、手をのばしてとるのがめんどくさい、といって、ころげたままにしとくんだったわね。それを見た代官かなんかが、その徹底ぶりに感心して、太郎を養ってやるように、村に命令するんじゃなかった？」

「そこまでは、いいんだ。あとがいけない。都から人夫供出の命令が、村にくる。村びとは太郎をおだてて、都で人夫をつとめれば、いい嫁さんが見つけられる、というんです。そのうそを真《ま》にうけて、太郎は都へ出かけてね。ちゃんと人足をつとめるんですよ。強制割当の労働を、完全につとめてから、嫁さがしをはじめて、町であった貴族の腰元かなんかに、いきなり結婚を申しこむんだ。ことわられると、どこまでも追っていく。

歌でことわられれば、ちゃんと返歌して、消極的どころじゃないんだ。教養と積極性を発揮して、とうとうその女と結婚した上、人柄を貴族にみとめられて、出世までするんです。前半と後半とでは、完全に性格が分裂してるんだ。ものぐさ太郎のものぐさは、代官の注意をひく手段だったんじゃないか、と思うくらいですよ。ありゃあ、まやかしものです」

「そうなの。ちっとも知らなかった。ちょっと、そっちにある英和辞典、とってくれない？」

「なにをひくんです？」

「ジャイレイトって言葉を、どわすれしちゃったの。なんのことだったか……」

「動詞なら、ぐるぐる廻《まわ》るって意味でしょう。旋回する。形容詞なら、渦巻形のってことです」

「あら、ありがとう」

「字引をひくのは、めんどくさい」

そういってはいても、沼江はなにもしないわけではなかった。啓子が仕事にあきて、カードを持ちだすと、勝負に応じた。ジン・ラミイ、ピケット、ピノクル、カナスタ、なんでも知っていたが、やる気がなくなるほど、うまくはなかった。啓子は勝負に熱中した。ベッドのなかでも、沼江は啓子を熱中させた。最初の晩から、沼江は啓子とおなじベッドで寝た。目がさめると、もう正午をすぎているようなことも、しばしばだった。

　あっという間に、一週間がすぎた。啓子は問題集の出版社に出かけても、仕事がおわると、まっすぐ野方のマンションに帰ってきた。ふたり分の料理をつくるのが、楽しかった。沼江に邪魔されても、翻訳のアルバイトは、ひとりでいたときよりも、はかどった。難解な個所で、沼江がしばしば適切な助言をしてくれるせいもあった。

「あなた、あたしより出来るんじゃない？　代りにやってもらおうかしら」

と、冗談めかして、いったくらいだった。沼江は顔をしかめて、

「ぼくは字を書くのが、きらいなんだ。字を書こうとすると、絵になってしまう」

といったものの、啓子のいるところでは、スケッチ・ブックをひろげもしなかった。

九日めの晩、啓子が飯田橋の出版社から帰ってくると、ドアには鍵がかかっていた。牛乳箱の内がわに、鍵はドラフティング・テープで貼《は》りつけてあった。外出するときは、そうしておくように、話してあったのだが、実行されたのは初めてだった。

　啓子は晩めしを食べないで、沼江の帰るのを待った。九時になったが、帰ってこない。啓子は食欲がないのを無理して、食事をした。久しぶりにテレビをつけて、深夜映画をおわりまで見たが、沼江は帰ってこなかった。啓子はひとりで、ベッドに入った。なかなか、寝つかれなかった。うなじの下に、沼江の左腕がないのが、さびしかった。

　あくる朝、電話のベルで、目がさめた。時計を見ると、八時ちょっとすぎ、こんな時

間に電話がかかってくるはずはない。間違いだろう、ときめこんで、啓子はまた目をつぶったが、ベルは鳴りつづけた。啓子はネグリジェのまま、隣室へいって、受話器をとりあげた。

「もしもし、佐久間ですけれど」

沼江の声だった。

「すみません。ドアの鍵、あけてくれないか」

啓子はすぐに返事ができなかった。

「いまドアの前までいったんだけど、たたいて起したんじゃあ、外聞が悪いだろうと思ってね。それで、角の公衆電話から――」

「外聞なんて、気にしなくてもいいのに。すぐあけるわ」

啓子は受話器をおいて、ドアへ飛んでいった。鍵をあけて、あがり口に立っていると、ドアがあいた。いつもの大きなバッグをぶらさげて、沼江は笑いながら、入ってきた。

啓子は思わず、

「どこへいってたの？」

といってしまってから、咎《とが》める口調に聞えなかったらいいが、と念じた。沼江は座敷のまんなかに立ったまま、バッグをおくと、ポケットから無雑作に紙幣をつかみだした。

「ちょっと、金をつくりにいったんだ。ぼくが持ってると、むだづかいしちまうから、渡しておく」

一万円紙幣《さつ》が、五枚あった。

「いいわ。あなたが持っていらっしゃい」

「だめだ。生活費につかわなくちゃ、意味がないもの」

「そんな心配、しなくてもよかったのに」

「でも、髪結いの亭主にはなりたくないからね」

微笑しながら、沼江は啓子の手に、紙幣を押しつけた。啓子は胸が苦しくなった。じっとしては、いられなかった。気がついたときには、啓子は紙幣をにぎりしめたまま、沼江の首に両手をまわして、すがりついていた。同時にようやく、このごろの習慣で、ネグリジェの下になにもつけていないことにも、気がついた。いよいよ、からだを離せなくなって、啓子は男のくちびるを噛《か》んだ。

沼江は啓子を抱きあげて、ベッドへ運んだ。荒あらしく裸にされると、啓子は羞恥心《しゅうちしん》をわすれて、いくたびも声をあげた。疲れはてても、眠くはなかった。ベッドの上にあぐらをかいて、タバコに火をつけた沼江に、

「さっきのお金、借りたものだったら、返したほうがいいわ」

と、横になったまま、啓子はいった。

「そんなに馬鹿《ばか》にしたもんでもないよ。絵を売ったんだ」

「それなら、いいの。馬鹿にして、聞いたわけじゃないのよ」

「わかってる。腹がへったな」

「サンドイッチなら、すぐ出来るわ」

「ダブル・デッカー（三枚重ね）のすごいやつをつくってもらいたいね」

啓子は裸のまま、台所に立った。その日は、下請けをさせてもらっている翻訳家のところに、原稿を持っていく約束があったのだが、それを思いだしても、平気でいられた。暗くなってから、服を着て、ふたりは新宿まで食事に出かけた。

沼江は昼間、ときどき散歩に出かけた。十日ほどして、またひと晩、帰らないことがあった。あくる日の正午《ひる》ちかくになって、もどってきたが、金はさしださなかった。どこへいっていたのか、啓子は聞くことができなかった。気にはなったが、やきもちのような気がして、考えないことにした。沼江と自分とは、やきもちを焼くような関係ではないはずだ、と自分にいいきかせた。ただあいかわらず、沼江が自分の前では、なにもしないことが、気になってきた。

「仕事をする気があるんなら、カットをたのみたいんだけれど……問題集の表紙を、新しくすることになったの」

出勤した日の夜、啓子は口にだしてみた。沼江は寝ころがって、テレビのスリラー映画を、ぼんやり眺めていた。

「金はほしいが、だめだ。ぼくの絵は、つかいものにならないよ。うその絵はかけないから」

「そういえば、あたし、まだあなたの絵を見てないわね」

「見せようか？」

「見たいわ、ぜひ」

「ぼくは人間にしか、興味がないんだ。それも、飾りけのない人間だから、とても印刷にはむかないよ」

沼江は紙ばさみをひらいた。鉛筆のスケッチが、なん枚も重なっていた。意外に古風なリアリズムで、デッサンはたしかだった。啓子は息をつめて、その絵を見つめた。どれも春画で、女の顔は啓子だった。顔だけでなく、からだも啓子だった。

「まさか――」

啓子の声は、思わずふるえた。

「まさか、いつかのお金は、これを売ったんじゃないでしょうね？」

「いやかい？」

「いやだわ」

「ぼくだって、いやさ。こいつを売る気になれたら、金に不自由なんかしてやしない。こいつは書きためておいて、ほんとに満足できたやつを数枚、きみに進呈して、残りは燃やしてしまうんだ、ぼくたちが別れるときにね」

「いつかは別れるさ。きみはかならず、ぼくが嫌になる。あるいは、ぼくのほうが嫌になるかも知れないが、まあ、きみのほうが早いだろう」

「別れるって……？」

「あたし、無理にあなたを働かせようとしてるわけじゃないのよ」

「そんな問題とは、ぜんぜん別さ。いまにわかるよ。ところで、旅行に出かけないか？」

「どこへ？」

「あした、金が入るんだ。入ってから、行くさきはきめよう」

啓子は、ほっとして、紙ばさみをとじた。けれども、沼江のなぞめいた言葉は、心にしこりとなって残った。

5

その翌日、啓子が仕事からもどってみると、青年は窓ぎわによりかかって、推理小説を読んでいた。啓子の顔を見ると、頭をかいて、

「ごめん。旅行にはいかれなくなっちまった」

「どうして？」

「金が入らなかったのさ」

「お金なら、あるわよ」

「そういうのは、よくないな。ぼくの金で、旅行するつもりだったんだから、延期したほうがいい」

沼江はペイパーバックスのページをめくりながら、気のない口調だった。啓子は奥の洋間へ、着がえに入りながら、

「そうかしら？」

「そうだね。入るはずの金は、まったく無駄につかってしまいたい性質のものだった。きみの金は、そうじゃない」

「あたしのだって、旅行でもするつもりで、残しておいたものよ」

「でも、貯めた金には違いないだろう？　最初から、洋服を一着、ぼくにこしらえてくれないか、とでも頼んだのなら、話はべつだがね。策略をもうけたようなかたちで、きみの金を吐きださせたくはないな」

「変なことを、気にするのね。じゃあ、まあ、延期ということにしておきましょう。ねえ、あたし、このごろ明るい？　顔つきのことだけど」

頭からかぶったスウェーターのなかで、啓子は聞いた。となりの部屋から、沼江は聞きかえした。

「だれかにいわれたのかい？」

「矢沢先生に」

矢沢というのは、啓子に下訳をさせてくれる翻訳家だった。まとまった原稿を、啓子はきょう、届けてきたところなのだ。

「どういうふうに、明るいっていった？」

「顔つきが派手になって、きれいになったって——化粧品を変えたわけでも、ないのにね。文章にも、張りが出てるそうよ。恋愛でもしてるのかって、からかわれたわ」

「そりゃあ、きみ、くどかれたんじゃないのかな」

「いやだ。相手はおじいちゃまよ」

「年よりだって、旺盛《おうせい》に仕事をしてるんだから、女をくどいても不思議はないぜ」

「でも、それなら、もっと若い子をえらぶでしょ」

「きみは若くないつもりかい？」

啓子は洋服ダンスの鏡を、のぞきこんだ。そこにうつっている女のすがたは、かなり満足すべきものだった。たしか沼江より、三つしか年上ではないのだ。そう思うと、啓子は大声をあげた。

「お腹がへったわ。すぐご飯にするわね」

「あわてなくても、いいよ。いま犯人がわかりかけてるところだから」

読んでいる推理小説のことを、沼江はいっているのだった。啓子はシャンソンを口ずさみながら、台所に立った。沼江が結婚のことをいいだしたら、いまの自分はためらわずに承知するだろう、と思った。ひとなみに、母親になってしまっても、悪くないとさえ思った。子どもは好きでないけれども、自分のものとなれば、違ってくるだろう。

けれども、沼江のことを、ほんとうはろくろく知らないのだ、と思いはじめたのは、その後、半月ほどしてからだった。啓子は積極的に収入をふやす気になって、一日おきに、問題集の出版社に出ることにした。ある日、帰ってきてみると、ドアには鍵がかかっていないのに、沼江のすがたが見あたらなかった。タバコでも買いにいったのか、と思っていると、すこし赤い顔をして、沼江がもどってきた。

「帰ってくれて、助かったよ」

「どうしたの？　なにかあったの？」

「いや、階下《した》の学生にマージャンにさそわれてね。メンバーのひとりが、一時間ほど急用でぬけたから、そのあいだだけ、という約束だったのに、ぼくがついてるもんだから、なかなか帰してくれやがらない。酔わして勘を狂わせようとしたり、敵も苦心してたよ。きみが帰ってくるのが、窓から見えたもんだから、やっと逃げてきた」

沼江は顔をしかめながら、ポケットに手をつっこんで、千円紙幣をつかみだした。十枚以上、ありそうだった。

「不浄の金だ。つかっちまおう。めしでも食いにいかないか？」

「お金を賭《か》けたの？」

「賭けずにマージャンをやるやつなんか、いないよ、いまは」

「そりゃあ、そうでしょうけど、そんなに……」

「この前の分も、取り立てたのさ。勝負は勝負だからね」

「なんども、さそわれたの？」

「きょうが二回めさ。きみがいやなら、もう断る。つきあって、おもしろい連中でもないからね」

「つきあってもらいたくないわけじゃないけど、あなた、マージャン強いんでしょう？　学生をいじめちゃ、かわいそうよ」

「むこうじゃ、ぼくをいじめるつもりだったんだぜ。もうこりたろうから、きっとさそわないよ」

しかし、それからも、なんどもさそわれたらしい。部屋には鍵がかかっていて、外出したような顔で、あとから帰ってはきたが、階下の学生の部屋で沼江の声を聞いたような気のしたことが、いくたびかあった。けれど、啓子はなにもいわなかった。

また十日ほどたって、啓子が正午《ひる》ちかく、会社に出るために、野方の駅から西武電車にのろうとすると、しきりにこちらを見つめている女がいた。日ざしだけは春めいた日で、その女のハーフコートは、暑苦しそうに見えた。レザーのミニスカートをはいて、腫物《できもの》のあとがストッキングの上からでも見える腿《もも》を、平気でむきだした若い女だ。

啓子はただの無作法と思って、女の視線を気にしないことにしたが、高田馬場《たかだのばば》でおりても、女はあとについてきた。地下鉄の駅へおりる地下道を歩いていくと、ふいに女は足を早めて、啓子とならんだ。

「あんた、いつまで置いとく気？」

「なんのことかしら。人ちがいじゃないの」

啓子は立ちどまった。女の目は、猫のように光っていた。

「木村のことだよ」

「そんなひと、知らないわ」

「しらばっくれないでよ。あんたのマンションから、あとをつけてきたんだからね。ゆうべ、あんたが木村といっしょに、歌舞伎町《かぶきちよう》のゴローってスナックにいるとこだって、ちゃんと見てるんだから」

啓子は黙っていた。

「いい加減にしたら、どうなのさ。あんなやつを置いとくと、ろくなことにはならないよ。どうしても置いとく気なら、あたしが払っただけのものを、きれいに返しておくれよ。アパートを追い立てくって、困ってるんだからさ。半ぱは切りすてて、百万にしとくよ」

啓子は黙っていた。

「なんとかいったら、どうなのさ？　軽蔑《けいべつ》してるのかい？　わかったよ。もういい。あんたみたいに教養がありそうなひとでも、ひっかかるんだから、あたしがひっかかったのは、あたり前だね。もういいよ。お金はあきらめる。でも、木村はあきらめないからね」

女は不健康な皮膚のいろからは、想像もつかないほど、白く健康な歯ならびを見せて、にっと笑うと、くるっと元きたほうへ向きをかえた。啓子はあわてて、声をかけた。

「待って——なんというの、あんたの名？」

「木村にきまってるじゃないか」

ふりかえりもせずに、女は答えた。啓子は女の姿が見えなくなってから、重い足をひきずって、地下鉄の改札口へ入った。電車にはのったものの、気が重くて、啓子は神楽坂でおりてしまった。そのまま高田馬場へひきかえすと、西武電車にのって、野方へ帰った。

部屋のドアには、鍵がかかっていた。このごろでは、それぞれに鍵を持つようにしていたので、啓子は自分の鍵でのろのろと錠をあけた。ドアをあけると、女の背なかが、目に入った。ブラジァをしただけの、裸の背だった。

沼江と卓袱台をはさんで、ブラジァとパンティだけの女が、すわっているのだった。

啓子の視野は、一瞬、暗くなった。けれど、気を落着けてみると、沼江はワイシャツを着て、ズボンもはいている。卓袱台のまわりには、もうひとり男がいた。これは上半身が裸で、ズボンははいている。階下の学生だった。三人の前には、トランプの札がちらばっていた。

「助け舟がきたぜ」

と、沼江の声が、ひどく遠くから聞えた。それが、だんだん近くなって、

「もうおしまいだ。きみは脱がなくてもいいよ。さあ、帰った。帰った」

女はあわてて、そばに脱いであったものを身につけると、学生といっしょに、啓子に頭をさげて出ていった。沼江はトランプをそろえながら、

「この部屋では、金は賭けないことにしてるんだ、といったら、あいつら、妙なことをいいだしてね。ストリップ・ポーカーなんてのは、小説のなかだけのことだと思うのに、アメリカの暇人たちはみんなやってる、くったくのない笑い声を聞いて、啓子はいくらか落着いた。畳の上へすわると、口をひらきかけたが、声は出なかった。

「どうしたの？　社へは出なかったのかい。顔いろが青いぜ。具合が悪いなら、すぐ寝たほうがいいな」

沼江は眉《まゆ》をひそめて、啓子の顔をのぞきこんだ。その表情に、うそはない、と啓子は

思った。

「木村というひと、知ってる?」

反射的に、啓子の口から、言葉がとびだした。沼江はとたんに、立ちあがった。わざとしたのか、偶然か、どちらともわからなかった。

「風邪薬《かぜぐすり》がどこかにあったね? なんだっけ。木村? 木村ってのは、ありふれた名だからね。学生時代の友だちに、三人ばかりいるよ。それがどうかしたの?」

茶だんすの引出しをあけながら、沼江はきわめて平静にいった。

6

啓子は死んだ父から、ビシカの桃、という譬《たと》えを、聞かされたことがある。中国の故事だそうで、ビシカはひとの名前だから、もちろん漢字で書くのだけれど、どんな字だったか、おぼえていない。シは子、カは迦《か》だったと思うのだが、ビがひどくむずかしい字で、記憶に残っていないのだ。

ビシカは非常な美少年で、なんとかいう王様の寵愛《ちょうあい》をうけていた。王様が桃園でいこっていたとき、桃が食べたいから、とってくれ、とおっしゃった。ビシカは手をのばして、たわわにみのった桃の実をひとつとると、自分でひと口たべてから、おいしゅうございます、これならばお気にめすでしょう、とさしだした。

さすがによく気がつく、と王様はたいそうご機嫌だったが、その後、ビシカはささいなことから、お怒りをこうむって、首を打たれた。そのとき、数えあげられた罪のひとつに、自分の食いかけの桃を、王様にたべさした、というのがあった。以来、おなじことでも、ときには喜ばれ、ときには嫌われる、という譬えに、ビシカの桃、という言葉が、つかわれるようになったのだそうだ。

啓子はこのごろ、沼江の挙動を考えるたびに、このビシカの桃を思いだすのだった。沼江が啓子の部屋で暮すようになってから、いつの間にか、半年になる。その半年のあいだに、沼江の態度が変ったわけではない。変ったといえば、啓子のほうだろう。知らなかったことが、わかってくるにしたがって、我慢ができなくなってきたのだ。

「あなたって、そんな人だったの？」

しばしば啓子は、この言葉を、沼江にぶつける。すると、青年は別にあざけっているわけでもないらしく、きわめて自然な微笑を浮かべて、答えるのだ。

「いまになって、はじめてわかったわけじゃないだろう？　ぼくは最初から、ありのままのぼくを、お目にかけたつもりだよ。なまけもので、嘘つきで、不道徳な人間だ。それだけのことさ」

なるほど、そういわれれば、そうかも知れない。だから、ビシカの桃だと思うのだ。最初から、沼江のいうことを、ぜんぶ信じていたわけではない。なまけものだということも、すぐわかった。けれども、そういうところが、ぬるま湯のような常識から飛びだした自由な人間、という感じで、魅力になっていたのだ。それがいつの間にか、いやらしく思われだしたのだから、かわったのは、自分のほうだといわれても、しかたがなかった。そういう啓子の心を見ぬいたように、

「あんたはエゴイストになりきれないから、そういらいらするんだよ」

と、沼江はいったことがある。

「ほんとうは、エゴイストになりたいのに、良識というやつが、邪魔してるんだな。良識もけっこうだが、ときには見栄《みえ》と同義語になるからね」

しかし、啓子は沼江とわかれる気に、すぐなったわけではない。ただふたりの生活態度に、やや冷たさがくわわっただけだった。いや、啓子の、といいなおそう。沼江のほうはあいかわらず、そっけないときはそっけなく、やさしいときはやさしく、啓子の部屋でごろごろしていた。心をきめて、わかれることを口にしたのは、いつの間にか銀行の預金通帳から、四十万円がなくなっていることに、気づいた二、三日あとだった。

「いつかあなた、わたしたちは長つづきしない、といったわね？」

「いったね、たしかに。そんなことを思いだしたところを見ると、その時期がきたような気がするのかい？」

「どうやら、そうらしいわ」

「ぼくのいうことは、正確だったろう？　易者になれるんじゃないかな」

と、沼江は笑った。

「きっとなれるわ」

「半年もいると、よけいな荷物が、たまっていけない。一度にしょって出て、落着きさきを探すんじゃあ、やりきれないな。居場所がきまるまで、あずかってくれないか？」

「そりゃあ、かまわないけれど……」

「じゃあ、落着きさきがきまったら、すぐ取りにくるよ」

沼江は立ちあがると、カバンをぶらさげて、ドアに近づいた。思わず、啓子は声をかけた。

「なにも、今夜すぐ出ていかなくたって、いいのに」

「こういうことは、早いほうがいいんだ。じゃあ、元気で」

沼江はちょっと笑って、ふりかえっただけで出ていった。あっけにとられて、啓子はしばらく動かなかった。タバコに火をつけて、やっと一服してから、なんとなくおかしくなった。おわった。そう思った。でも、なにがおわったのかしら？

ほっとしたことは、たしかだったが、いっぽうに拍子ぬけしたような気持があった。その晩は仕事をする気にもならないで、いつもより早く寝てしまった。あくる朝は、自分をとりもどしたような気分で、てきぱきと室内を片づけた。沼江のものは、いつでも渡せるように、ひとまとめにしておいた。けれども、沼江からはなんの連絡もなかった。一週間たったが、やはり連絡はない。

啓子はときどき、沼江の夢を見た。沼江に抱かれている夢だった。夜なかに目がさめて、そのまま眠りにもどれないときには、ひどく腹が立った。

十二日めの夜、啓子は寝苦しくて、目がさめた。なにか音がしたように思って、ベッドの上に起きなおった。まだ頭は、はっきりと、さめきっていない。目に見えているものの意味が、すぐ理解できなかった。自分の寝室が、どこかよその部屋のように見える。疲れているのだから、早く眠りにもどらなければならない。そう思いながら、見ていると、襖があいて、沼江が入ってきた。部屋は暗くしてあったのだが、沼江だということは、奇妙にわかった。

ドアには、ちゃんと鍵がかかっている。沼江が入ってこられるはずはない。また夢を見ているのだな、と思った。啓子は安心して、枕《まくら》に頭をつけた。沼江は無言のまま、服をぬぐと、ベッドのわきへまわってきて、啓子の上におおいかぶさった。

乱暴に裸にされたとき、夢でないことがわかった。とたんに、はげしい恐怖を感じた。啓子は相手の顔を、闇《やみ》のなかで見さだめた。沼江ではない、という気がしたのだ。けれども、沼江であることがわかると、恐怖は去った。啓子は高まってくる感情に、自分からおぼれていった。おぼれきって、戻った眠りは深かった。目がさめたときには、空が明るくなっていた。そばで沼江は腹ばいになって、タバコを吸っていた。

「どうやって、入ってきたの？」

と、啓子は聞いた。

「鍵をあけて、入ってきたのさ」

沼江の返事のしかたは、十なん日もいなかった人間のようではなかった。

「でも、あなた……」

「鍵をよくなくすんでね。きみにあずかった鍵を、なくしたら申しわけないと思って、スペアをつくらしたんだ。それを返すのを、わすれていたんだよ」

「落着きさきは、きまった？」

「それが、どうもね。このところ、日日に非なり、というような状況なんだ。きょう一日だけ、ここへおいてくれないか？」

「まさか、追いだすわけにも、いかないわね」

一日だけで、出ていくなどとは、啓子も思っていなかったが、沼江はそのまま、なにごともなかったように、いすわってしまった。どうしようもないんだ、と啓子は思った。いっそ、このままなりゆきにまかしてしまおうか。そう思ったのだけれど、反面、ときおり首をもたげる考えが、啓子を苦しめた。

けっきょく、わたしは荒あらしいセックスにひかれて、この男といっしょにいるのだ。

それが、ほんとうのところなのだ。気どった暮しをしていても、それが真実の自分の姿なのだ。

人間なんだから、それでいいではないか。そう思うときもあった。けれども、完全にこの生活につかりきることは、出来ないとわかっていた。苦しまないためには、沼江とおなじような人間に、自分もならなければならない。沼江が、でたらめな人間かどうか、啓子には、はっきりいえなかった。でたらめか、でたらめでないか、そんなことは、どうでもよかった。

ただひとつ、はっきりしていることがある。どうやってみても、そうはなれないタイプの人間だから、沼江に魅力を感じた、ということだ。啓子はどう努力しても、沼江には同化しきれないのだ。

ということは、このままの生活をつづけていけば、啓子はたえず苦しんでいなければならない、ということだ。苦しみがつづけば、ほんとうに沼江を憎むようになるだろう。いや、もうすでに、啓子は沼江を憎んでいる。正確にいえば、沼江を自分とあわせた偶然を、憎みはじめている。

いまもし、沼江とうまくわかれることができたとしても、このあいだのように、もう一度、ふたりの行動半径がまじわるとしたら、またおなじことが、くりかえされるにちがいない。

沼江が存在するかぎり、啓子は悩みつづけなければならないのだ。この泥沼からぬけだす道は、ひとつしかない。自分のことだけを考えるのだ。つまり、沼江を殺すのだ。

しかし、そんなことができるだろうか。

夜なかに、啓子は自分の考えの恐しさに、目をさました。沼江は啓子に背をむけて、かすかな寝息を立てている。いま、この男の首にストッキングを巻きつけて、力いっぱい絞めあげれば、殺せるかも知れない。けれど、死体をどうすればいいのだ？　自分が助かるために、この男を殺すのだから、死体も始末してしまわなければならない。しかし、大の男の五体を、どう始末すればいいのだろう？

だめだ。この部屋のなかでは、殺せない。どこか外で、殺すのだ。

7

啓子はあまり、神経質に考えないことにした。こまかく気をつかっていたら、とても出来ない。まず、やってしまうことだ。やれるかどうかが、なによりも問題だった。

沼江を殺す、という作業を、自分がやれるかどうかが、なによりも問題だった。

あらゆる場合を、ことこまかに想定して、すみずみまでも計画を立てた殺人が、小説のなかでさえ、うまくいくとは限らないのだ。むしろ、突発的な殺人のほうが、うまくいく可能性は多いだろう。殺人現場に、自分の指紋が残っているのではないか、と気にして、部屋のなかを拭《ぬぐ》いまわっているうちに、疲れはててしまい、警官に踏みこまれる、という皮肉な小説を、啓子は読んだことがある。実際、あまり神経をつかっていると、なにもしないうちに、まいってしまいそうだった。

「どうしたんだい？　二、三日、顔色がわるいようだけど」

ある日、沼江がいった。啓子は自分の気持を見すかされたように思って、ちょっと狼《ろう》狽《ばい》した。

「そうかしら？　別になんでもないの。ただすこし疲れているような気はするけど」

「気晴しに、遠のりでもするか」

「遠のりって？」

「いいかたが、古かったかな。ドライヴさ。車でどこかへ出かけてみようよ。伊豆《いず》でもいいし、信州のほうでもいいな」

「すこし贅沢《ぜいたく》ね。ハイヤーって、高いのよ」

「ハイヤーじゃ、おもしろくないさ。レンタカーを借りるんだよ」

「だれが運転するの？」

「というところを見ると、きみは出来ないらしいね」

「習っとけばよかった、と思うんだけど、あまり必要もなかったから……」

それは、本音だった。運転ができれば、車を借りて、ひとのいないところへ、沼江をつれだすことも出来る。ひとを殺したい、という願望が起きなければ、運転技術の必要を感じない生活を、啓子は送ってきた。そう思うと、おかしくなって、思わず微笑した。そんなことで笑った、というのが、またおかしくて、啓子は微笑しつづけた。

「変だね。なにを笑ってるんだよ。ぼくに運転ができたら、おかしいかな？」

「おかしくはないけど、あなたって、妙なひとね」

「じゃあ、やっぱりおかしいんじゃないか」

と、沼江は笑った。啓子も声をだして、笑った。

「そういうことになるかしら。でも、ほんとに運転できるの、あなた？」

「それほど、珍しがることじゃない、と思うがな。免許証、見せようか？」

「そんなことより、いつにするの？」

「いつでもいいさ。土曜日曜は、さけたほうがいいだろうがね」

「そうね。ほかに暇な日がないわけじゃないんだから——じゃあ、二、三日うちにきめるわ」

啓子の心は、きまった。その日は、下訳の原稿をとどけにいく約束があった。それをすませた帰り、啓子は知らない町の知らない店で、自分の好みではない服を買った。翌日はやはり出さきで、派手なサングラスを買った。その晩、沼江に日どりを告げた。

「来週の水曜日がいいわ」

「いいとも。車はぼくが手配する」

沼江はそういったが、火曜日に出かけたきり、帰ってこなかった。啓子は妙にはぐらかされた気持で、水曜の朝、目をさました。

なにもかも、おしまいのような気がした。完全に沼江にひきずりまわされて、どうすることも出来ない。そんなみじめな思いにとらわれながら、啓子はひとりで、朝食をした。空は雲が多くて、ひどく蒸暑い。

十二時すこし前に、電話のベルが鳴った。のろのろと受話器をとりあげると、男の声がした。

「遅くなっちゃって、悪かったね。車は借りたんだが、まだ新宿にいるんだ。したくをして、環七の角まで、出てくれないか？」

沼江の声だった。

「やっぱり、出かける？」

と、啓子は聞きかえした。

「出かけようよ。予定を立てたんだし、車も借りちゃったんだし……」

「でも、お弁当もつくってないのよ」

「おばはんみたいなこと、いいっこなし。ドライヴインで、食やあいいさ、めしは」

「せっかく、腕をふるおうと楽しみにしてたのに」

ドライヴイン・レストランのようなところへは、出来るだけ寄りたくなかった。ウィークデイの客は、店員の印象に残るおそれがあるからだ。けれど、しかたがない。

「じゃあ、すぐ着がえをして、出るわね。環七の角でいい？」

「急ぐことはない。そこまで、三十分はかかるだろうからね、こっちは」

電話は切れた。啓子は慎重に、服を着かえた。買った店の名も、思いだせないくらい、なじみのない町をえらんで、通りすがりに買ったワンピースを着た。その上に無理をして、ふだん着のブラウスを着ると、サングラスをバッグに入れて、外に出た。

わざと遠まわりをして、環状七号道路の近くまでいくと、ひとけのない露地のなかで、ブラウスをぬいで、大きなバッグにしまい、サングラスをかけてから、環七の角に立った。

しばらく待っていると、小ぎれいなクーペが道ばたにとまって、窓に沼江の顔が見えた。啓子はまっすぐ、大股《おおまた》にあゆみよると、沼江があけてくれたドアへ、すべりこんだ。

「待った？」

「いや、ぼくもいま来たところだ」

「出がけに、電話がかかってきたりしたもんだから、手間どったの。気が気じゃなかったわ」

啓子は不必要なうそをついた。

車はもう、走りだしていた。沼江の運転ぶりは、乱暴でもなく、といって慎重すぎるでもなく、馴《な》れたもののように見えた。

「きょうの費用を、なんとかしようと思ってね。駈《か》けずりまわってるうちに、帰れなくなっちまったんだ」

と、沼江はいった。

「そんなこと、心配しなくてもよかったのに」

「そうはいかない。ぼくがさそったんだからな」

「でも、どこへいくの？」

「まあ、まかしておけよ。いいところへ、ご案内申しあげますから、マダム」

にやにやしながら、沼江はいった。

啓子は東京近郊の地理には、くわしくない。それでも、車が所沢《ところざわ》から、飯能《はんのう》のほうへむかっているらしいことは、どうやらわかった。けれども、埼玉《さいたま》へ入ると、すぐわからなくなった。

「そろそろ、腹がへったね。ぼくはひるめしを食ってないんだ」

と、沼江がいった。車は左右に畑を見て、県道を走っている。

「ドライヴインなんか、ないじゃないの」

と、啓子はいった。

「ないね。こっちの道のほうが、すいてると思ったんだが、失敗したな。けれど、車のなかで、かまわなけりゃあ、食うものはある。こういう場合を考えて、用意をしてきたんだ」

　沼江はサンドイッチと缶入ジュースを、うしろのスペースから、とりだした。

「でも、こんな道ばたで、車のなかで食うのは、ぞっとしないな」

「あたしなら、まだ大丈夫よ。朝が遅かったから」

「じゃあ、もう少し走って、どこかいい場所を見つけよう」

「ここはどのへん？」

「埼玉県さ」

　あいまいに答えて、沼江は車を走らせつづけた。県道を外れて、土埃《つちぼこ》りの舞いあがる道を、車はだんだんのぼっていった。一時間もすると、車の外はすっかり山道という感じになった。道も細くなって、車はひどく揺れた。

「このへんで、いいだろう。あまり見はらしはよくないがね」

　車をおりて、林のなかへ入ると、いっぽうが斜面で、むこうは崖《がけ》になっている。ひどく静かで、ふたりの草をふむ足音しか、聞えない。沼江は草の斜面にビニールを敷いて、啓子をすわらせた。

「静かね」

ふたりは、言葉すくなに、時間はずれの昼食をすました。生ぬるいジュースを飲みながら、啓子は聞いた。

「これから、どこへいくの？」

「どこへも、いかないよ。ここなら、まず人は来ないからね」

沼江はポケットから、折りたたんだ地図をとりだした。

「こいつを渡しておこう。帰り道がわからないと、いけないからね。ここはひどい山のなかみたいに、きみは思ってるかも知れないけど、歩いても簡単におりられる。赤エンピツで、しるしをつけておいた。越生《おごせ》の駅へ出られるよ、その通りにいけば」

「なんのこと？」

「きみは運転、できないんだろう」

「ええ」

「だったら、歩いて帰らなきゃならないわけだ。きみ、ぼくを殺すつもりで、ここへ来たんじゃないのかい？」

啓子は思わず、立ちあがった。沼江はその片足に手をかけて、

「遠慮するなよ。この靴下をぬぎたまえ。こいつで首をしめるのが、いちばん簡単だよ。ぼくがぬがしてやろうか」

「うん、静かだね」

啓子はふるえた。沼江は愛撫《あいぶ》するような手つきで、啓子の右のストッキングを、ぬがしはじめた。

「さあ、肩につかまって――ぼくを絞めころしたあと、こいつを首に巻きつけたまま、帰るんじゃないぜ。きみだって、捕まりたくはないだろう」

「やめて！」

「やめることはない。元気をだすんだ」

沼江は啓子のナイロン・ストッキングを、自分で首に巻きつけると、立ちあがった。

「さあ、この両はしを持つんだ。出来ないのかよ。だらしがないな。さあ、持つんだ。殺してみろ。きみは、けっきょく頭のなかだけで、強がってる女なのか？　さあぼくが殺せるものなら、殺してみろ！」

沼江はストッキングの両はしを、啓子の目の前につきつけた。

「ぼくがいなけりゃあ、夜がすごせない女だってことをみとめて、あきらめる気か？　そんなだらしのない女なんだよ、きみは！　それが、わからないのか？　ぼくを殺そうなんて、強がりゃあがって、どうした？　ふるえているじゃないか」

沼江は笑った。啓子はふるえながら、ストッキングの両はしを、にぎりしめた。

「やめて！　やめてちょうだい！」

「やめろって、なにを？　馬鹿にされて、くやしいのかい？」

沼江の笑い顔がゆがんで、声が遠のいていくようだった……。

8

目をあけると、雲の多い空があった。雲のいろは、まだ明るい。それほど長いあいだ、気を失っていたわけではないのだろう。

啓子は、草の上に身を起した。かたわらに、沼江が倒れている。茶いろいくちびるのあいだから、どす黒い舌をのぞかして、ぞっとするような顔つきだった。首にはナイロン・ストッキングが、細くよじれて、からみついている。

「とうとう――」

殺してしまった、というところまでは、口から出なかった。つぶやきながら、啓子はよろよろと立ちあがった。一刻も早く、逃げださなければならない。ふたりで腰をおろすために敷いたビニールの上に、折りたたんだ地図が落ちている。

そうだ。越生とかいう駅まで、歩いていかなければならないのだった。それを思いだしたとたんに、沼江のいったほかのことも、頭に浮かんだ。

啓子はふるえる手で、沼江の首をしめているストッキングをほどいた。ほかにも、残していってはいけないものがある。ジュースのあき缶や、サンドイッチのつつみ紙だ。けれども、ふたり分の食べかすのどちらが、自分のものか、見わけがつかなかった。

啓子はぜんぶいっしょに、ビニールにつつむと、大きなバッグに押しこんで、殺人現場を離れた。車についているだろう指紋のことが気になったが、車内をくまなく拭《ぬぐ》う気には、とてもなれなかった。レンタカーだから、啓子と沼江の指紋だけでなく、いろんなところに、いろんな人間の指紋が残っているだろう。それに、なるべくさわらないようにしてきたつもりだ。

なによりも、沼江の死体の見えるところに、いたくなかった。啓子は地図をたしかめると、歩きだした。とちゅうで、ストッキングを片方だけはいていることに気づいて、あわててぬいだ。はきなれたロウヒールだったから、素足ではいても、靴ずれはできなかった。

地図の赤線をたどって、どうやら啓子は、町へ出ることが出来た。電車にのって、東京に入ると、サングラスをはずして、バッグに入れた。ひとを殺して、家へ逃げかえるところなのだ、ということは、まるで頭に浮かんでこない。殺人という作業は、こんなにも、たやすいものだろうか？

そうではなかった。野方のマンションに帰って、自分の部屋へ入ったとたん、全身がふるえだした。どうしても、とまらなかった。バッグを放りだすと、啓子は匍《は》って、寝室へ入った。ベッドへ匍いあがるのも、やっとの思いだった。目をつぶると、沼江の顔が浮かんできた。ふるえはいつまでも、とまらなかった。暗い部屋のなかで、啓子は無意味に目をひらいていた。

　ふいに、嗚咽《おえつ》がこみあげてきた。泣くと、いくらか気分がよくなって、ふるえもおさまりそうだった。啓子はシーツを噛《か》んで、大きく目をあけたまま、いつまでも泣きつづけた。

　だが、いつの間にか、寝こんだと見える。気がついて、灯りをつけると、時計は午前三時をすぎていた。沼江のことを考えると、息がつまりそうだったが、もう五体がふるえだすようなことはなかった。啓子は起きて、処分するべきものを、処分にかかった。

　ジュースのあき缶や、ビニールなぞに、あまり気をつかうことはない。ナイロン・ストッキングは、すこし気になったが、思い切って、あき缶やビニールといっしょに、ゴミバケツに入れた。沼江のくれた地図も、いくつにも引き裂いてから、ゴミバケツに入れた。トラックにあけられてしまえば、これらはどこから出たか、わからなくなる。

　あとはワンピースとサングラスだ。サングラスはレンズをくだいて、フレームをへし折ってから、ボロきれにつつんだ。ワンピースは、洋裁ばさみで、ずたずたに切りさいた。あくる日、それらをバッグに入れて、啓子は外出した。サングラスのつつみは、地下鉄新宿駅のフォームの屑《くず》入れに棄てた。三つにわけたワンピースの切れは、新宿の駅ビルと二軒のデパートで、やはり屑入れに棄てた。

　ほんとうは、もっと早く処分してしまいたいものが、啓子にはあった。部屋においていてある沼江の所持品だ。けれども、それはうかつに処分できない。啓子は、じっと我慢して、日を送った。三日たった。五日たった。新聞にも、テレビのニュースにも、気をつけていたが、沼江の死体が発見された、という報道はあらわれない。

「なぜだろう？」

啓子は不安になった。いつまでも、ひと目にふれないほど、山のおくではなかったのに、どうして見つからないのだろう。倒れている人間は、なかなか目につかないとしても、乗りすててある車は、ひとの注意をひくはずだ。

一週間たった。あの場所と思われるところで身許不明の男の死体が発見された、というニュースが、新聞に出た。沼江にちがいない、と思ったが、すこしおかしかった。発見された場所は、草の斜面のようではない。崖の下の茂みのなかで、かなり腐乱して――と書いてある。車のことは出ていない。身許不明というのも、おかしかった。レンタカーなのだから、とうぜん店からも、帰ってこない車は、事故を起したか、盗まれたと見て、とどけているだろう。そうでなくとも、店へいってしらべれば、借りた人間の身許はすぐわかる。身許がわかれば、死体とむすびつけて、確認の手をどうにでも打てるはずだった。

「あのひとじゃないのかしら？」

あくる日の新聞には、もうなにも出ていなかった。そのまま、日はたっていって、か

すかな不安を感じながらも、啓子の生活は以前に——沼江と知りあう以前にもどってい
った。沼江の所持品は、押入れのおくにしまって、目にふれないようにした。
二十日めの午後だった。啓子がマンションの自分の部屋で、下訳の仕事をしていると、
ドアをノックするものがあった。啓子が出てみると、日に焼けた三十二、三の男が立っ
ていた。
「失礼ですが、佐久間啓子さんですか？」
「そうですけど……」
「警察のものなんですが、ちょっとよろしいでしょうか？」
男は警察手帳を見せながら、おだやかな口調でいった。啓子は鼓動の早くなるのを感
じながら、
「いま仕事ちゅうなんですけれど、なにかしら？」
と、迷惑そうにいった。刑事は廊下の左右を見てから、低い声で、
「沼江健作という男を、ご存じでしょうか？」
「知ってますわ」
「この男でしょうか？」
刑事はポケットから、写真をとりだした。死体の写真を見せられるのではないか、と
思って、啓子はあわてた。けれども、突きつけられた写真は、沼江がタバコをくわえて、

壁によりかかっている半身像だった。
「ええ。このひと、なにかしたんですか？」
「あなたとは、どういうご関係だったんでしょう？」
「話が長くなりそうね。忙しいんだけど、しかたがないわ。どうぞ、お入りになって
――でも、刑事さんって、小説やテレビの知識によると、ふたりで行動するんじゃない
の、いつも？」
「わたしは埼玉県警から、出張してきているものでして、ひとりなんです」
と、男は名刺をさしだした。柳井浩一郎という名前だった。啓子は柳井を部屋へ通し
て、座蒲団《ざぶとん》をすすめてから、
「沼江とあたしの関係を、お聞きになりたいんでしたわね？　あのひと、ふた月ばかり
前まで、ここにいました。同棲《どうせい》、内縁の夫婦、どういってくだすってもかまいません」
「ということは、つまり、現在はそういう関係ではなくなっているわけですね？」
「ええ、このひと月ばかり、あっていませんの」
「ここにいたのは、ふた月まえ、とおっしゃいませんでしたか？」
「話しあいで、共同生活を打ちきったのが、ふた月前なんです。けんかをしたわけじゃ
ありませんから、ときどき、あってました。ときどき、というのは正確じゃないわ。ひ
と月ばかり前には、十日ほど滞在してったんです。みょうないいかたかしら、このほう

が」

と、啓子は声をださずに笑った。

「刑事さん、これだけ、はっきりいったんだから、うかがう権利はないかしら？　あのひと、なにをしたんです？」

「実は——殺されたんです」

新聞に出ていた身許不明の死体は、やはり沼江だったのだ。啓子は緊張した顔つきで、柳井刑事に質問をあびせた。死体が発見されたとき、沼江のポケットからは、運転免許証も、財布もなくなっていたことが、聞きだせた。車も近くには、なかったらしい。

それで、啓子には納得がいった。啓子が現場から逃げたあと、そのままの状態で、死体を発見したものがあったに違いない。ただその人間は、警察へはとどけなかったのだ。沼江のポケットから、免許証や財布を盗み、死体を斜面の下に蹴《け》おとしてから、レンタカーに乗って逃げたのだろう。

それでなければ、こんなことになるはずはない。啓子は偶然に救われたのだ。

「このひと月、沼江さんからなんの連絡もなくて、心配ではなかったんですか？」

と、刑事はいった。啓子はちょっと眉をしかめて、

「心配したら、きりがないようなひとでしたわ、あのひと。名前のとおり、つかまえどころのないひとで——でも、身許はどうしてわかったんです？　あたしのことは、どう

してわかりましたの？」

「それについちゃあ、おかしなことがあるんです」

柳井刑事は、とっておきの話を聞かせる、といった顔つきで、声をひそめた。

9

「おかしな話って、どんなことかしら？」

佐久間啓子は、柳井刑事の顔をまともに見ながら、聞いた。

「いや、それなんですがね。沼江というひとは、いたずら好きというか——人をびっくりさせるのが、好きだったんですか？」

と、埼玉県警の刑事は、聞きかえした。

「さあ……嘘《うそ》だか、ほんとだかわからないようなことをいって、人をけむに巻くのは好きだったけれど」

「なるほどねえ」

「とにかく、あたしには、あまり手のこんだいたずらはしなかったわ。それが、どうかしまして？」

「実は——」

柳井刑事は、口ごもった。身もとがわかったことについては、おかしな話がある、と口をすべらしたのを、後悔しているみたいだった。

「実は――どうしたんです？」

と、啓子はうながした。

「実は、埼玉県警の刑事部へ、手紙がきたんです、最近に――沼江健作というひとからです」

柳井の言葉は、啓子をひどくおどろかした。顔いろが変ったろう、と思って、二重に狼狽しながら、啓子は聞いた。

「どんな手紙だったんです？」

「妙な手紙でしてね。私は自殺した、という書きだしなんですよ。ある事情があって、死体は他殺のような様相を呈しているだろう。だが、自殺だ。死体はこういうところにある、と場所が書いてありまして、それがさっき申しあげた死体の発見場所なんです。もちろん、地図にバツじるしをつけるような、厳密な書きかたがしてあったわけじゃ、ありませんがね」

「でも、死体は見つかったとき、かなり腐乱していたって、さっき、おっしゃっていたでしょう？　すると、その手紙は……？」

「幽霊が書いたわけじゃあ、ありませんよ。その後の調査で、沼江さんの筆蹟《ひっせき》であることは、間違いないように思われますから、生きてるうちに書いたんでしょう。そうして、だれかに預けておいたんですな。小説めいた想像ですがね。ひと月たっても、連絡がなかったら、投函《とうかん》してくれ、というようなことをいって」

「それで、自殺ってことになったんですの？　でも、刑事さん、さっき、沼江は殺されたといわれたわ」

「ええ、当人がなんといおうと、他殺と見たほうがいいような状況ですからね」

といってから、柳井刑事は笑った。当人がなんといおうと、という表現が、おかしいことに気づいたのだろう。

「それで、殺された、といったわけです。しかし、被害者が手紙をあらかじめ用意しておいて、これは自殺だ、こういう場所で、死体が見つかる、殺人のように見えても、捜査はしないでくれ、といってるんですからね。ふつうの殺人事件とは、やはり違いましような。わたしとしても、自殺幇助《ほうじょ》の犯人を探しているのか、嘱託殺人の犯人を探しているのか、それとも、殺人犯人を探しているのか、まだわからないようなわけで――」

「それで、その手紙をあずかっていたのは、だれだかわかったんですか？」

「困りましたね、佐久間さん。わたしのほうが刑事で、いろいろうかがいに来たんですよ」

と、柳井は苦笑した。

「でも、ついこのあいだまで、いっしょに暮していた相手のことで、しかも、こんなことになったんだし、事情を聞く相手もいないんだから、しょうがないわ。どうしても、あなたに聞くことになるわよ」

「それはわかりますがね」

「いいわ。もう質問はしません。その代り、あとで結果——というのかしら、とにかく、わかったことを教えてくださるでしょう？」

「そりゃあ、まあ……埼玉県警を代表して、うけあうことはできませんが、個人としてお約束しますよ。電話するなりなんなり、必ずします。電話番号をうかがっておきましょう」

柳井刑事は、それからいろいろ質問をして、帰っていった。

啓子はひとりになっても、下訳のしごとに、すぐ戻ることが出来なかった。窓の外を眺めながら、つづけざまにタバコを吸った。沼江は、あたしに殺されることを、知っていたんだわ。そうなんども、胸のうちでつぶやいた。

刑事のいった通り、手紙が間違いなく、沼江の書いたものであれば、啓子の犯した殺人は、すべて演出されていた、ということになる。沼江によってだ。沼江の演出で、啓子は動いていたことになる。

帰り道の地図を渡したことでも、それはどうやら、間違いなさそうだ。啓子はひどく侮辱されたような気がした。その気持は、だんだん強くなってくる。啓子は机の上を片づけて、服を着かえた。とても、落着いてはいられない。
けれども、どこへいくというあてもなかった。新宿へ出て、ぼんやり歩きだしながら、
映画でも見ようか、と思った。暗いなかに腰をおろして、空ぞらしく動いている絵を眺
めていれば、いくらか気が落ちつくだろう。
　啓子は行きあたりばったりに、映画館へ入った。ロビーはがらんとしていて、正面の
ドアから座席に入るのは、気がひけるようだった。啓子は、わきの廊下へ曲った。うし
ろに靴音がするのには、ぼんやりと気づいていた。だが、気にしていなかったから、座
席へのドアをあけようとして、うしろから腕をつかまれたときには、血の気がひくほど、
びっくりした。
　ふりかえってみると、大きなサングラスをかけた女だった。しぼり染めのシャツを着
て、腰からずり落ちそうに、白のパンタロンをはいている。見おぼえがあるような顔だ
が、おもいだせない。
「ちょっと、話があるんだけどな」
　女は低い声で、男みたいな喋《しゃべ》りかたをした。啓子は片手をドアにかけたまま、眉《まゆ》をひ
そめた。
「どんなご用？　あなた、どなたなの？」
「なんだ。わすれちゃったのか。つまり、あたしはまるっきり、無視されてたってわけ

だね。癪《しゃく》だな。でも、しかたがないか」

と、女は鼻のさきで笑って、

「話ってのは、沼江のことだよ。あたしは木村って呼びたいけど、これも、しかたがないね。埼玉の刑事が、あんたんとこへ行ったろう？」

「ああ、あんた――」

啓子は思いだした。いつか自分をつけてきて、沼江を返してくれ、といった女だ。

「うん、木村みち。思いだした？　あっちで話そうか」

女は廊下の長椅子《いす》を指さした。啓子はうなずいて、みちといっしょに、椅子のほうへ歩みよった。

「それじゃあ、刑事にあたしのことを教えたのは、木村さん、あなたなのね？」

「あたしが教えなくたって、ほかのひとが教えたわよ。それに、だいじなことは喋ってないから、大丈夫」

「大事なことって？」

「あんたが沼江を殺したってことさ」

みちは、啓子の耳に口をよせて、ささやいた。長椅子にすわった膝《ひざ》の上で、啓子は両手をにぎりしめた。

「なにをいうのよ」

「いやしないわよ。いわなかったから、安心しなって、いったでしょう」

「いまいっただけでも、じゅうぶんだわ。なんで、そんないいがかりをつけるの？　なにか証拠があるの？」

啓子は声をとがらした。

「そりゃあ、証拠なんかないけれど……」

「じゃあ、ただの想像じゃないの」

「そういえば、そうだけどさ」

「いい加減なあて推量で、ひとの迷惑になるようなことを、いわないでちょうだい」

「だから、ほかのひとには、いわないよ。あてずっぽうっていわれれば、それまでだけど、あたしの勘、ふしぎにあたるの。だいいち、おねえさん、手がふるえてたわ」

「刑事の訪問をうけたあとで、あまり親しくもないひとから、いまみたいなことをいわれたら、手ぐらいふるえるわよ。ふるえるのは、おびえたときだけじゃないわ。腹が立ったときだって、ふるえるのよ。話というのは、それだけ？」

「ちょっと待ってよ。ごめんなさい。あやまるからさ。だいじな話ってのは、これからなの。あたしたち、共同戦線を張らなきゃならないんだから、怒らないで聞いてよ」

「共同戦線なんて、大げさね。なんに対して、そんなものを張るの？」

「説明するのに、長くかかるんだけど、聞いて――おねえさん、沼江のこと、よく知らないんでしょう？　つまりさ。どこで生れて、どこの学校へいって、これまでにどんなことをして来たか、というようなこと」

「知らないわ、くわしいことは——それに、いまさら知っても、なんにもならないしね」

啓子は、軽くため息をついた。

「そりゃあ、そうかも知れないけどさ。これだけは知っておいたほうがいいよ」

と、みちはいっそう声をひそめて、

「あいつにはね。奥さんがいるんだ。あたしなんかには、いちばん苦手のタイプの女でさあ。そいつが私立探偵をやとって、あたしたちのことを、調べてるらしいんだよ」

「いまさら、そんなことをして、どうするつもりなのかしら？」

「沼江を殺した犯人を、つきとめたいんだってさ。あたしか、おねえさんか、どっちかが、あのひとを殺した、と思いこんでるらしいんだよ、奥さんは」

「警察にまかしておけばいいのに——だいいち、日本の私立探偵に、そんな問題を調査する資格はないはずよ。なにか聞きにきたって、返事なんかしてやらなきゃいいんだわ」

「それがねえ、もうあたしのとこへは、来たんだけれど、いなかものの興信所員なんかじゃないのよ。私立探偵なんていってるけど、あれはきっと、暴力団あがりの事件屋ね。

なにをやるかわからないから、気をつけてね、おねえさん」

10

佐久間啓子が、飯田橋の出版社へ出勤した日、木村みちから電話があった。

「おねえさん、気づいてる？　このあいだ話した私立探偵ね。あいつがずっと、おねえさんを尾行してるよ」

みちは声をひそめて、さも重大そうにいった。

「なんで、そんな真似をしているのかしら。聞きたいことがあるなら、あいにくればいいのに」

と、啓子は首をかしげた。みちはいっそう声をひそめて、

「そんなことは、わからないけどさ。気をつけたほうがいいよ。いまだって、下の喫茶店にいるんだから」

「どうして知ってるの、あんた？」

「きまってるでしょう？　そいつのあとを、またあたしが尾行してるんだよ」

みちは得意そうに、低い笑い声を受話器にひびかした。

「そんなことして、大丈夫？」

「大丈夫よ。いま近くの公衆電話から、かけてるんだけど、おねえさん、もうそろそろ

帰る時間じゃない？」

「ええ、急ぎの仕事はないから、きょうはもう、いつでも出られるけど」

「じゃあ、出てきてよ。話したいことがあるの。裏口ある？」

「あるわよ。そこから出たほうが、いいわけね？　でも、話ってなに？」

「電話でいえるくらいなら、あう必要ないじゃない。あたし、おねえさんのこと、心配してんだよ。とにかく、あって話を聞いてよ。裏口だから、裏通りへいけば、あえるわね？」

「ええ。それじゃあ、机の上を片づけて、すぐおりていくわ」

啓子が裏通りへ出ていってみると、みちはきょうは目立たないスウェーターとスカート姿で、もうビルの角に立っていた。

「おねえさん、表通りへ出ると、やばいからさあ。国電にのるんだったら、神楽坂のほうからにしない？」

「いいわよ、それでも。いつもは、あたし、地下鉄なんだけど――話ってなに？」

ふたりは露地づたいに、富士見二丁目のほうへ、歩きだした。

「おねえさん自身のことよ。あんなにしつっこく尾行しているところを見ると、あいつ、おねえさんを本命と見てるらしいよ」

「本命って、なんのこと？」

「いい加減に、あたしを警戒するの、やめてくれない？　沼江を殺したのは、おねえさんだって、にらんでいるってことよ。おねえさんが身におぼえがあるかどうか、そんなことはどうでもいいの。問題は、あいつがそう思っている、という点ね。気をつけないと、いやな思いをするわよ」

「わかったわ、あなたのいうことは」

と、啓子は眉をよせながら、うなずいて、

「でも、どう気をつけたらいいのか、わからないんだけれど」

「あけすけに聞くけど、怒らないでね。おねえさん、いま男いるの？　はっきりいうと、おねえさんの部屋に泊っていくような」

「いないわよ、そんなの」

「寝言はいうほう？　うなされたりしない、最近？」

「どうして？　寝言をいうかどうか、自分じゃわからないでしょう？　子どものころ、親に注意されたおぼえもないから、いわないと思うわ。うなされるかどうかも、わからないわね。いやな夢は、たまに見るけど」

「要するに、あたしが心配してるのはね。おねえさんの部屋に、盗聴機がしかけられてやしないか、ということなの」

「盗聴機？　ああ、いま流行してるそうね。私立探偵が、それを、あたしの部屋にしかけた、というの？」

「可能性がある、というのよ。とにかく帰ったら、窓の下とか、ドアのまわりとか、なかに忍びこまなくても、しかけられそうなところを、探してみるといいわ」

「そうね。そんなこといわれたら、気になってきたわ」

「それから、もうひとつ、気になるのはねえ。おねえさんのところに、沼江のものがなにか残ってない？」

「どうして？」

「もし残ってたら、早く処分しちゃったほうが、いいと思うんだ。処分っていったって、くず屋に売ったりしたら、だめよ。紙なら燃しちゃうとか、服やシャツなんかだったら、ううんと――どうしたらいいのかな？　やっぱり燃しちゃうのが、いちばんかしら。でも、おねえさんが自分で処分して、あいつに見られたりすると、なおまずいね。いいわ、あたしが手を貸したげる」

　と、みちは大きくうなずいて、

「早いほうが、いいよ。今夜、電話するね。沼江を思いださせるようなものは、早くしまつしちゃったほうが、さばさばするわよ」

「それも、そうね。残っているかどうか、探してみるわ、帰ったら」

探さなくても、残っていることは、わかっていた。けれど、啓子はまだ、木村みちという若い女を、信用しきってはいなかったのだ。

「なん時ごろに、電話すればいい？」

と、みちは聞いた。

「そうね。九時ごろなら、大丈夫だと思うんだけど——きょうは、別により道するところはないから、その時分までには探しておけるでしょう、きっと」

飯田橋駅の神楽坂よりの口で、みちとわかれて、啓子は新宿まで国電にのった。駅ビルのレストランで食事をして、まっすぐ家へ帰るつもりだったが、西武新宿の駅のほうへ歩いているうちに、気が変った。歩きながら、なんどかさりげなく振りかえってみたが、尾行されているような様子はない。

「もっとも、されていたって、あたしにはどうせ、わかりゃしないんだわ」

と、考えると、啓子はおかしくなった。西武新宿駅は素通りして、大久保病院うらのスナック・ゴローに、啓子は寄った。マスターとおしゃべりをしながら、水わりを飲んでいるうちに、啓子はまた、みちの言葉が気になりだした。

啓子よりあとから入ってきて、カウンターのすみで、静かに飲んでいる男がいる。手帳をひろげて、しばらくページをめくってから、電話をかけはじめた。男が口をきいているときを見はからって、啓子は小声で、

「あのひと、常連？」

と、マスターに聞いてみた。

「いいえ。はじめての方ですね」

啓子は二杯目の水わりを、そうそうに片づけると、ゴローを出た。西武新宿駅のむかいがわに立って、しばらく様子を見ていたが、さっきの男はつけてこない。

どうやら、疑心暗鬼というやつだったらしい。啓子は駅へ入って、電車にのった。野方の住居にもどってきて、部屋へ入ろうとすると、

「失礼ですが、佐久間啓子さんですか？」

うしろから、声をかけるものがあった。

ふりかえってみると、三十前後の男が立っている。きちんと服はきているが、どことなく、やくざっぽい感じがした。

「ええ、佐久間ですけれど……」

「おつとめ先のほうへ、夕方、電話をしましたら、もうお帰りになったあとでしてね。こちらへ来て、お帰りを待っていたんです。おさしつかえなかったら、お話をうかがえませんか？」

「どんなお話でしょう？」

「申しおくれましたが、わたくし、塩沢和夫といって、調査のしごとをしているものです。沼江健作さんの奥さんの依頼でいま歩いているのですが――」

「つまり、私立探偵？」

「まあ、そんなところです。でも、法的な権限を持ってるわけじゃありませんから、無理なおねがいはいたしませんし、プライヴァシイはまもります。ほんの二つ三つ、質問にご返事がいただければ、ありがたいんですが……」

「立話もできないし、あたしはひとり暮しだから、あがっていただくのもなんだし……近所の喫茶店でよかったら、話をうかがってもいいですわ」

「それで、けっこうです」

啓子は塩沢と名のった男を、駅のちかくのスナック喫茶へつれていった。九時ちかい半ぱな時間だったから、店はすいていた。ふたりは、すみのテーブルに腰をおろした。

「あなたは沼江さんと、半年ばかりいっしょにおいででしたね？　そのあいだの印象で、自殺をしそうな男でしたか？」

と、塩沢は聞いた。啓子はちょっと、めんくらった。事実を聞かれるとは思っていたが、こんな感想をもとめられるとは、考えてもいなかったからだ。

「どうして、そんなことをお聞きになるの？　あなたはデータを集めてるんでしょう？」

「犯罪は人間の感情が起すもんですからね。データを集めるだけじゃ、なんにもならない。沼江さんの自殺は、嘱託殺人や自殺幇助がからんでいるとも、まったく自殺じゃないとも、考えられます。だから、犯罪といっていいでしょう。となると、人間関係の内面をのぞいてみないことには、真相はわかりません」

「あたしが容疑者あつかいされているんだとすると、黙秘権もあるわけね」

「すみません。気を悪くされたようですね。話題を変えましょう。木村みちという女を、ご存じですか？」

「知ってるわ。ちょっと知ってるていどだけれど」

「その女から、あなたのところに沼江さんが残した品物があったら、渡してくれ、という申入れがなかったでしょうか？　そういう直接的ないいかたでは、なかったかも知れませんが……」

「どうして、そんなことをお聞きになるの？」

「もし、そういう申入れがあっても、お渡しにならないほうがいいからです」

「どうしてかしら？」

啓子は、塩沢の顔を見つめた。塩沢は困ったように目をそらして、

「あなたを納得させられるだけの理由は、実はまだ、ないんですがね。カンというだけじゃ、いけませんか？」

「つまり、あなたがたにとって必要なものが、あたしのところにありそうなわけね？」

啓子は警戒心が顔つきに出るのもかまわず、強い口調で問いかえした。

11

私立探偵みたいなものだ、と自称する塩沢和夫という男にわかれて、啓子が自分の部屋へもどってくると、電話のベルが鳴りつづけていた。

「もしもし、佐久間ですけれど」

啓子が受話器をとりあげると、木村みちの声がとびこんできた。

「ずいぶん、心配したよ。殺されるか、誘拐されちゃったんじゃないかと思ってさ。約束どおり、九時にかけても出ないし、九時十分にかけても出ないし、二十分にかけても出ないし、ずっとかけつづけてたの。こんど出なかったら、様子を見にいこうか、と思ったくらいだよ」

「約束をまもらなかったのは、悪かったわ。とちゅうで、ひとにあったもんだから、帰りが遅くなってしまったの。でも、わたしがだれに殺されたり、誘拐されるっていうのかしら？　なんだか、おかしいわ」

「おねえさんは、のんきすぎるのよ。例の私立探偵は、いざとなったら、なにをやりだすかわからない男なんだから」

と、みちは声をひそめた。けれど、啓子のあった塩沢は、そんな危険な男には見えなかった。なんとなく暗い感じが、ときにすることはあっても、行儀のいい青年だった。

「その話はとにかくとして、沼江の遺留品はなにかあった？」

　と、みちは聞いた。

「遺留品？」

　啓子は思わず、笑いだしながら、

「遺留品は大げさね。そんなわけで、いま帰ってきたばかりでしょう。だから、まだ調べてないのよ。あしたにでも、探してみるわ」

「早いほうがいいわよ。なんなら、あたしが今からいって、手つだってあげようか？」

「ありがたいけど、今夜はわたし、つかれてるの。やっぱり、あしたにしましょうよ」

「おねえさん、なにか勘ちがいしてやしない？　あたしはねえ、沼江みたいなやつのために、おねえさんの立場がこれ以上、面倒なことになったら、気の毒だと思ってるんだよ。だから、おいてあるものを早く処分しちゃえ、といってるの。あたしのためじゃあ、ないんだよ。あたしとしちゃあ、かかりあいになりたくないんだ。沼江があんたと、ピクニックにいく、といってたことも、おまわりに喋っちゃったほうが、あたしの立場はよくなるんだからね」

「木村さん――」

「あんたをおどかしたくないから、黙ってたけれど、あたしは前の日に、沼江にあってるのよ。ピクニックにいくってことを、聞いてるのよ。レンタカーをどこで借りたかってことだって、知ってるんだから」

「木村さん、わかったわ。いまどこにいるの？」

「新宿」

「じゃあ、ここへ来て、手つだってくれる？　待ってるわ」

啓子は電話を切って、服を室内着にきかえると、押入れをあけた。沼江が残していったものは、ひとまとめにしてあって、探すも探さないもない。押入れの奥から、とりだせばいいのだった。

たくさんの品ではない。洗った下着や、シャツが数枚、ノートが一冊、鉛筆が数本、スケッチ・ブックが二冊。ノートと一冊のスケッチ・ブックには、なにも書いてない。もう一冊のスケッチ・ブックには、インディアン・ルックの男女や、トルコ風呂の女や、乞食《こじき》の姿なぞが、スケッチしてあった。

もうひとつ、厳重に封をした大きな紙袋があった。啓子は思いきって、カッタの刃で封をはがしてみた。中身は十数枚の春画だった。啓子をモデルにした見おぼえのある絵も、なん枚かあった。啓子はもと通り紙袋におさめると、絵の書いてあるほうのスケッチ・ブック一冊と、それを重ねて、本箱の鍵のかかる引出しの奥に、しまいこんだ。

あとの品物を、わざと乱雑に押入れへしまってから、啓子はタバコに火をつけた。レンタカーのことが、気になりだして、考えはじめた。車のことは、埼玉県警の刑事も、塩沢も、なにもいわない。つまり、知らないのだろう。すると、あの車は、どこへいってしまったのだろうか？

ドアにノックがあって、出てみると、木村みちが立っていた。啓子は室内へまねき入れてから、小声でいった。

「手つだってもらうほどのことは、なかったの。押入れをあけてみたら、簡単に見つかったわ」

啓子が押入れをあけて、品物を出してみせると、みちは熱心にあらためてから、

「これで全部？」

「ええ、全部のはずよ」

「なにか、わすれてるものはない？」

「そうね。ないはずよ。わたしを書いたスケッチが、なん枚かあったんだけど、それはこんな事件が起るずっと前に、あのひとが出ていった直後だったけれど、腹立ちまぎれに焼いてしまったの」

「じゃあ、これ、あたしが始末してあげるわ」

みちは品物をひとまとめにして、大きなズックの手さげに押しこんだ。

「木村さん、さっき、あのひとが車をかりたレンタカーの店を、知ってるといったわね？」

紅茶をいれて、すすめながら、啓子が聞くと、みちはうなずいて、

「ええ、いったわ」

「その店、教えてくれない？」

「どうして？　知らないでいるほうが、いいんじゃないのかな」

「でも、ちょっと調べてみたいことがあるの。あの車がどうなったか、知りたいのよ。新聞記事にも、刑事さんの話のなかにも、車のことは出てこなかったでしょう」

「そりゃあ、書かなかったか、いわなかったか、それだけのことで、死体といっしょに発見されたんじゃないのかな。刑事に車のこと、聞いてみたわけじゃないんでしょう？」

「そりゃ、そうよ。聞けるはずないじゃないの。車が道ばたにとめてあったら、死体はもっと早く発見されるはずだから、たぶん、なくなっていたんじゃないかしら」

「つまり、おねえさん、沼江を殺したことを、あたしに対して、みとめるわけね？」

「なにも、そんなことはいっていないわ。あのひとに、ピクニックにさそわれたことは、みとめるわよ。車でむかえに来られて、のったことも――でも、わたし、気分が悪くなって、途中でおりてしまったの。そのあと、あのひとがどこへいったか、ぜんぜん知らないの」

啓子は、うそをつき通した。つい気をゆるして、口をすべらしてしまったが、みちを

完全に信用するわけには、まだいかない。みちは小ずるい微笑を浮かべながら、啓子の顔を見つめて、

「そりゃあ、まあ、そういうことにしておいてもいいけれどさ。車はおねえさんが、どこかへ運んだわけじゃないのね？」

「わたし、運転できないの」

「じゃあ、レンタカーのほうは、あたしにまかしといてよ。おねえさんがいって、根ほり葉ほり聞いたら、きっと怪しまれるわ。あたしなら、店に知ってるのがいるから、うまく聞きだして見せる」

「そうね。お願いするわ。電話するから、番号教えといてよ」

と、啓子はいった。みちは電話番号をいって、啓子に書きとらせると、大きな手さげをぶらさげて、帰っていった。窓を細目にあけて、啓子がのぞいていると、駅のほうへの道を、歩いていく姿が見えた。啓子は急いで服を着かえると、部屋を出た。みちの姿は、曲り角までいくと、遠くに見えた。

　夜はふけていたが、商店街にはまだ人通りがある。遅い電車で、帰ってきた人びとだ。啓子は間隔をおいて、みちのあとをつけていった。みちは駅のほうへは曲らずに、環状七号道路のほうへ、歩いていった。人通りがとだえたし、みちがタクシーで帰る気だとすると、すぐあとに空車が見つかる可能性はすくないから、尾行はむずかしい。啓子は

あきらめて、帰ろうとした。

そのとき、みちのそばに大股《おおまた》に歩みよる男のすがたが、目に入った。背かっこうが、どこかで見たように思われて、啓子は足を早めた。みちと男は、道ばたに立ちどまっている。啓子は片がわの家の軒下をつたって、近づいた。けれど、ふたりの話し声は低くて、聞えない。聞えるところまで、近づく勇気はでなかった。

ふたりは、歩きだした。水銀灯の下を通ったとき、男のほうが、塩沢和夫であることに、啓子は気づいた。啓子は思いきって、軒下づたいにふたりに近づくと、いきなり声をかけた。

「どうも、おかしいと思ったわ。あなたがた、やはり同盟をむすんでたってわけなのね」

みちと男は立ちどまって、ふりかえった。

「おねえさん、勘ちがいして、変なこと口走らないでよ」

と、目を怒らして、みちがいった。

「ごまかしても、だめ。あのひとが残していったものが、必要だというのは、いったいなんのためなの？　まさか銀行から盗んだ金の隠し場所が、どこかに書いてあるとかなんとか、メロドラマみたいなことじゃないでしょう」

くちびるを歪《ゆが》めて、啓子はいった。塩沢は、にやにや笑っていた。啓子はつづけて、

「あのひとの指紋が、必要なのかしら？　だったら、シャツや下着は役に立たないわね、わたしが洗ってしまったから――ノートやスケッチ・ブックなら、役に立つかも知れないけれど」

「いい考えですね。ぼくも、そうだと思います。沼江の指紋が潜在しているといけないから、早く処分してしまいたかったんでしょう」

と、塩沢が口をはさんで、

「でも、ぼくはこの木村さんと、手をむすんでるわけじゃない。実はあなたの出入りを見はってた。この女が、沼江のものを持ち出したと見て、問いつめてたところなんです。佐久間さん、どうして指紋を残しておきたくないか、わかりますか？」

「わかるもんですか、このひとの考えることなんか」

啓子は、みちを見つめて、吐きだすようにいった。塩沢は微笑しながら、

「ぼくの考えでは、沼江が生きているからだ、と思うんですがね」

みちの顔に、おどろきの表情が浮かんだ。啓子も思わず、塩沢の顔を見た。

12

「あのひとが……？　生きてるって、それはいったい、どういうことなの？」

思わず、啓子は口走った。

水銀灯の光が、みょうに濁って、夜ふけの街路に、霧が流れはじめていた。

「それは、つまり、死体は沼江健作ではなかった、ということですよ」

塩沢和夫は、低い声でいった。木村みちは、あっけにとられた顔つきで、塩沢と啓子の目を見くらべていた。

「そんなことって、あるかしら？」

と、啓子はひとりごとみたいに、つぶやいた。塩沢は軽くうなずいて、

「ありえますよ。手紙のことを考えてごらんなさい。他殺のように見えても、自殺だなんて、いかにもわざとらしいじゃありませんか。あの状況からも、おかしなことが考えられますね。ぼくが調べた結果から見ると、沼江はあの事件現場まで、車でいったに違いないんです」

啓子が口をひらきかけると、みちは塩沢のうしろに身をひきながら、首をふった。よけいなことはいうな、という意味だろう。

「ところが、車はどこにもなかったらしい。いっしょにいった人間が、運転して逃げたんでしょう」

と、塩沢はつづけて、

「けれど、あの現場へいったのが、沼江の意志であることは、手紙が埼玉県警あてだったのを考えれば、あきらかです。ところが、その手紙がとどいた時期が、ぼくには気に

なるんですよ」

「どうして？」

と、啓子が聞くと、塩沢は顔をしかめて、

「手紙に教えられて、警察が死体を発見したときには、もう腐っていた。顔なんかも、はっきりしなかったんです。どうして、そうなるまで、手紙が来なかったんでしょう。つまり、手紙はわざと、おくらしたんだ、と思うんですよ、ぼくは」

「でも、それは手紙をあずかったひとが、あのひとから連絡がありはしないか、と思って、一日のばしにしてたんじゃないかしら？」

「手紙をあずかった人物なんて、いなかったろう、と思いますね。あれは沼江が、自分で出したんですよ」

「それじゃあ、発見された死体は？」

「沼江といっしょに、車であそこへいった人物か、さもなければ、ほかの場所で殺されて、あそこへ運ばれた人物です。動機まではわかりませんが、沼江は自分を抹殺する必要があったんでしょう」

「そんなはずないわ。あのひと、死んでた。あたしが意識をとりもどしたときには、死んでたのよ」

啓子は口走ってから、はっとした。みちが大きく目を見はって、こちらを見ている。

塩沢も無言で、するどい目をむけていた。

からだが動かなかった。ふたりに見つめられながら、じっと立っているより、しかたがなかった。

しばらくして、みちが口をひらいた。

「しゃべっちゃったわね。あたし、もう知らないよ。共犯だなんて思われちゃ、かなわないから、あたし、帰るわよ」

みちは身をひるがえすと、男の子みたいに大股に、霧のなかへ立ちさっていった。塩沢は呼びとめなかった。啓子も、声が出なかった。

「やっぱり、あなただったんですか？」

塩沢が、うめくようにいった。啓子は人形みたいに、ぎこちなくうなずいた。

「あなたが沼江にたのまれて、殺したんですね？」

啓子はまた、うなずいた。うなずいてしまってから、気がついて、かすれた声でいった。

「たのまれたわけじゃありません。殺そうと思って、殺したんです。もうどうでもいいけれど……いっしょに、警察へいっていただけますか？」

「自首なさるんですか？」

と、塩沢は聞いた。啓子はかすかに、うなずいた。塩沢は首をふって、

「ぼくの仕事は、ここまでですよ。手をくだしたのが、あなたとわかれば、それでいいんです。あるひとに報告して、あとはそのひとまかせ。ぼくはこれで、センチメンタルな人間でね。自首のおともなんか、とうてい出来っこない。失礼します」

「待って――」

啓子は声をかけたが、塩沢はふりかえらなかった。背をむけて、歩きだした姿は、たちまち霧にのまれてしまった。

それほど、霧は濃くなっていたのだ。啓子の曇った心のように、霧は濃く、夜の町をとざしていた。啓子はしばらく、立ちつくしていた。このまま、警察へいこうか、それとも、いったん部屋へもどるか、思いまよっていたが、やがて歩きだした。

あとしまつをしてくれるひとは、東京にはいない。他人に部屋のしまつをしてもらいたくはなかった。とにかく部屋へもどって、ひとに見られたくないものを処分しよう。それから、すこし眠るのだ。ほっとしたような、不安なような、みょうな気分。入学試験から帰るときみたいな気分で、啓子は部屋へもどってきた。

ドアの鍵《かぎ》をあけて、なかへ入ると、あかりをつけた。ドアをしめようとしたとき、だれかに肩を押された。よろめきながら、ふりかえると、そこに沼江が立っていた。

啓子は息をのんで、畳に膝《ひざ》をついた。沼江はうしろ手にドアをしめてから、かすかに笑った。

「幽霊じゃないから、気をうしなわないでくれよ」

「やっぱり、生きていたの、あんた」

それだけいうのが、やっとだった。沼江は啓子の前に、あぐらをかくと、にやにや笑いながら、

「いろいろ、ご苦労さまだったね。ことに今夜は、助かったよ」

「なんのこと」

「きみが自白してくれたことさ」

「あのときから、そばにいたのね」

「そんなあぶない真似はしないよ。あの女が教えてくれたんだ」

「木村ってひとのこと？　あなたがた、あたしになにをさせたいの？」

「そう怒るなよ。ぼくとしては、きみの願望をかなえてあげたつもりだぜ。きみは殺意を持っていたはずだ。多少、それを利用させてもらったのは、たしかだがね」

「でも、あなたは死んでたわ」

啓子は、草の上に倒れていた沼江を思いだして、身ぶるいした。

「さわってみるべきだったんだ、きみは」

と、沼江はいって、なんとなく悲しげに首をふりながら、

「そうすれば、ぼくは舌をだして、すべては冗談になっていたろう。ぼくはトランクに

死体を積んだまま、車できみを送りかえして、あんがい自首していたかも知れない」

「死体……が入っていたの、あの車のトランクには」

「そう――警察がぼくだと思いこんでくれた死体がね。塩沢の兄きだよ。ぼくは殺されるところだった。夢中であらそって、気がついたら、相手の首をしめていた。きみのことは笑えない。ぼくはとたんに臆病《おくびょう》になって、あんなお芝居を思いついたんだ」

「それじゃあ、あの塩沢ってひと、あなたの奥さんにやとわれたんじゃ、なかったのね」

「ぼくには、女房なんぞいない。あいつの兄は、やくざだった。あいつも、やくざみたいなものさ」

「あなたって、そんなひととつきあいがあって、殺されかけるほどのかかわりあいを持ってたのね」

「きみだって、すすんでじゃないだろうが、そういう連中と、現につきあってるじゃないか」

「つまり、弟のほうの塩沢に追いまわされないように、自分が殺されたように見せかけたのね？　あたしを道具につかって――こんどは、あたしになにをさせたくて、顔を出したの？」

「まあね。もうひとつだけ、してもらいたいことがあるんだが、聞いちゃあくれないだろうな」

沼江は初めてあった晩のように、傷つくことに馴れたけものみたいな目で、啓子を見つめた。

「たぶん、だめでしょうね。でも、いうだけいってみたら」

「じゃあ、いおうか。ぼくを殺した犯人として、きみに自殺してもらいたいんだ」

こともなげにいってから、沼江は上衣の下に手をつっこんだ。ズボンのうしろから、抜きとって、畳の上においたのは、白鞘《しらさや》の短刀だった。啓子はそれに手をのばして、膝の上で鞘をはらった。刃の長い、きれそうな短刀だった。

「古風なものを持ってきたのね。あなたって、そんなひとだったの」

あざけるようにいいながら、啓子は冷く光る刃を見つめた。鋼のいろを見ていたのではない。最初に知りあった晩からの、昼と夜とを、ことにあの事件があってから、心にかかえていた重いしこりを、見つめていたのだ。

「最後のたのみなら、聞いてあげなくちゃ、かわいそうね。でも、それには、ほんとの犯人にならなくちゃあ」

つぶやくと同時に、啓子は短刀をにぎりしめて、沼江に身を投げかけた。沼江はそのからだを、抱きとめようとした。とたんに、ドアがひらいて、塩沢がとびこんできた。外で立聞きしていたのだろう。啓子にとびかかりながら、塩沢は口走った。

「よせ。乗せられちゃいけない。こいつはほんとに、今度こそ手のこんだ自殺をしようとしているんだ」

啓子は崩れたからだを、立直そうとした。だが、沼江はそのからだを、抱きすくめた。塩沢は沼江を押しのけようとした。三人はひとかたまりになって、畳にころがった。沼江のうめき声があがった。啓子はようやく自由になって、腰を浮かした。服の裾《すそ》が、血で汚れていた。

沼江は畳の上で、もがいていた。脇腹《わきばら》にささった短刀を、抜こうとしているのか、それとも抜かせまいとしているのか、とにかく両手で押さえていた。塩沢はそれを見おろして、舌うちしてから、

「畜生、まずいことになったな。どうする、あんた？」

「救急車と警察に電話するわ。あんた、ここにいて、ぐあいが悪かったら、逃げてもいいわよ。でも、わたし、ありのままに警察には話します。それとも、わたしの口をふさいでから逃げる？」

啓子は自分をとりもどしていた。あっけにとられている塩沢から目をそらすと、電話の前にいって、受話器をとりあげた。その手がふるえていないことが、なんとなく淋《さび》しかった。霧に濡《ぬ》れた窓ガラスに、自分の顔が硬い輪郭をもってうつっているのを見つめながら、啓子はダイアルをまわした。

妖精悪女解剖図

らくがきの根

1

片桐恭平は、一日に二度、眠る。

朝おきるのは、七時十分前だ。その瞬間に、目ざましつきの腕時計が、手首で鳴る。目をひらく。のびをする。のばした手で、枕《まくら》もとの乾電池かみそりをつかむ。天井を見あげたまま、髭《ひげ》をそる。

馴《な》れているから、鏡はいらない。かみそりを投げだすと、掛け布団ごと、いせいよく立ちあがる。裾《すそ》のほうの壁には、ワイシャツやズボンが、かけてある。

それを身につけて、台所へでる。顔をあらって、サンダルをつっかける。勝手口の戸には、鍵《かぎ》がなければ外からはあかない鎌錠《かまじょう》がついている。だから、細君はまだ寝ているが、安心して出ていける。

木戸をあけながら、牛乳受け箱から壜《びん》をとりだす。親指で紙キャップを、はじきとばす手つきから、恭平の職業に見当をつけるひとが、あるかも知れない。牛乳をのみほすと、路地の口まで駈《か》けていく。出たところは、甲州街道だ。

自動車でいっぱいの道路をわたると、京王線の駅へぬける路地がある。その角に、フレールという喫茶店がある。小さな店だが、恭平のものだ。通用口から、中へ入って、ドアをあける。スタンド型の看板を外にだす。カウンターの中だけ掃除をして、前かけをしめ蝶《ちょう》ネクタイをつけ、白い帽子をかぶる。

すぐ豆をまぜあわせ、コーヒー挽《ひ》きにかける。粉になったやつを、ネルの袋で漉《こ》して、大きなポットに、コーヒーができあがると、かれこれ八時だ。季節によって、ブレンドは少しずつかえている。湯の温度は一定している。温度計ではからなくても、恭平の手が、やかんをガス台からあげると、湯はその温度になっている。

一日のうちで、恭平がこわい顔をしているのは、この時間だけだ。八時になると、パン屋がパンをとどけてくる。早番の女の子もやってきて、床を掃きだす。テーブルから、椅子《いす》をおろすと、客がやってくる。出勤前によっていく常連たちの眠気を、淹《い》れたてのコーヒーでさましてやるのが、恭平の生きがいだ。

朝の忙しさが一段落すると、立ったまま、軽い朝食をとる。

午後一時に、バーテンと中番《なかばん》の女の子が、やってくる。恭平は昼めしと雑用をすませてから、二階へあがって、横になる。早番の女の子が、二時に帰るのを、知らないこともある。バーテンは、恭平の淹れたコーヒーが、壜に何本もつめてあるのを、あたためなおして、出すのが仕事だ。コーヒーはあたためなおすと、香りがなくなるというが、淹れかたで、それは防げる。だが、バーテンはそのコツを、なかなか教えてもらえない。

午後六時に、腕時計のアラームが鳴る。それが、恭平の二度めの朝だ。遅番の女の子が、七時にやってくると、中番の子が帰っていく。バーテンは、八時に帰る。遅番の子は、午前一時までだ。店は二時まで、あけておく。迎えにきた細君といっしょに帰って、寝床へ入るのは、二時半か三時だ。横になればすぐ眠れる。これも、恭平の特技のひとつだ。客の立てこむのは、朝と夕方と深夜で、これは、甲州街道という場所柄だろう。夜は自動車をとめて、のんでいく客が多い。

タクシーの運ちゃんに教えられて、いっしょに入ってきた客が、その次には、運ちゃんをひっぱってきたりする。テレビもなければ、ラジオもないのを、変っている、という客がいるが、変っているのは、ほかの店だ、と恭平はいう。喫茶店はコーヒーの味を楽しませるところなので、純粋なコーヒー店の最後の一軒になってやろう、それも、一流のコーヒーをのませる店の、というのが、恭平の信念だ。この店で修業すれば、一流のバーテンになれるはずだし、この店で舌が馴れれば、一流の客になれるはずだった。

そうならないのは、当人に才能がないせいで、恭平にいわせると、コーヒーをのむにも、料理をくうにも、本を読むにも、映画を見るにも、才能が必要なのだ。才能のない人間は、人生を半分しか楽しめない。戦後の日本は、二流品で満足している哀れな人間のあつまりで、ステレオのスピーカーの数や、美人のウエイトレスの数で、喫茶店が繁昌するのは、その証拠だ、と恭平はいう。この性格を、常連のひとりの大学教授は、パラノイアだ、といってからかうが、恭平はその古風な頑固さを、表面にだしてはいない。

いつもにこにこしていて、不満などはなさそうだ。

事実、近ごろの彼には、不満はなかった。店にはなんとかやっていけるだけの客が、ついている。よほどの負けずぎらいらしく、もう一年以上も頑張って、腕をあげてきた若いバーテンもいる。遅番をきらう女の子ばかりなのが、ただひとつの悩みだったが、それも最近、解消した。近ごろの娘には、一流のウエイトレスになろう、という気なんか、ないものとあきらめていたが、夜だけのつとめを希望してきた志村俊子にはそれがあるらしかった。二十四という年齢は、喫茶ガールとしては老けすぎているが、彼の店ではいっこうにかまわない。あまり美人でないことも、いっこうにかまわなかった。

ウエイトレスは、客に呼ばれないうちに、そばへいってはいけない。呼ばれてから、いったのでは、落第だ。呼ばれても気がつかないようでは、これはもう、馬にひとしい。近ごろは、店員のしつけがやかましいはずのデパートにさえ、馬がいる。客が呼ぼうと思ったとき、そばにきているのが、一流のウエイトレスだ、と恭平はいう。すこし注文がむずかしすぎるだけに、恭平もいままでにひとりしか、一流を知らない。仙台の喫茶バーにいて、全身が客の視線を感知するレーダーみたいな女だったが、いまでは片桐という姓を名のっている。つまり、恭平の気持まで感知してしまったわけだ。志村俊子は、彼の知るふたりめの一流になりそうだった。

女店員募集のはり紙を見て、彼女がやってきたとき、忙しいからちょっと待っていてくれ、という口実で、すみのテーブルにすわらせておいた。ほうっておいて、態度を観察するのが、目的だった。いつも客を待って、客の態度に敏感に反応しなければならないのが、この職業だ。ほっておかれて、もじもじするようでは、素質がない。それとなく観察していると、彼女はとなりの、テーブルの客が読みちらしていった新聞に、手をのばした。いけないな、と恭平は思った。だが、彼女は新聞をページ順にそろえると、折り目を正して、棚のマガジンラックにさしこんだ。こりゃあ、ひろいものだぞ、と恭平は微笑した。志村俊子は、十五分しか待たずに採用されて、この店での新記録をつくった。

美人ではないといっても、くしゃみをする直前の猫みたいな顔には、なんともいえない自然な愛嬌《あいきょう》があった。求人難の世の中だってのに、ぜいたくな注文ばかりつけていて、こんないいひとにぶつかるなんて、お前さんはしあわせだよ、と店員不足に悩んでいる材木屋の主人が、うらやましがったくらいで、常連たちにも気に入られたらしい。彼女のほうでも、客の名前や、顔や、このみまでを、たちまちおぼえた。しかし、いいことばかりはないぜ、お前さん、ことし四十二の大厄《たいやく》だろうが、あの子にへんな手だしでもして、奥さんに殺されるなよ、と材木屋はひやかしたが、たしかに恭平の生活は、順調だった。からだも健康だし、横になればよく眠れる。以前のように、いやな夢も見ないというところのない毎日だった。その日までは。

2

その日は、三月のなかばだというのに冬に逆戻りしたような風が、甲州街道を吹きわたっていた。体操のかわりに、ワイシャツすがたで駈けてきた恭平は、店の前へくると、はっとして足をとめた。

「畜生、いやないたずら、しやあがる」

ドアのガラスに、白墨で大きく、ひとでなし、と書いてあるのだ。恭平は通用口から入って、ドアをあけると、まず濡《ぬ》れぞうきんで、いたずらがきを消した。午前七時といっても、もうかなりのひとが、前を通ったろう。細い字だが、大きく書いてあったから、車の中からも、見えたかも知れない。

恭平は、不愉快だった。だが、コーヒーを挽きはじめるころには、もうわすれていた。あくる日の朝、またドアのガラスに、馬鹿野郎、と白墨で書いてあるのを見たときは、わすれるのに、コーヒーを淹れるころまでかかった。

「こりゃあ、ちょっとあくどすぎるぞ」

とつぶやいたのは、三日めの朝だった。ガラスには、唐変木、と書いてある。へたくそな字だが、白墨はわりあいよくのっている。通りすがりに、気軽く書いていったものではなさそうだ。

それに、白墨をいつも、ポケットに入れてあるく人間は、すくない。文字の位置から見て、子どもでないのは明らかだ。いたずらをする意志があって、それも三日つづいたということは、この店に悪意をもったおとなの仕業にちがいなかった。

恭平は何年ぶりかで、コーヒーを淹れる湯の加減を誤った。しかしまだ、だれにも話はしなかった。

それから二日のあいだ、いたずらがきは、影をひそめた。思いすごしだったのかな、と恭平は自分を笑った。だが、いたずらがきは、次の日にまた現れた。

その日は、日曜日だった。恭平が店へいくのは、八時半だ。店員の勤務時間は一時間ずつ、くりさがっていく。遅番専門の俊子だけは、八時から十一時までわりがいい。ふだんが深夜勤務で、わりの悪いうめあわせだ。

いたずらがきの現れた場所は、こんどは、ドアのガラスではなかった。やはり白墨で、通用口の板戸に、悪党、と書いてある。右さがりのぶざまな字だ。

午後二時に、バーテンの谷口が出勤してくると、恭平はいった。

「きょうは家へ帰って、寝るからね。ぼくに用のあるひとがきたら、教えてやってくれ」

「わかりました。あとは大丈夫ですよ」

「豆屋がきたら、いつもの量だけ頼むのをわすれずにな。ピーナツ屋もくるころだな。

こないだの品物はひどかった。あんな湿けたやつを、うちで出せるかって、文句をいってやれよ」

豆屋というのは、コーヒー豆の卸屋のことだ。

「せいぜい、おどかしてやりましょう」

「女房が風邪《かぜ》をひいてね、帰って、めしの面倒を見てやらなきゃいけないんだ」

「いけませんね。もどるのが遅くなっても、かまいませんよ。夕方は楽でしょうから、どうぞ、お大事に」

日曜日は、つとめの帰りによる客がないから、夕方はひまなのだ。そのかわり、いつもは閑散な九時台が忙しい。

恭平は、ひろい道路のむこうにある家へもどった。やはり日曜のせいで、甲州街道には車がすくない。花曇りといった感じの、ただでさえ、あたまが重くなるような午後だった。

細君が風邪をひいているのは、ほんとうだったが、枕もとについていてやるほどではない。庭で洗濯物をほしていた。子どもはないし、夜が遅いから、朝も遅い。したがって、洗濯はいつも午後になるのだ。恭平が庭へまわると、

「あら、どうしたの？」

晴江はむかしとおなじように、すぐふりかえって、いった。恭平は座敷へうながして、

火曜日から三日間つづき、二日おいてまた現れたいたずらがきの話をした。

「いやあねえ」

　と、晴江は顔をしかめた。

「とにかく、きょうではっきりしたのは、これはごく近所のやつの仕業だってことだよ。ウィークデーなら、出かけるついでってことになるが、日曜だからね。わざわざ早起きして、こんなくだらない真似を、しにくるはずはない」

「あんた、だれか心あたりがあるの？」

「それがないから、お前に話をしにきたんじゃないか。ラジオも、レコードもないんだから、夜がおそかったって、近所迷惑にはならないはずだしな」

「路地の中のとなりは、和菓子の店ね。あそこはお店だけで、通いよ。街道のほうのとなりの果物屋は、自分のとこだって、十二時すぎまでやってるんだから、いやがらせをされるすじあいはないわ」

「だから、お前のほうに心あたりはないかと思ってね」

「ないわ。この近所のひととは、あまりつきあいがないもの」

　と、晴江は笑った。

「すると、変質者かなんかかな」

「まさか、金沢のほうの線じゃないでしょうね」

金沢というのは、ひとつさきの駅前に、事務所のある土建屋だ。昼間は喫茶、夜は酒場にしたいから、バーテンぐるみ店を売らないか、という話を持ちかけられている。もちろん、恭平はことわった。

「いやがらせをして、売る気を起させようってわけか」

「ええ、金沢ってやくざみたいなもんでしょう?」

「そりゃあ、そうだが……まさか、テレビのスリラーじゃあるまいし、こんなぬるま湯みたいな、じわじわしたいやがらせはしないだろう。やるなら、もっと端的にやるよ。ガラスをぶっこわしておくとか、なんとか」

「でも、そんなことつづけたら、あんた警察へいくでしょ?」

「もちろんさ、でも、いたずらがきだって、もっとつづけば、警察へいくつもりだよ、おれは」

あくる朝は、なにごともなかった。

月曜の夜は、いつもそうとう忙しい。バーテンの谷口が帰ったあとは、きのうのいたずらがきのことなぞ、考えていられなかった。

一時半に、晴江がむかえにきた。客はだれもいなかった。恭平は軒看板のスイッチを切って、売上伝票の整理をはじめた。志村俊子が帰るまでに、それまでの分を、しめておいてくれるから、計算は楽だ。

俊子はそろばんも、達者だった。客が入ってきて、中絶しても、どこまでやったか、ちゃんとおぼえている。それでいて、間違いがなかった。

「もう客もないだろう。看板を入れてくれないか」

店内のあかりを小さくしながら、恭平がいった。晴江はドアのわきに出してあるスタンド型の看板を、コードを外して店の中へはこんだ。

「ドアをしめてもいい？」

「五分前だが、いいだろう。中にあかりがついてるんだ。馴れた客は、たたいてくれる」

晴江は、鍵をしめて、カーテンをひいて、ふりかえった。

「あんた、ちょっときて！」

「どうしたんだ？」

晴江は看板をゆびさしている。恭平はのぞきこんだ。楕円《だえん》形の枠の両腹に、ガラスが張ってあって、中に電灯のつく行燈《あんどん》スタイルだ。三脚みたいな鉄の脚がついている。ガラスには、セロハン加工がしてあって、ふたりの人間が肩を組みあいながら、フレールという文字を、支えている。ゾリンゲンの刃物会社、ヘンケルスのマークみたいな、単純化した図案だ。

晴江がゆびさしているのは、ドアから首をだしても、見えないほうの側だった。

そこに赤いチョークで、書いてあったのだ。人殺し、と。

3

「こんなことって、あるもんか！」

角砂糖と間違えて齧《かじ》った樟脳《しょうのう》を、吐きだすみたいに、恭平はいった。

「まさか、まさか……あのひとの……」

晴江の声は、ふるえていた。恭平は蠅《はえ》のような目つきで、妻をにらんだ。

「栗原の奥さん、あたしたちを、怨《うら》んで……」

「自殺したのは、あいつの勝手だ。金を貸してやったのを怨むほど、話のわからないかみさんじゃ、ないだろう。めったなことをいうと、それこそ怨まれるよ」

恭平はぞうきんを洗面所でしぼってきて、チョークの文字をぬぐいおとした。

「でも、あの奥さんのやりそうなことだわ」

晴江はくちびるを嚙《か》んだまま、執念ぶかくいった。恭平は売りあげを、腹巻の中へしまいこみながら、

「もう帰ろう」

と、壁のスイッチに手をのばした。

あくる朝、恭平は六時半に起きて、店へいった。通用口の板戸に、殺人鬼、と書いて

あった。やはり、赤いチョークだ。恭平は前の五回の文字を、思いうかべた。断言はできないが、おなじ筆蹟《ひっせき》のような気がする。

右肩さがりの、へたな字だ。

恭平は赤い文字を消してから、店の中を歩きまわった。床を見たり、天井を見たりした。通用口から、二階へあがるせまい階段が、まっすぐにのびている。恭平は二階へあがって、寝ころがりたくなった。

そのとき、壁の黒板が目にとまった。恭平は階段を二、三段のぼって、黒板の白墨受けをのぞいた。折れた赤いチョークが、白墨の長いの短いの四、五本にまじって、一本入っている。

黒板に書いてあるのは、ぜんぶ恭平の字だ。赤はつかってない。恭平は記憶をたどった。おとといも、赤はつかわなかった。もちろん、ほかのものも、この黒板はつかう。赤いチョークが折れていたからといって、いちがいにはいえない。いたずらがきの犯人が、店内にいるとは。

しかし、おぼろげな記憶では、きのう黒板をつかったとき、赤チョークは新しかったような気がする。だれか折って、持ちだした可能性が、ないとはいえない。

その可能性に立って、考えてみると、客はこの黒板の存在さえ知らないだろうから、嫌疑外においていい。チョークを折って持ちだせるのは、店のものと、コーヒーの卸屋ほか出入商人たちということになる。

　そこまで考えたとき、恭平はあわてて、カウンターへ入った。コーヒーの用意をしなければならない。習性になった手順を、次つぎに片づけながらも、あたまの中には、さっきの考えがくすぶっていた。

「あの行燈のいたずらがきは、夜になってから書いたものだ。さもなきゃ、だれかが気づいてるはずだから」

「ということは、赤チョークを折りとったのは、きのうってことだな」

「そうなるだろう。きのう機会があったものは、今週は早番の留美、中番の文代、遅番の倭子、バーテンの谷口、それから、きのう来たのは、豆屋、氷屋、パン屋か。ピーナツ屋はこなかったな」

　無言で自問自答をつづけているうちに、あたまが痛くなってきた。コーヒーの出来も、よくなかった。だが、からだの調子が悪くて、それが影響した、という言訳で、どうやら間にあうだろう。味が落ちているのに気づくのは、常連のうちの三、四人だ。

　午後一時になって、二階へあがると、毛布にくるまって、ひとり問答のつづきをはじめた。

「あのいたずらがきは、男の仕業か、女の仕業か、どっちだろう」

「へたくそな字、下品な言葉、どうも男みたいな気がするな」

「チャンスのあった七人は、みんな若い。男はそのうち四人、どれもお上品でない言葉のほうが、口に馴れた連中だぜ」

「谷口の字はうまくはないが、それほど見られなくもないな。氷屋のは見たことがないから、なんともいえないが、あとのふたりはおよそお粗末だ」

「しかし、わざと字体をかえている、ということも、考えられる。それに——待ってくれよ。唐変木だ。へたな字、下品な言葉が身についた連中は、とうへんぼくって言葉は知ってても、それを漢字で書くだろうか」

「左手で字を書くと、右肩さがりになるんじゃないか。字がうまくて、むずかしい字にも強いとくれば、志村俊子じゃないか！　そら、履歴書に感心したことを、思いだしてみろよ」

「俊子が帰りがけにチョークを折りとって、通用口を出るとすぐ、看板にいたずらがきした、と考えるのは自然だな。いままでのも、けさのも、朝早く書いたんじゃなくて、おれたちが帰るまで、どこかへ隠れてて、夜のうちに書いたのかも知れない」

「あの子の下宿は近い。京王線の線路のむこうだ」

「だが、動機は？」

「そこだよ、問題は」

「志村という苗字に、記憶はないか？」

「ない。もしかすると、偽名かな」

そのとき、だれかがあがってきた。恭平は眠ったふりで、うす目をあけた。早番の留美が、帰りじたくをしにきたのだった。

恭平は眠っているものと、安心しているのか、蒲団《ふとん》のすぐそばに立って、ハンドバッグの中をひっかきまわした。うす目をあけると、いやでもスカートの中が見えた。

恭平は四十二の男性だから、目をつぶるような偽善的行為は、しなかった。だが、あんがい汚れたパンティをはいていたのには、がっかりした。そこで、視線は色の白い太《ふと》腿《もも》に集中した。とたんに、恭平はもうすこしで、声を立てそうになった。

右の太腿の内がわに、大きなほくろがあったのだ。

「あの女にも、腿のあそこに、ほくろがあった！」

恭平はあたまの中で、さけんだ。

六時になって、下へおりていくと、ちょうど近所のお医者さんが、カウンターでコーヒーをのんでいた。

「先生、ほくろってのは、遺伝するもんですか？」

と、恭平は聞いた。

「遺伝するともいえるし、しないともいえるね。つまり、ほくろがたくさん出来る体質は、遺伝することがあるんだ。だが、おふくろさんの鼻のあたまに、ほくろがあったからといって、娘の鼻のあたまにも、ほくろが出来るとは限らない」

するとやはり、あの女とはなんの関係もないのだろうか。もっとも、いまごろ、あの女のことが、なにかのかたちをとって、現れてくるとは、ちょっと考えられなかった。

4

晴江は栗原にこだわって、勝手に自分でしらべていた。栗原というのは、晴江から高利の金を借りていた男で、去年の暮に自殺してしまった。

晴江は慎重な女だから、こんな失敗はめずらしく、それだけに気になったのだろう。だが、栗原の細君は、いなかの実家に帰っていた。いなかは四国だった。

恭平は俊子と留美の履歴書を、晴江にわたして、本籍地の区役所へいかせた。さいわい、どちらも都内だった。そして、どちらも履歴書にうそはなかった。栗原にも、例の女にも、なんの関係もなさそうだった。俊子の兄弟かなんかが、金沢の事務所にいるのではないかと思って、念のために晴江に電話させてみたが、志村という姓の人間はいなかった。

俊子の現住所もしらべさせたが、たしかにそのアパートに、彼女は同性の友人と共同で部屋をかりていた。

そのあいだにも、いたずらがきは連日のように、現れていた。一週間のうちに、店内にまで侵入してきた。さいしょは洗面所の鏡に、石鹸《せっけん》で書いた文字だった。気がついたのは、夜の十二時ごろだった。俊子がぞうきんを持って、洗面所へ入ったので、聞いてみると、鏡にらくがきがしてあったから、消したのだ、といった。

「いったい、なんて書いてあったんだね」

「よく意味がわからないんです。ほんとうです、ほんとうです、と書いてあるの。どういうつもりなのかしら」

恭平にも、わからなかった。彼はこの十日ばかりのあいだに、急に瘠《や》せだしたようだった。横になっても、よく眠れなかった。

「こんどこそ、正体をつきとめてやるぞ」

恭平は決心した。考えてみれば、最初から確実に犯人をつきとめる方法は、わかっていたのだ。ただそこまで、真剣になれなかっただけなのだ。

つまり、店から帰ったふりをして、ひと晩じゅう見張ることだった。口でいうほど、簡単でないことはわかっているが、もうそれより方法はない。

その晩、恭平は店を出て、甲州街道をわたると、路地口を入ったところで、廻《まわ》れ右をした。路地口は暗いから、道の向うがわから、恭平のすがたは見えないはずだった。用意してきた双眼鏡を、恭平は店の前へむけた。

あっけないくらい、すぐ犯人は現れた。うつむいてやってくると、あたりを見まわして、通用口の板戸に左手をのばした。助けて、人殺し、と書いたのだ。それは、志村俊子だった。助けて、と書いたところまで見さだめて、恭平は行動を起した。大迂回《うかい》して甲州街道をわたると、いたずらがきを終って、歩きだした俊子の前に立ったのだ。

「ちょっと中に入ってくれ」

恭平は俊子の肩を押さえた。女の顔が、恐怖で歪《ゆが》んだ。恭平は引きずるようにして、通用口から、店の中へ俊子をつれこんだ。

「なんだって、こんないやがらせをするんだ。きさま、横山秋子のなんにあたるんだ？」

俊子は答えない。

「横山秋子だよ。白ばっくれるな。いま書いたのは、秋子が最後におれにいった言葉じゃないか。助けて、人殺し！　横山秋子の娘だろう、きさま。わからないのか、おれが七年前に、仙台で殺した女だ！」

恭平は女の肩をつかんで、ゆすぶった。俊子は低い声でいった。

「殺されそうになれば、だれだって、助けて、人殺し、といいますわ。横山秋子なんて知りません。あたし、江島京子の妹です」

「江島？　きさま、江島というのか。おれは本籍までしらべて、てんで見当がつかなかったんだぞ」

「志村というのは、同居してるお友だちの名前です。江島京子という名前を聞いても、なんにも思い出さないんですか？」

「知るもんか、そんな女」

「このお正月に、このさきの時計工場が襲われた事件があったでしょう。姉は偶然、その現場を目撃してしまって、強盗たちに連れさられたんです。強盗たちはここで落ちあって、二台の車で逃げる手はずになってたんです」

「あっ」

「思い出したんですね。姉はここへつれてこられて、またつれだされる前に、お手洗を口実にして、鏡に石鹼で助けを求める言葉を書いた」

「いたずらだと思って、おれが消してしまったんだ、読みもしないで……」

「強盗たちは二時間たらずでつかまったけれど、姉は大けがをして一日苦しんで死んだんです。あなたがいたずらだと思わずに、警察へ連絡してくれれば助かったんですわ」

俊子の目は、きらきら光っていた。

「あなたは幸福で、順調な生活を送っていて、この世にはとんでもない運命が人間を待ちかまえているなんてこと、想像もできないひとだ、と思ったんです。真剣な訴えも、単に異常だからというだけで、いたずらと決めこんでしまうような……だから、無性にあなたが憎くて、あたし、こんなことを企んだんです。まさか、あなたがひとを殺した……」

「そうさ。つまらないことを聞かせてしまった。おれはこの店をつづけていくためには、なんどでもひとを殺すさ。前には、この店をひらくために、ひとを殺したんだから」

恭平の手に、力がこもった。女は悲鳴をあげようとした。だが、その口は恭平の手でふさがれていた。

「おとなしくしろ。じき楽になる」

恭平はうめくようにいった。女はもがいた。そのとき、ふいに大きな声がした。

「おい、手を放せ。その女のひと、ほんとなんですね。殺されかけてるんでしょう。ドアに、助けてなんて書いてあるし、わきの戸があいてたから」

大柄な若い男だった。恭平は茫然《ぼうぜん》としてその男を見つめた。手の力がゆるんだ。

「ほんとなんですね？　ぼく、こういうのをまにうけて、よく恥をかくもんだから、念を押すんですが……」

女は恭平の手を、必死に押しのけて、さけんだ。

「た、助けてください！」

濡れた恐怖

1

今日子はこの地球上に、ただひとり、生きのこった人間だった。

ほんとうにそんな気がして、しかたがない。天井にパネル・スタイルで、はめこみになった蛍光灯をつけた上、フロア・ランプのスイッチまで入れて、居間を見まわしてみても、そんな気がして、どうにもこうにも、しかたがないのだ。

自動車のタイヤのように厚い円《まる》クッションを、いくつもならべた長椅子《いす》も、その上にほうりだしてある大きなシールの黒豹《くろひょう》が、ガラスの目玉を光らしているのも、色もかたちもさまざまな酒壜《さかびん》をならべたホーム・バーも、父の家にいたころから見なれたものだが、どれひとつとして、生命のあるものではない。今日子に言葉をかけてくるものは、ひとつもないのだ。

もちろん、物音がなにもしないわけではない。雨樋《あまどい》のはきだす水の音が、しつっこく耳についてはいる。だが、それも死んだ物音だ。今日子の聞きたいのは、ひとの声なのだ。それも、夫のくちびるから出る――たとい、意味はなくてもいい、ひとの声なのだった。

「なんだって、こんな淋《さび》しいところに家を建ててしまったのかしら」

今日子は心細さをまぎらすために、ひとりごとをいって、椅子から立ちあがった。窓のそばへいって、黒いレースのカーテンをかかげる。スティール・サッシュの窓ガラスには、ふりしきる雨が奇妙な模様をなぐりがきしていて、見とおしはきかなかった。ただ窓が、緑青《ろくしょう》を墨にまぜこんだような、なんともいえない、いやな色をしているのと、道路のむこうの林が、ぼんやり輪郭をにじませて、巨大な黒いアミーバみたいに、風にゆれうごいているのが、見えるだけだった。

「ああ、いやだ」

と、また声にだしてつぶやいて、今日子は窓から離れると、とたんに聞えた男の声に、ぶるっと全身をふるわせた。

「——東京および神奈川には、大雨注意報が出ております」

七時半ちょっとすぎ、セットしておいたタイマーで、飾り棚のラジオが喋《しゃべ》りだしたのだ。なめらかなアナウンサーの声のおかげで、地球上にただひとり、生きのこったみたいな頼りなさは、どうやら薄れたものの、時間に気づいただけに、こんどは心配が胸をゆすった。

「おかしいわ」

夫の浩一は、いつも六時半かれこれに、クリンプ網の門をおしあけて、五十八年のヒルマンを、だだっぴろい庭へ、乗りいれてくるのだ。それがきょうは、一時間もおくれている。

「どこかで、事故でも起したんじゃないかしら」

この雨だ。おまけに道路が、まだここに遠いあたりは混みあっているだろう。近づくほどに凸凹になる。馴《な》れたハンドルも、狂うおそれが、ないとはいえない。今日子は更《さら》紗《さ》模様のブラウスの、ふくらんだ胸のあたりを、両手でおさえた。

その心配をあざ笑うように、ラジオが浪花節《なにわぶし》の胴間声を張りあげだした。今日子は走りよって、スイッチをきると、長椅子にすわりこんでしまった。また雨樋の咳《せき》こむ音が、耳について、彼女はテレビに手をのばした。

そのとき、裏口のブザーが、するどく鳴った。

今日子は、心臓が喉《のど》もとへ、はねあがってきたような気がして立ちあがった。オイスター・ホワイトのフレヤ・スカートの中で、いまのいままで暖かくふれあっていた裸の両腿《りょうもも》が、たちまち冷たく硬《こ》わばるのも、感じられた。ブザーは短かく鳴りやんで、

「沢野さん」

と、呼ぶ女の声がした。今日子は膝《ひざ》をゆるめて、安心の息をつくと、あけはなしたまのドアから、廊下へ小走りに出た。

「沢野さあん。お電話ですよ。ご主人から」

と、隣家の細君の声が、台所へ入ると、はっきり聞えた。

「ありがとうございます」

といいながら、今日子が裏口のドアをあけると、隣家の細君は大きなこうもり傘に、雨音をはねかしながら、もう歩きだしていた。今日子は、タバコいろのレインコートを頭からかぶって、そのあとを追った。

新築して越してきたばかりのこの家には、ちょっとした手ちがいから、住みうつる前に入ってるはずの電話が、まだそなわっていない。それで、隣家といっても、すこし離れた大蔵省の役人の家で、呼びだしてもらっているのだ。

2

「今日子かい。連絡するのが遅くなってすまなかった。じつは急に仕事ができてしまってね。まだ会社にいるんだ」

と、浩一の声が受話器の中で、明るくひびいた。

「そうだったの。あたし、事故でもあったんじゃないかと思って、ずいぶん心配したわ」

と、今日子が怨《うら》むようにいうのを、浩一はさえぎって、

「もう帰るよ。会田君を送ってあげなけりゃ悪いから、すこしまわり道をするがね。あと一時間、一時間半とは、きみを待たせない。ただし、食事はこっちですましたから

ね」

浩一の声のうしろで、女の声が、

「けっこうですわ、部長さん。送っていただかなくても……」

というのが、やや遠く聞えた。さっき今日子が、礼をいいながら玄関へ入ってきて、下駄箱の上においてある電話機の、はずして横たえてある受話器を、そっと取りあげたとき、

「もしもし、奥さまですか。いつもお世話になっている会田でございます。いまご主人とかわりますから」

といったのとおなじ、おとなしやかな女事務員の声だった。

電話をきってから、玄関わきをのぞきこんで、今日子はもう一度、

「どうも、ありがとうございました」

と、礼をいった。雨つづきで湿った空気の、よどんでいる玄関わきの和室で、濡《ぬ》れた夕刊を読んでいた大蔵省の事務官が、

「ご主人は残業ですか。大変ですね。おひとりで淋しかったら、お茶でもあがっていきませんか」

とまん円なめがねの奥で、目をしばたたきながらいった。

「でも、片づけものもありますし、それにもう、会社を出るところだそうですから」

「それじゃまだ、一時間ちかくかかるじゃないですか。この雨じゃあ、飛ばせないだろうから」

「ご主人、ちょっと疲れたようなお声でしたわ。たいへんですねえ」

　と、事務官夫人がそばから、口をはさんだ。どしゃぶりの庭を横ぎって、呼びにいってもらうのだから、事務員にかけさせたのでは失礼になると、最初は自分で出たのだろう。浩一はそんなふうに、神経をこまかくつかう夫だった。したがって、運転も慎重だから、たしかにまだ帰宅までには、時間がかかる。今日子はまた、心細くなった。

「このあたりも、たちまち家が建ちならんで、住宅街になるだろうって、話だったんですがね、奥さん」

「ほんとに、沢野さんのお宅ができるまでは、あたし、しょっちゅうおびえて、暮してましたのよ。なにしろ、林の中の一軒家ですものね」

「もしも、もしもですよ。なんかあったら、大声で呼んでください。ぼくひとりじゃあ、あんまり頼りにもなるまいけど、からだも偉大、心臓も偉大な女房が、いっしょに駈《か》けつけますから」

「まああなた、奥さんの前で、棚おろしは卑怯《ひきよう》よ」

　と、夫婦がかわるがわる喋るのを、微笑をつくって聞きながらも、今日子の胸は雨にさしつらぬかれるようだった。

3

頭からかぶってきたレインコートを、プラスティックの汚れもの入れのへりにかけると、今日子は台所の蛍光灯をつけた。ステインレス・スティールのガスレンジが、彼女の影を、いくつにも複製して映してくれたが、たとえピカピカの表面に、かなり色濃く浮きでたところで、自分のゆがんだ影像が、頼りになるわけもない。

廊下の照明もぜんぶつけ、居間にもどって、長椅子に腰をおろすと、雨音などはないにひとしく、家の中の静かさが、からだをしぼるように四方から迫ってきた。

「あたしがお隣りへいっているあいだ、裏口のドアは、あいていたんだわ」

それに気がつくと、今日子は立ちあがった。だれかもう忍びこんで、二階にかくれているのかも知れない。彼女は耳をすました。なにも聞えない。廊下へ出て階段の下へいき、もう一度、耳をすました。やはり、なにも聞えない。二階の闇《やみ》は、もうコンクリートみたいに固まってのぼってはいけないもののような気が、するだけだった。

今日子は勇気をふるい起して、階段をあがった。編みかざりを赤白青でつけたスリッパが、軽い音を立てて、それさえも彼女をおびやかすのは、いったい、なぜだったろう。

「あまり、お父さんに迷惑をかけたくないんだ」

と、浩一はいって、この土地ならば広く買えるから、という意見に、そのときは夫の潔癖がうれしかったのだが、やはり、もうすこし都心に近いところを、選ぶべきだったのだ。いまさらのように悔みながら、寝室のあかりをつけて、今日子は中に入った。

ひとつだけカーテンをひきわすれた窓から、雨のよろけ縞《じま》を通して、黒い大きな林が、わずかに空と区別されて見える。バスの停留所へさえも、歩いて十五分ちかく、女の足ではかかるのだ。ここが東京都のうちとは、都心育ちの今日子には、とても信じられないほどだった。

寝室は空気がよどんで蒸暑い。彼女はダブル・ベッドに腰をおろすと、ナイト・テーブルの上の、夫のタバコに手をのばした。

二重星のマークのついたタバコを、一本ぬきとりながら、今日子はふと、いま自分の顔いろは、このスリーキャッスルの缶みたいに、青くなっているのではないか、と思った。

子どものころ、小さな部屋に大勢の家族がよりあつまった貧しい家をのぞくと、そこには安心感がどっしり、いすわっているような気がして、うらやましかったことがある。いまもそのときとおなじ、感じがする。隣家を見おろせる窓がないので、よけい大洪水の中に孤立した家みたいな気がするのだろう。

タバコに火をつけてみたが、うまくもなんともない。虹のかたまりを手でこねあげたようなチェッコ・グラスの灰皿に、スリーキャッスルをすりつけて、今日子は立ちあがった。

父の家で、せっかくお手伝いさんを見つけてくれたのに、新婚まのない生活に邪魔が入るような気がして、断ってしまった。

それがいま残念でしかたがない。

自分より年下の女の子でも、いまの場合、心細さをまぎらわしてはくれただろう。

「ああ、早く時間がたたないかなあ」

おやつを待ちかねるだだっ子みたいに、彼女は声に出していた。

わざとスリッパの音を立てて、寝室をでたとたん、今日子は、息をつめて、立ちすくんだ。

階段の下が、まっ暗だったのだ。

「停電かしら」

そんなはずはなかった。寝室のあかりはついている。玄関広間の蛍光灯に、寿命がきたのか。そんなはずもないだろう。まだ取りつけたばかりだし、それに、手すりをにぎってのぞきこんでみると、居間も暗い。

廊下も闇だ。階下の照明だけが、いっせいに気をそろえて、故障するはずはなかった。

手すりをにぎった手のひらが、冷たい汗でねばってきた。その手をはなすと、膝の関節がゆるんで、立っていられなくなりそうだった。

どうしていいか、わからない。寝室の窓から、大声をあげてみようか、と思った。だが、家の裏がわのそれも庭をへだてた隣家まで、この雨の中に、声をとどかす自信はない。

「きっと、きっとなんでもないんだわ」

今日子は自分を叱《しか》りつけて、手すりをしっかりにぎったまま、そろそろと横に歩いてみた。くるぶしがジェリイみたいに、おぼつかなくはなっていたが、どうやら歩ける。ふるえながら、階段をおりはじめた。とちゅうで、耳をすましてみる。なにも聞えない。もちろん、雨の音をのぞいては。

「スイッチはどこだったかしら」

声にだしていってみた。とたんにあかりがついたとしたら、今日子は気をうしなったにちがいない。だが、玄関はいぜん闇だった。

かべを手さぐりして、スイッチを入れた。カチリというかすかな音。それさえも、彼女には、心づよくひびいて、玄関は明るくなった。

「やっぱり、なんでもなかったんだわ」

薔薇《ばら》の花むらを緻密《ちみつ》にえがいた陶器の傘立て。楯《たて》のかたちをした鏡。鉞槍《ハルバルド》のかたちをした帽子掛け。みんな見なれたものばかりだ。今日子は勇気をまして、居間に入った。あかりをつける。もちろん、だれもおりはしない。こんどは廊下だ。

「おや」

スイッチを入れたが、蛍光灯はつかない。たちまち動悸《どうき》がはげしくなったが、考えてみると、廊下の照明は、台所のほうに元スイッチがあるのだ。

「そっちが切れたんだわ」

とつぶやいて、今日子はかべづたいに足をはこんだ。とたんに、背後が暗くなった。またしても、あかりが消えたのだ。

居間も、玄関も、階段も。

今日子は喉のおくで、笛のような音を立てて、台所の闇に塗りこめられた。暗闇にがんじがらめにされて、ゆび一本、動かすこともできなかった。

「こんどこそ、停電だわ。さもなければ、きっとヒューズが、飛んだのよ」

からだじゅうの勇気を、手のさきに呼びあつめて、今日子は懐中電灯がかけてある隅のかべへ、ゆびをのばした。

そのゆびが、なにか冷たいものにふれた。はっとした瞬間、濡れた手が一本、いきなりブラウスの上から、今日子の左の乳房をつかんだ。弾力にとんだ若い乳房は、とたんに重い石になった。

4

今日子は悲鳴をあげた。すくなくとも、自分では、声帯のひろがるかぎり、口をあけて、きゃあっ、と叫んだつもりだった。

それといっしょに、からだをひねって、濡れた手からのがれると、廊下へ走った。だが、闇の中で方向感覚が狂ったのか、彼女の前にはかべがあった。いやというほど、顔をぶつけて、今日子は廊下につんのめった。

しばらくは、立つこともできない。しかし、痛みは感じなかった。むしろ彼女の神経は、ひとの気配を感じとろうと、懸命になっていたのだ。

けれど、聞えるものは、自分の息づかいと、雨の音だけ。ただそれだけであることが凍りつくほど、恐しかった。彼女はそっと、からだを起した。廊下についた手の甲に、ぽつりと水滴がしたたった。針でつかれたように、その冷たさが背すじにひびく。同時に頭上で、妙な音がした。

なんの音か。音というよりも、声というよりも、闇が頭上で、怪しいもののかたちに、凝りかたまろうとして、軋《きし》りあっているような——いや、そうではない。笑い声だ。それは歯のあいだで嚙《か》みころし、洩《もら》すまいとしたものが、つい洩れてしまったにちがいない。低い笑い声だったのだ。

今日子は両足に力をこめて、立ちあがった。手を前につきだして、よろけながら、すがりついたのは、居間のドアであった。

「ああっ」

今日子は泣くような声をあげて、居間にのめりこんだ。うしろから、濡れた手で、肩をつきとばされたのだ。

彼女の足もとで、マガジン・ラックが倒れ、それにすくいあげられて、全身が斜めにかたむいた。右の耳の上を、長椅子の腕木で打って、今日子はちょっと意識をうしなったのだろう。恐怖が闇が、一瞬、遠のいた。

けれど、たちまち、いままではただ一本の、濡れた手であった恐怖が、二本の手になり、その両腕が彼女のからだを抱きあげた。

長椅子に背がつくと同時に、今日子は意識をとりもどした。べとべととまつわりつく海藻《かいそう》のような腕を、爪《つめ》を立ててふりほどくと彼女は必死に声をあげた。

「助けて！」

その声は、しめきった窓をへだてて、庭にひびいたろうか。廊下をつたわり、台所の闇をつらぬき、ドアを越して、隣家にひびいただろうか。

濡れた手のひらが、口をおおった。その力づよさは男のものだ。だが、ひとことも口はきかない。ただ重いからだと湿った髪のにおいが、のしかかってくるだけだった。今日子は首を左右にふって、ふさがれた口を自由にしようとした。

「いや、いや、いやだったら！」

男の手がブラウスの襟《えり》にかかった。小さなボタンの、つぎつぎちぎれとぶ音が、今日子の悲しみを綴《つづ》るタイプライターのキイのように、いやにはっきりと闇にひびいた。

とつぜん、涙が両眼にあふれた。ひらかれた胸もとに、ブラジァをひきちぎろうと匍《は》いまわる手を、両手ではねかえそうとつとめながら、彼女はあふれる涙の幕の上に、よろこびの連続だった新婚生活を、やさしい夫の笑った顔を、ヘッドライトに雨の闇を切りさきながら、急いでくるヒルマンを見た。

「こんなことが、ほんとに起って、いいのだろうか」

せっかくの幸福が、大雨にまぎれて忍びこんだ見知らぬ男のために、一挙に崩れさってしまうなんて！

「お金なら、いくらでもあげるわ。警察にも知らせないわ。だから、ゆるして！」

今日子はふさがれた口の中で、叫んだ。男はそれでも、声を発しない。息を荒く、ただのしかかってくるだけだった。

今日子は力いっぱい首をふると、ずれた男の手のひらに、歯を立てた。血が舌に流れた。男はうめいて、一瞬、全身の力をぬいた。

「助けて！」

と、叫びながら、今日子は相手をつきとばし、その力を足に移して、居間から走りでた。

いくらか闇に馴《な》れた目を見ひらき、玄関のドアにからだをぶつけた。たちまち襲いかかる雨が、気力をふるい立たせてくれた。

はだしのまま、ねばつく泥の中を、門に走った。すぐうしろに、男の息づかいが追ってくる。裏庭へまわり、隣家に駈けこむ余裕はなかった。前のめりに門をとびだし、ぬかるみの道路を横ぎり、林の中に駈けこむのが、精いっぱいだった。

声をあげて、すくいを呼ぼうにも、喉は焼けつくようだった。

5

林の中に駈けこんだとたん、今日子は草に足をとられて前に倒れた。

その上に、男のからだが落ちてきた。ふたつのからだが、草と泥と雨の中を、ころげまわった。今日子は全身にほてりを感じ、ただ夢中で、相手のからだに爪を立て、歯を立てた。男の息は、ガス・バーナーの炎のように、今日子の頬《ほお》を、裸の胸を焼いた。彼女はいつのまにか、右手に石をつかんでいた。

その石で打ったのか、左手につかんだ泥のかたまりをにじりつけたせいか、気がつくと、男のからだは動かなかった。彼女の上からころげおちて、どうやらかたわらにうずくまっているらしい。

今日子はからだじゅうの力がぬけて、あおむけに横たわったまま、動くこともできなかった。右手には石を、左手には泥を、しっかりにぎりしめていた。ひきさかれたブラウスの胸もとを、ひきさかれたスカートの太腿を、雨が洗っていた。

「助かったんだわ」

とつぶやいてみても、自分の声のようには、聞えなかった。ほてっていたからだも、氷みたいに冷えはじめていた。今日子はふらふらと立ちあがった。にぎった石をはなそうとしたが、ゆびが硬《こ》わばって、動かなかった。

今日子はふるえながら、庭を横ぎって、隣家へいった。玄関のドアをあけた主人は、肌もあらわに泥にまみれた彼女を見て、とっさに口もきけなかった。

「あ、あの——」

今日子は玄関のあかりで、自分のすがたに気づくと、恥ずかしさにしゃがみこんだ。声は涙にかすれて、出なくなった。

「おい、ちょっときてくれ。沢野さんの奥さんが——」

と、主人は大声で、細君を呼んだ。

「泥坊が入って、あの林の中に——」

今日子はようやく、それだけいって、奥から走りでてきた細君の腕の中で、気をうしなった。

主人はすぐに、電話で警察を呼んだ。間もなく駈けつけた警官に、

「奥さんは気をうしなっていて、はっきり話を聞いてないんですが、林の中になにかあるようです」

と、主人は説明した。

「家の中はまっ暗ですな。とにかくその林の中を、しらべてみましょう」

警官は雨外套《あまがいとう》をゆすって、懐中電灯をふりながら、玄関を出ていった。主人も傘をさして、それにつづいた。

「だいぶ争ったらしいな」

泥道を懐中電灯で照らしながら、警官がいった。

「あすこにだれか倒れているようです」

と、隣家の主人が、ゆびさすほうに、警官は身をかがめた。

「うん、こりゃあ、石で殴りころされたんだな」

警官は泥と血にまみれた男の顔に、懐中電灯の光をあてた。とたんに隣家の主人が叫んだ。

「こ、こりゃあ、沢野さんですよ。いったい、どういうことなんだろう。自分の奥さんを、襲うなんて！」

ちょうどその時間、都心の高級アパートの一室で、ひとりの女が電話の前にすわり、ベルの鳴るのを待ちかまえていた。その女のそばには、テープレコーダーも、おいてあった。つい三十分ほど前、そのテープにおさめた男の声をつかって、彼女は電話をかけたのだ。そしていまは、その男のほんものの声が、計画がうまくいって、社長の娘というだけで、なんの愛情もない醜い妻を、この世から消すことができた、と知らしてよこすのを、彼女は待っているのだった。

手袋のうらも手袋

1

花子ではなくて、葉名子だった。ひとに聞かれると、「木の葉の葉に、名前の名、それに子どもの子です」と、いってから、ほとんど口のなかで、「それでハナコと読むんですの」と、いつも答える。

名前のせいにするのは、卑怯《ひきよう》かもしれない。けれど、鏡をみても、それほど、ひどい顔だとは、考えられなかった。考えたくもなかった。色は黒いが、鼻がぺちゃんこなわけではない。目が三角なわけでもない。それでも、男にさそわれたことが、一度もないのは、厳然たる事実だった。

母親は、「間が悪く、この子はあんたに似ちゃったんですよ」と、父親の責任にする。心理学の入門書を読んでいて、思いあたることがあった。「タイプを習いたい」と、いいだして、父親に反対されたとき、「お茶や、お花なら、派手にお金がかかるかもしれないけど——こういう技術は、身につけさせといたほうが、いいんじゃないかねえ。この子は不器量で、縁遠いかもしれないんだから」と、母が加勢をしてくれた。おかげで、習いにいけるようになったら、葉名子自身のほうが、熱がさめてしまったものだ。それでも、途中でやめなかったくせに、タイピストを職業にはしなかった。それを考えあわせてみると、なにかにつけて「不器量だから」と、親にいわれたのが痼《しこ》りに痼って、男の目に入らない女に、現在の葉名子をしてしまったのかもしれない。

化粧室の鏡の前で、「ゆうべ、映画みにいってね。あいてる席があったんで、すわろうとしたら、となりにいた男が、いきなりスカートんなかへ、手をつっこむじゃないの。あたし、きゃっと叫んじゃった。まわりのひとがこっちを見たら、その男、すずしい顔で、ロードショーの小屋でも、鼠《ねずみ》がでるんだからなあ、ですって！」というような話を、よく同僚が得意げにしている。そんな経験も、葉名子にはなかった。

きょうのおひるにも、「けさ、二幸《にこう》の前でバスを待ってたら、へんなおやじさんがね。どうです。お茶でもご一緒にって、声をかけるのよ。知らん顔してやっても、おんなじことくりかえし、しつこいったらないのさ。嫌になっちゃった」と、それほど嫌でもなさそうな調子で、ひとりが話していた。

「どういう気なのかしらね？　これから勤めにいくとこだってのは、ひと目みりゃ、わかるはずなのに」

「きっと、モーニング・サービスで、コーヒー代が安くすむ、と考えたんじゃない？」と、口をだせば、みんな笑ってくれるだろう、と葉名子は思ったが、なんとなく、いいだせなかった。

残業がおわったのは、七時四十分だった。ひと足おくれた友部丈二を、タイムレコーダーの前で待っていて、葉名子はいった。

「あなたのカードも、おしといてあげたわ」

「ああ、そう。すまないなあ」

外套《がいとう》のボタンをかけながら、うなずいただけで、友部は門をとびだしていった。さよならは、聞えなかった。葉名子が暗い露地へでてみると、すらっとした外套の背は、もう大股《おおまた》に、明るい都電通りへふみだしていた。どこかで、だれかが、待っているのだろう。出てくるのが遅れたのは、事務所にのこって、電話をかけていたのかもしれない。九十パーセントは、あきらめていた。だから、十パーセントだけ、がっかりして、葉名子は歩きだした。

友部はきょうの残業を、いやなら代ってもらえたのだ。だれかを待たせているとは、かぎらない。待たせているとしても、相手が女とはかぎらない。電話は自宅にかけたのかもしれない。タイムカードのことをいうよりさきに、「そのへんで、お茶でも飲んでかない？」と、さそってみるべきだったのだろう。だれに対しても、あたりがよすぎて、かげ口をきかれるくらいの友部のことだ。急いでいればいるほど、「残念だけど、用があるんだ。こんど必ずつきあうから」と、貴重な言質をおいていったかもしれない。

葉名子は、無口な女でも、気のきかない女でも、なかった。気のきいた話題や、返事が、いつも頭のなかには、浮かんでくるのだ。ただ相手を忖度《そんたく》しているうちに、それを口にだすきっかけのほうが消えてしまうだけだった。いつか昼休みのテレビで、大阪落語をやっていたことがある。「あんまり腹立ったさかい、いっちょ頰げた張ったろ思って」「張ったのか？」「むこうが先に」「それじゃ、なにもならんがな」「でも、思うたり、張ったりは一度にでけんさかい、わてつくづく考えましてん。こんど喧嘩《けんか》するときは、思わんといて……」同僚たちは、げらげら笑った。だが、葉名子だけは、教訓をいただいたように、真顔でうなずいたものだった。

「そうだわ。わたしも、いおうと思ってばかりいる。思ったりしないで、浮かんできたことはすぐ、口にだそう」

それを思いだすと、苦笑がわいた。足を早めて、都電通りへでようとしたとき、うしろから、声をかけるものがあった。

「失礼ですが、あんた、マルトク商事の方でしょう？」

葉名子は、狼狽《ろうばい》しながら、ふりかえった。目の前に、顔があった。陽にやけた男の顔だ。葉名子の身長は、二十六歳の女としては、まず平均のものだった。それと、肩のならぶ相手は、男としては小柄だということになる。

だが、からだつきはがっちりしていた。外套なしの黒い皮ジャンパーすがたで、足にはサンダルをはいている。葉名子は警戒しながら、うなずいた。けれど、

「ちょうど、門を出てくるのを見かけたんですよ。どうしようか、と思って迷ったんで

すけどね。すいません。実は……ちょっと教えてもらいたいことがあって――」

と、短く刈ったちぢれぎみの髪に、手をやった男の顔は、くりっとした目が照れくさそうに瞬いて、柄のわるい人間ではなさそうだった。

「あの――どんなことでしょう?」

「迷惑だったら、いいんです。大したことじゃないから……そりゃ、ぼくにはいちおう、大事なことだけれど、急いでるんじゃないですか?」

「家へ帰るだけよ。教えてもらいたいって、どんなこと?」

相手の態度が、どことなく子どもっぽくて、葉名子は気軽に口がきけた。

「あんたの会社のことなんです。歩きながら、うかがってもいいですか?　それとも、お茶でも飲みましょうか?　金は持ってます。おごりますよ」

「とにかく、腰をかけたほうが、話はしやすいわね」

葉名子は、すばらしい秘訣《ひけつ》を発見したことで、夢中だった。相手を子どもだと思えば、平気で話ができるんだわ。

「ここでいいですか?」

男は、都電の停留所の前の喫茶店を、ゆびさした。一度も入ったことのない店だ。そのほうが、気がねがない。葉名子はうなずいて、先に入った。すみのテーブルの、ドアに背をむけた席をえらんで、

「わたし、紅茶をいただくわ。それで、うちの会社のどんなことをお知りになりたいの？」

「知りたいことは、いろいろあるんです。マルトク商事って、景気いいんですか？」

「そうね。大してよくもないけど、悪くはないわ。紙の箱をいろいろつくってることは、知ってるんでしょう？」

「ええ。近ごろは紙箱なんか、じゃんじゃん使いすてるようになったから、景気がいいって聞いたんですが……」

「まあ、需要はふえてるけど、箱だけじゃ大したことないの。お皿や、お弁当箱みたいな使いすてにできる紙の食器を、つくりだしたんで、だいぶ楽になったのよ。海外とも取引きするようになったし……」

「あんたは、どんな仕事してるんです？」

「経理。一日じゅう、ソロバンはじいてるわけよ。企画宣伝のほうだと、仕事も派手だし、鼻息も荒いんだけど――自分たちのおかげで、社運が向上したんだというの。葵《あおい》とか、揚羽の蝶《ちょう》とか、着物につける紋があるでしょ？　あれを浮き彫りみたいに、型おしした紙のお皿を、だいぶ輸出して稼いだから。でも、ほんとにあたったのは、熱湯をついでも、手で握れる紙カップのおかげだ、と思うんだけれど……あなた、デパートで――

――」

といいかけて、葉名子は急に不安になった。うなずきながら、聞いている男の顔は、さっき水銀灯の下で見たときとは、だいぶ感じがちがっている。あかりの加減か、肉づきのよい顔に陰影ができて、油断のならない表情にみえた。

「でも、なんだってうちの社のことなんか、知りたいの？」

「どうしてだと思います？」

男は口もとで笑いながら、聞きかえした。コーヒーにたくさん砂糖を入れて、いつまでもかきまわしている。複雑なかげのついた表情とは、やはり似あわない子どもっぽい動作だ。葉名子は、首をかしげた。

「さあ、産業スパイのようには見えないし、税務署の調査員らしくもないし……」

2

男は、健康な笑い声をあげた。喫茶店のなかには、レコードの音が鳴りひびいているのに、離れたテーブルの客が、こちらをふりむいたくらいだ。でも、男はいっこう気にしない。そんな笑いかたをしたことのない葉名子は、うらやましく思った。

「卒直にいって、どうです？　マルトク商事に就職したい、という人間がいたら、すすめますか、制《と》めますか」

真顔にかえって、男は聞いた。

「そうね。制めはしないわ。いまのところ将来性はあるし、働きにくいところじゃないし——ただ、そのひとが男だったら、溶けこみかたに注意が必要でしょうけど……女子社員のほうが、多いの。楽なようでいて、あんがい難かしいと思うわよ」

「あんたみたいに、暖かみのあるひとばかりなら、大丈夫ですよ。いま発送部が手不足で、困ってるんですってね？　実はぼく、すすめられてるんです。条件に不足はないんだけど、この前、条件につられて、小さなタクシー会社へ入ったら、ひどいところでね。こりちゃったんですよ。それで、内情を知りたいと思って——きょうは、それとなく会社を見にきたんです。あんたみたいに親切なひとにあえてよかった」

「なかなか、慎重なのね」

「見かけによらず、でしょう？　ぼく、長沢といいます」

「わたしは竹井。木の葉の葉に、名前の名に、子をつけて……」

つい習慣でいってしまって、葉名子の口は重くなった。

「それで、ハナコって読むんですか。いい名だなあ。おぼえやすくって、明るくって、それに、純日本的だし」

ぜったいに、お世辞とは思えなかった。考えていったにしては、反応が早すぎる。葉
名子の頰は、急に熱くなった。

「ぼくの名前は、彦太郎っていうんです。スマートじゃないけど、よく働きそうでしょ

う？」

「ええ、とっても男らしいわ」

「もっと会社の話を、聞きたいな。晩ご飯、まだなんじゃないですか、葉名子さん」

自分の名前が、これほど明るく、さわやかに、美しく聞えたことはなかった。葉名子はなにも考えずに、「ええ」といった。いってしまってから、六時半ごろ、湯麵《タンメン》をとって食べたことを、思いだした。でも、「ええ」を取りけす気には、なれなかった。

喫茶店をでると、すぐ前の停留所に、新宿行きの都電がとまっていた。長沢はそれに、さっさと乗りこんだ。葉名子もあわてて乗りこんだ。いつもなら、なぜだか自分でもわからずに、気にして車内を見まわすのだが、今夜はそんなことはしなかった。すこし離れて長沢の肉の厚い横顔を、見つめていた。吊《つ》り皮にあげた片手の、皮ジャンパーの内がわに、筋肉がいっぱい詰っていそうなのがたのもしかった。白い輪をにぎった手も、大きかった。指さきが清潔で、爪《つめ》もきれいに切ってあるのに気づいて、葉名子は、ほっとした。

都電がとまって、また動きだした。四谷三丁目だった。長沢の微笑した顔が、こちらをむいた。

「地下鉄にのりかえたほうが、早かったかな？　でも、都電のほうが好きなんです。窓から、そとが見えるでしょう？　なんていうと子どもっぽいけど、店屋のひとを見てると、みんな働いてるな、おれも頑張らなきゃ、と思ってね。乗り物のなかのひとたちは」と声を小さくして、「たいがい、くたびれた顔してるから、こっちまで疲れちゃう」

どこのものだかはわからないが、かすかな地方なまりのあるのにはじめて気がついて、「このひと、努力家なんだわ」と、葉名子は思った。三光町《さんこうちょう》で都電をおりると、長沢は、伊勢丹うらのレストランに、葉名子をつれていった。ドアの内がわに、厚ぼったい真紅の絨緞《じゆうたん》をピカピカの靴でふんで、蝶ネクタイの男が立っている。それを見て、葉名子はいった。

「よそのほうが、いいんじゃない？　ここ、高いわよ」

「大丈夫、ここのビフテキ、うまいんです。毎日ってわけにゃいかないけど、ガソリン惜しんでちゃ車は走らない。ぼくの資本は、からだだけだから、いつも好調にしとかないとね。あんただって、残業で消耗してるでしょう？」

長沢はものおじしない態度で、蝶ネクタイの男があけてくれるドアを入った。店のなかは明るく、暖かかった。まっ白なテーブルかけに、赤インクで汚れた手が、恥ずかしかった。

「こんなに手が汚れてるの、気づかなかったわ。註文《ちゆうもん》はあなたにまかせて、洗ってきたいんだけど」

赤インクは、なかなか落ちなかった。なんども洗いなおして、もどってみると、テーブルの上には、看護婦の帽子みたいに畳んだナプキンの左右に、飾りのついたナイフとフォークがならび、赤い液体をたたえた小さなグラスまであった。

「あら、わたし、お酒なんか飲めないのに」

「ぶどう酒だから、大丈夫ですよ。それに、黙っててもこれ、ついてくるんだ。お腹、すいたでしょう？　いままで食べずに残業じゃあ」

「いつもは、社の伝票でなにかとるのよ。きょうは……」

「そんなに、忙しかったんですか？」

「あしたがお給料日だから——おまけに土曜日でしょう。そういうときには、前の日にお金と明細書を用意して、渡せるばかりにしとかなきゃいけないの。うちは変なとこがあって、社長がいちいちサラリー袋のなかをあらためて、社員を呼んでわたすもんだから——人数がふえたんだから、やめりゃいいと思うんだけど、社長にいわせるとね。ふえたからこそ、こうでもしなけりゃ、みんながどれだけ働いてくれたか、わからない。感謝の気持で、残業手当や、褒賞金の額を見るんだ、というの。昔だって、やってたくせに」

「あそこに長くつとめてるんですね、すると」

たしかに、そうだった。もうかれこれ八年、女子社員の最古参なのだ。その八年間に、葉名子の口から、両親が知った以上のことを、食事がおわったときの長沢は、マルトク商事について、知ってしまった。葉名子にとって、長話のできる材料といったら、会社のことしかない。すぐ上の空になる両親とちがって、それを長沢は、外国旅行の話みたいに、熱心に聞いてくれたのだ。

「おかげで、目かくしされても、社内を歩けそうだ。ありがとう。月曜日におたくのだれかと、あうことになってるんですよ。火曜日にはたぶん、あんたの背中に、おはようをいうからね。おどろいて椅子《いす》をひっくりかえさないように」

葉名子がいつも背にしている窓は、中庭にむかってひらいていて、発送部の連中は、そこで働いているのだった。

「じゃあ、決心したの？」

「前祝いをしてもいいような気がしてるね。つきあってくれるでしょう？」

「ええ、でも……」

「遅くまでは、ひきとめませんよ。正直いって、ちょっと買収するだけ。会社に味方がいると、新米社員は心づよい。ひょっとして、前借りしなきゃならなくなったりしたとき、意地わるされると、困るから——その代り、引越しかなんかのときには、あんたが社のトラックを借りてくれりゃあ、運転の無料奉仕をしますよ」

笑った顔に、邪気はなさそうだった。レストランをでると、長沢は、露地のおくの建物の階段を、先に立ってのぼった。二階の小さな酒場だった。ドアをあけてくれた女が、長沢の顔を見て、「あらチョウさん、しばらくじゃない？」と、派手な声をあげた。

「ぼく、失業してたから、うちにちっとしていたね。ぼくの国、働かざるものは、飲むぺからずだから」

と、中国人みたいな口調で答えたあと、長沢はふりかえって、

「いつかふざけて、本名はチョウタクゲン、中共のスパイだっていったもんだから、それ以来、ここではぼく、チョウさんなんです」

葉名子はすごく、後悔していた。バーへつれていかれるとは、考えていなかったからだ。けれど、「なにも怖がることはないんだ」と、すぐ思いなおした。食前のぶどう酒は、舌をはずませただけでなく、心も浮き立たせて、バーの雰囲気が楽しげに思えた。テーブルにすわると、勇気がでて、なんだかわからないカクテルにも、平気で口をつけることができた。

そのグラスが、長いことかかって、からになったころには、子どもっぽく見えた長沢が、ひとつしか年下でないことや、滋賀県《しがけん》の出身であることや、運転技術のほかに、謄写版の原紙切りなどの特技のあることを、葉名子は知った。「無電だってうてる。あんがい、器用でしょう？　いまの下宿、おもちゃ屋の二階なんだけど、下のおやじさんが無器用なもんだから、ウインドに飾るプラモデルの完成見本を、つくってやるくらいでね。もっとも、かかった時間で値段つけて、下宿代からさしひくんだから……」ドライ

なところもあるらしい。ほかにも収入があるようで、あとひと月やふた月、つとめなくてもいいのだが、働いていないと気分が悪い。それで、ひとから話のあったマルトク商事を、真剣に考えはじめた、ということだった。

もっと長沢の話を聞いていたかったし、カクテルのおかわりをしても、大丈夫なような気がしたが、「もう帰らないと、うちのひとが心配するね。駅まで送りますよ」と、いわれて、葉名子は立ち上った。長沢が新宿駅の改札をいっしょに入ってきたとき、ちょっと胸がさわいだが、「じゃあ、さようなら」と、山の手線のホームへあがってしまわれるとほっとしたような、がっかりしたような妙な気分になった。

3

葉名子の家は小田急沿線にあって、小さな本屋をやっている。店をふたつにしきって、三分の二が新刊書店、三分の一が貸本屋になっていた。午前ちゅうに、配達をしなければならない父親は、もう寝ていたが、母親は心配して起きていた。

「遅かったね。お風呂がさめてしまったけど、入るんならすぐわかすよ」

「いいわ。例によって残業よ。そのあと、お友だちのところへ、用があっていったの」

「あしたじゃ、いけなかったのかい？」

「結婚してやめたひとなのよ。あした、会社であえるわけないじゃないの」

「そういうつもりで、いったんじゃないけど、十一時すぎるなんて珍しいから」

「でも、まだテレビだってやってる時間よ」

「そういえば、そうだねえ」

母は安心したらしく、あくびが聞えた。障子をあけずに、廊下で話していた葉名子は、ほっとして階段をあがった。二階の座敷には夜具がのべてあって、蓄熱式の電気あんかがそれを暖めていた。この二、三年、母親はうるさいくらい、葉名子に心づかいを見せる。去年まで、この二階を占領していた兄夫婦が、転勤で関西へいってしまってからは、そのいたわりが、特に目立った。

いつもの葉名子なら、「甘やかすのは、子どものころにしてもらいたかったわ。蒲団《ふとん》ぐらい自分で敷くわよ」と、文句をいいに、おりていったかもしれない。だが、今夜はありがたかった。寝間着をきるのも、めんどうくさいくらいだった。葉名子は肌着ひとつになって、あかりを消した。

夜具のなかは、暑かった。酔っているせいかもしれない。飲みつけないものを飲んで、悪酔いしないかと心配だったが、ビフテキのおかげか、なんともない。からだが心地よくほてって、頭がぼうっとしていた。食べすぎた重苦しさが、胃のあたりにあるだけで、暖かい海をただよっているような気分だった。家の前が一方通行になってから建った水銀灯で、青っぽいカーテンをしめた部屋のなかは、ほんとの海のような薄明るさだった。

葉名子は目をとじて、長沢のことを考えた。負けずぎらいの働きものらしい顔が、目《ま》蓋《ぶた》のうらに、はっきり見えた。火曜日が待遠しかった。重苦しい胃を右手でさすりながら、葉名子は微笑した。だが、急に同僚たちのことが、心配になった。「あんな汗くさい連中ごめんだわ」という顔はしていても、現場の新顔には、みんな敏感なのだ。長沢も最初は親しくしてくれるに違いないが、会社になれたらどうなるだろう。同僚とくらべられたら、自信はなかった。

あわてて化粧を濃くしたら、変な目で見られるだろうし、服の着こなしだって、急にうまくはなれそうもない。「裸になれば、負けやしないんだけれど」と、思ってみても、それを誇示する方法はなかった。「夏の旅行には、水着を持っていこう。泳げないのは、わたしだけじゃない。泳げないのに、ビキニの水着を持ってったひとだって、去年いたじゃないの」

だが夏の社内旅行まで、待っているわけには、いかないのだ。葉名子は夜具をぬけだすと、鏡の前で裸になった。青っぽい薄明りのなかに浮かんだそのからだは、たしかに見事だった。だが、それをみとめた男性は、残念ながら、まだ兄だけだった。「お前ソロバンが達者でよかったな。さもなきゃ、ストリッパーになるぐらいしか、手はなかったぞ」といわれて、葉名子はひどく腹を立てたことがある。半月ぐらい、兄と口をきかなかった。その悪口さえ、いまはたのもしい保証になった。

鳥肌が立ってきたので、葉名子は裸のまま、蒲団へもぐりこんだ。胃のもたれのせいか、酔っているのに、眠れなかった。考えれば考えるほど、長沢を失ってはならないものに思えてきた。生涯にたった一度のチャンスのような気がした。長沢のがっしりしたからだがそばにあったら、これからの生涯が幸福になることは、間違いなさそうだった。胃のあたりをなでていた手がいつの間にか、長沢の手になっていた。その手が暖かく、やさしい動きで、腿《もも》のあいだへおりていくのを、葉名子は恍惚《こうこつ》として、待っていた。

からだの奥から、幸福がにじみでてくるようだった。葉名子は夜具のなかで、うめき声をあげた。それは、ときおりにふける愛の行為の模写ではなく、はっきり出場を許可された愛の祭典のためのリハーサルに似ていた。葉名子はいささかの恥じらいもなく、暖かい夜具のなかに、裸身をもだえさせた。

だが、目がさめたときには、裸のまま寝ていることに、狼狽した。時間もいつもより、遅くなっていた。あわてて服をきて、朝食もそこそこに、家をとびだした。新宿からは地下鉄でいったが、それでも間にあわなかった。けれど、遅刻したわけではない。いつも定刻十五分前に出社しているのに、ぎりぎりだっただけだ。

門の前に、ひとだかりがしていた。同僚たちの顔が見え、自動車が二台ばかり、とまっている。三、四年前、火事があった朝のことを、葉名子は思いだした。友部丈二を見つけて、声をかけてみた。

「どうしたの？　なにかあったの？」

「泥坊だとさ。金庫のなかを、ごっそり荒されたらしい」

友部の顔は、青ざめていた。

「それじゃ、お給料を……」

「そうらしいんだ。そっくり持ってかれたとすると、ぼくらの仕事はやりなおしってことになる」

その通りだった。月給袋に明細書とそれぞれの金額を入れ、風呂敷につつんで、金庫に入れてあった。けさ、そのまま社長の机にのせればいいようになっていたやつを、風呂敷ごと持っていかれたのだ。泥坊が入ったのは、午前三時から六時までのあいだだった。事務所のうしろには、住居がついていて、社長の息子、副社長夫婦が住んでいる。そのまた息子の大学生が、帰宅したのが午前二時、三時ごろまで起きていたからだ。

事務所のドアや、窓は夜間には、鍵《かぎ》であけても、こわしてあけても、ベルが鳴るようになっている。大学生の息子は、友人に送られて、車の通れる会社よりの露地へ入ってきた。帰ってきたとき、ベルを鳴らして、家族を起している。朝になってみると、そのベルの線は電話線といっしょに、切られていた。泥坊は、住居の横手の木戸から入ったのだった。こわしたのではなく、垣根のこわれたところから、手をつっこんで、かんぬきをあけたらしい。

それを聞いて、葉名子は不安になった。警察は内部の人間を疑っている。という話で、遅くまで事務所に残っていた葉名子も、いろいろと刑事に聞かれた。そのときの様子から察すると、事務系統の人間よりも、工場関係の退職者に、警察は目星をつけているようだった。事務系統の人間なら、金庫の錠前の数字の組みあわせを知ることは、それほどむずかしくないはずなのに、旧式の金庫のドアは、こじあけられていたからだ。

「親孝行はしとくもんだね。ゆうべおふくろと親戚《しんせき》の娘に、歌舞伎を見せてやったんだよ。残業がおわると、ぼくも歌舞伎座へかけつけて、ずっと一緒だった。おかげで、アリバイできたけど、いつものようにどこかで飲んでたら、冷汗を流してたところさ」

と、友部はみんなに吹聴していたが、葉名子はなにも喋《しゃべ》らなかった。だんだん高まってくる不安を、頭のなかでくりかえし、検討していたのだった。退社時間まぎわに、思いきって人事担当の常務と、庶務課長のふたりに、「長沢彦太郎というひと、ご存じですか?」と、聞いてみた。けれど、ふたりとも知らなかった。

葉名子は自分の席へもどると、椅子から立てなくなった。みんなが帰りはじめると、ようやく葉名子も立ちあがったが、暗闇のなかを歩いているような気分だった。二丁目の停留所の前では、同僚たちが不平をいっていた。給料は月曜日に支払われることになって、一律の内金だけが、きょう渡されたので、買いものの予定や、あすの計画が崩れたことを、なげいているのだった。

「だいたい社長が、ひとりひとり社長室に呼ぶなんて、古くさいサラリーの渡しかたをするから、いけないのよ」

「そうだ。あれがなけりゃ、ゆうべの泥坊は、銀行へ入らないと、あの金、盗むことできなかったわけだもんな」

「とにかく、あんな古くさい金庫で、安心してるからいけないのよ。大きくって、重そうだから、たのもしそうだけどさ。ドアの蝶つがいなんか、ガタガタじゃない。泥坊は金庫ごとかついでいくわけじゃないんだから、大きいだけじゃ、しょうがないわ」

そんな話を聞いているうちに、都電にのる気がしなくなって、葉名子は、ゆうべの喫茶店へ入った。なんとなく腰をおろしたのが、ゆうべとおなじ席だった。まあたらしいシートなのに、自分の愚かさのしみで、べっとり汚れているような気がした。

註文した紅茶を、ひと口すすっただけで、葉名子は喫茶店をでた。まっすぐ足をむけたさきは、四谷警察署だった。「マルトク商事の盗難事件のことで、お話したいことがあるんですけれど」と、感情のない声で、受けつけの巡査にいった。私服の刑事たちのいる部屋のすみで、応対したのは昼間の刑事だった。

「ああ、会計課のひとでしたね。なにか思いだしたことでも？」

「ええ、わたし、犯人を知ってるような気がするんです」

葉名子は、おずおず口を切った。

「とってもまじめそうに見えたんで、わたし、つい信用してしまったんです。それに発送部が、車を運転できるひとが少いんで、困っているとこでしたし……でも、人事をあつかってる上役たちは、なんにも知らないんで、嘘《うそ》だとわかったんです。長沢っていうのも、偽名でしょうけれど」

　葉名子は、あらいざらい話しおわって、ほっと肩を落した。

「いや、偽名でも大丈夫ですよ。そのバーを調べれば、なにかわかるでしょう。知らせにきてくだすって、助かりました」

「やっぱり、犯人でしょうか、そのひとが」

「なんともいえませんがね。調べてみる価値はありますな。手口から考えると、可能性はありますから」

「わたし、馬鹿でしたわ。木戸のことなんかまで、お喋りしてしまって——飲みつけないお酒で、口が軽くなったし、うちの社が気楽に働けるところだってことを、印象づけたかったもんですから。住みこみのひとが、事務所にいたころ、よくあの木戸から遊びにでかけたって、話でした」

「まあ、気にしないほうが、いいですよ。あんたは、会社のためを思っただけなんですからね。深刻な求人難に、責任があるってわけでしょう」

刑事はなぐさめてくれたが、効きめはなかった。四谷警察署の階段をおりて、都電通りを三丁目のほうへ歩きながら、「ゆうべはあたし、よっぽど男が欲しそうな顔してたんだわ」と、自分のいちばんきらいな言葉を、葉名子は自分にあびせていた。

その晩は、まっすぐ家に帰った。両親には、なにも話さなかった。あくる日の日曜日にも、家にとじこもっていた。それは珍らしくないことだったが、二階からほとんどおりないのは、珍らしかった。朝刊に、マルトク商事の盗難事件が、小さく出ていた。それを読んだ両親が、なにか聞くのではないか、という気がして、顔をあわせたくなかったからだ。けれど、父親も、母親も、記事には気がつかなかったらしい。なんにも、いわなかった。

月曜日は、明細書のつくり直しで、忙しかった。火曜日の夕方ちかく、常務がなにげない調子で、そばにきて、「手があいてたら、ちょっと来てくれないか」と、声をかけた。常務の部屋へついていくと、ドアがしまったとたん、上役の顔がむずかしくなった。

「竹井君、長沢というひとを、知っているかね？」

葉名子の顔は、冷めたくなった。小さな声で、「ええ」と、答える。

「そのひとのことで、警察へいったね？」

「ええ」

「困ったことをしてくれたよ。長沢というひとは弁護士の本橋さんの紹介で、うちの発送部へきてくれるはずだったんだ。事件には、なんの関係もないんだぜ、きみ」

葉名子は、口をひらいたが、声がでてこなかった。

「それが、日曜日に警察へひっぱられて、きのうまで、しつっこく調べられたんだ。本橋さんの話じゃ、長沢君は同郷の知りあいの息子さんらしいが、いまどき珍らしい、まじめいっぽうの青年だそうだよ。働かないでいると気分が悪い、というくらいでね。そういうひとだから、すっかり腹を立てて、うちへ勤める気をなくしてしまったんだ」

常務は、ため息をついた。

「竹井君、きみに悪意があったとは思わんよ。しかし、いまの世のなかだ。盗まれた金なんか、どうでもよくはないが、損失はやがて取りかえせる。優秀な作業員をつかまえるのとくらべたら、損害をうめるほうが、よっぽどやさしいんだよ。本橋さんの話を聞けば聞くほど、長沢君が惜しくなってね。きみも知ってるだろうが、発送部の若い連中ときたら、車をあつかえるのがすくない。こっちが金と時間をやって、運転を習わせりゃ、免許をとって半年かそこらでよそへ引きぬかれていっちまう。うちのほうが楽なのに、支度金に目がくらんで……」

「どうしたら、いいんでしょう、わたし」

「長沢君は、はっきりいうと、きみに腹をたててるんだ。きみから社の内情を聞いて、きてくれる決心をしてたところへ、この騒ぎだろう？　きみを信頼したのに、裏切られたというわけでね……どうだろう？　すまないが、わたしと一緒に、これから謝りにいってくれないか」

葉名子は、黙っていた。常務はしびれを切らして、「いってくれるだろう？」と、重ねて聞いたとき、ようやく顔をあげた。

「いやです」

「しかし、きみ……」

「常務さんに聞いたら、長沢なんてひと、知らない、とおっしゃいました」

「それは――つまり、本橋さんにまかせてたんで、あのときには名前をよく知らなかったんだ。だからさ、きみを責めているわけじゃないんだよ。頼んでいるんじゃないか。いやだろうけど、会社のために……」

「いいえ、わたし、責任がない、といってるわけじゃありません。わたしが悪いんです。だから、やめます、会社を」

「そんな……竹井君」

「おわびのしるしに、わたしを首にした、といってください、長沢さんに」

「困るよ、きみ、そんなだだをこねられちゃ、年がいもなく――」と、いいかけた口をつぐんで、常務はあわてていいかえた。「きみのようなベテランが、気をわるくすることはわかっていながら、頼まなけりゃならない立場も、察してくれよ。とにかく、やめるなんてことは……まあ、わたしにまかしてくれないか」

「おまかせします」

葉名子は切り口上で、頭をさげると、さっそく部屋をでた。泣きたかったが、泣かなかった。自分でぶちこわしてしまったチャンスなのだから、泣いたところでどうにもならない。常務は三日ばかり、蒼《あお》い顔をしていた。

四日めの退社時間まぎわに、顔をあわせたとき、常務は久しぶりに笑いかけた。

「助かったよ、竹井君。ようやく誤解がとけてね。長沢君は月曜から、うちへきてくれることになった。きみにも心配かけて、すまなかったな」

「そうですか。よかったですね」

葉名子は、それだけしか、いわなかった。月曜日は休みたかったが、わずかな期待にひかされて、いつもの時間に家を出た。事務室のみんなが、仕事をはじめてすぐ、常務が紹介するために、長沢をつれて入ってきた。長沢は、葉名子にも「よろしく」といって、頭をさげたが、顔には微笑のかげもなかった。退社時間に門のところですれちがったときも、そっけなく頭をさげただけだった。葉名子は四谷三丁目からのった都電を、いつものように終点までいかずに、三光町でおりた。

5

どこへいくあてもなかった。ただ裏通りから、裏通りへ歩きつづけた。「お酒でも飲んでやろうかな」と、思ったが、ひとりでバーへ入る決心はつかなかった。通りの角のタバコ屋で、赤電話をかけている友部丈二を見いだしたのは、歩きつかれたところであった。入社当時、女子社員が大さわぎした横顔が、遠くからでも、葉名子に見てとれた。だれにも愛想がよかったが、女子社員のだれとも、深いつきあいをしない男で、

「八方美人だけど、ほんとはお高くとまってるのよ。社長の家と縁つづきなのを鼻にかけて」

「縁つづきって、ほんとは建武の中興あたりまで、逆のぼるようなものらしいわ。副社長のヨタ息子を、大学に入れるのに彼がセメダインになった――コネのつけ役をつとめたってのは、事実だそうだけど。だから、副社長が社長になり、引退し、ヨタ君が社長になるのを、待ってるんじゃない？」

「そんなに気が長いかしら」

「長そうね。あんがい、副社長に娘が生まれるのを、待ってるのかもしれないわよ」

といまではかげ口きかれている。そのくせ、だれでも、友部にさそわれれば、ふたつ返事でついていくのだ。葉名子はそっと、タバコ屋へ近づいた。相手が電話をきってか

ら声をかけた。友部は、ぎょっとして、ふりかえった。

「竹井君か。おどかすなよ。映画へでもいくところ？」

「いいえ、ただ歩いてたの。いろいろ思いだしながら。偶然、友部さんを見かけて、思いだしたわ。あのときも、電話かけてたわね」

「あのときって？」

「わからない？　ほら、泥棒が入った晩のことよ。残業がおわってから、わざとひと足、おくれたでしょう？　知ってるのよ、わたし」

「そりゃあ、なんかの間違いだよ。電話なんか——ああ、そうか。思いだした。たしかにかけたよ。でも、わざとひと足おくれたわけじゃない。内緒の電話じゃなくって、家へかけただけだもの」

「そうかしら？　なんのために？　お母さんは歌舞伎座で、友部さんもそこへ駈けつけるところだったんでしょう？」

「そうだけれど、いちおう家に……」

「どうしてそんなに、あわてて弁解するのかしらね。わたしが刑事だったら、怪しむわよ。電話をかけたんじゃない。わたしが入れたベルのスイッチを切っただけだって、ほんとのことをいったほうが冗談だと思うんじゃない、人間って？」

「竹井君、いったい、きみは——」

「そんな怖い顔しないでよ。わたし、疲れてるんだから」

事実、頭に浮かんだことを、すぐ口にだす努力をしているせいか、葉名子の足はふるえていた。

「わかったよ。どこかへすわって、話をしよう」

「かまわないの？　いま則夫さんと電話で話してたんでしょう？　どこかで、あう約束をしたんじゃない？」

友部の顔から血の気がひいた。則夫というのは、副社長の息子の名なのだ。葉名子はますます、確信をつよめた。

「いや、いいんだ。ここへ入ろう」

「うるさそうな店ね。レコードのがんがんいってるのが、外まで聞えるわ。でも、こういうとこのほうが、好都合かもしれないわね。副社長の奥さんはね、わたしのこと、とっても信用してるのよ。だいぶ前だけど、残業したあと、警報装置のスイッチを入れわすれて、帰っちゃったの」

葉名子は、かたわらの喫茶店へ入って、すみのテーブルへすわるまでのあいだも、喋りつづけた。そうしなければ、話す勇気がうしなわれそうな気がしたからだ。

「新宿駅で気がついて、奥さんに電話したら、ちっとも気がつかなかった、というんでね。たしかめてくださらなかったんですか、と聞いたら、あなたなら安心だからって。

でも、わたしだって度忘れすることがありますわ、きょうみたいに、といったら、返事はこうなの。けれど、途中で気づいて、電話してくれるでしょう、きょうみたいに」

「そうだ。きみのすることは、間違いないよ、いつでも」

「あのときもよ。わたし、いつものように事務所を内がわから戸じまりして、警報装置のスイッチを入れたわ。住居に通じる奥のドアから、横の出入口へ出て、門にまわったのよ、わたしたち」

「いつも、そうじゃないか」

「わたし、奥のドアから横へぬけるとき、奥さんに声をかけたの、スイッチ入れときましたからって。奥さんは台所から返事だけして出てこなかった。あなたはひと足おくれて、警報装置を切ったんでしょう？」

「ぼくはただ……」

「則夫さんに、そそのかされただけ？　わたし、知ってるのよ。やったのは則夫さんと悪友どもでしょ？　二時に帰ってきたとき、やったのね。悪友どもを逃がしてから、スイッチを入れて、帰ってきたようなふりをしたんでしょう。外の配線を下から切るのは骨だけど、二階の則夫さんの部屋の窓からなら、だれにも気づかれずに切れるわね」

「きみは——ぼくをどうする気なんだ」

「落着いてらっしゃいよ。幹部連中が気づいたって、表沙汰《ざた》にはしないにきまってるわ。

ただあなたは、首になるでしょうけど」

「畜生、あいつのせいなんだ。則夫が学生のくせに、バクチなんかに手をだして、借金をこしらえるから」

「おじいさんに似て、度胸があるのよ、きっと。わたしもこのごろつくづくそうなりたいと思うわ。今夜はなんだか、なれるような気がしているの。あなたが首になりそうな気配があったら、教えてあげるわよ」

「前もってわかったところで、おんなじじゃないか」

「おなじじゃないわよ。あなたのほうから、やめさせてくれっていえば、事情は違ってくるはずよ。相手は副社長がいいわね。なにもかも打ちあけて、ぼくの責任だから、警察へ自首をします、といえば……」

友部は黙って、気味わるそうに、葉名子を見つめた。しばらくしてから、思いきったように、

「なにが欲しいんだ、きみは？」

「わたし、欲張り女に見えるらしいけど、ほんとはそうじゃないの。今夜、お酒を飲んでみたいんだけど、どこかへ案内して下さらない？」

「困ったな。いやなわけじゃないが、ちょっとふところが……」

「わたしが持ってるわ。それともうひとつ、お願いがあるの。あしたの夕方も、わたし

を誘ってくれないかしら？　みんなの前で、なんて無理はいわないわ。ただ……だれかひとりぐらい、気がつくかもしれないような誘いかたで」

それだけいってしまうと、葉名子は肩を落した。急に年をとったような気がした。友部が決心しかねているのも、むしろ幸いだった。すぐには、立ちあがれそうもなかった。しかし、相手の返事はきまっているはずだった。それから先も、きまった道すじをたどるだろう。そのうちにこの男も度胸をすえて、自分を殺そうとするかもしれない。だが、いまは考えないことにしよう。

葉名子には、わかっているのだ。どんなに欲しくてたまらなくても、これまでついに手に入らなかったものは、金で買ったり、恵んでもらったりしたのでは、たちまち無価値になってしまう。だからそれを、価値あるままに、ただ裏がえしに憎しみというかたちで、危険を犯して、手に入れようとしていることを。

鏡の中の悪女

1

いつもの通り、ブザーをおした。短かく、長く、長く、短かく。

国際無線符号のP。ピンちゃんのPだ。学生のころは、一雄だから、ピンちゃんだった。いまは、夫婦のあいだにだけ、口もとのゆるむ意味も、こめられている。だが、ドアの口もとは、ゆるまない。もういちど、おしてみる。まだ九時にちょっと前、いくらひとりで、所在がないといっても、寝てしまうには、早すぎる。部屋を、間違えたわけでもない。この団地へ入居したとうざ、酔って一棟、見当をくるわしたことも、ないではない。けれど、二十時東京着〈第一宮島〉の二等席の下に、あき缶をならべてきたビールは、とっくにさめた。それになにより、ブザーのわきの表札には、青柳一雄、と書いてある。

旅行かばんを、足もとにおく。鍵《かぎ》をだす。ドアをあけると、暗いのは、ベランダよりの部屋だけではない、ということが、わかった。土間には、新聞がちらばっている。きょうの夕刊だ。朝刊もある。きのうの夕刊、朝刊もあった。おとといの夕刊まである。美紀は、新聞を読まない女ではない。読まないにしても、配達されたまま、ほっておくような女ではない。

「青柳さん、おかえりなさい」

うしろで、声がした。ふりむくと、三十三号の細君が、ドアから顔をのぞかして、

「あの、奥さんね」

「出かけてるんでしょうか」

「ええ、おとといから。実家のおとうさまが、ご病気だとかって」

「はあ?」

「くわしいことは、これを——お手紙、おあずかりしてますの。それから、こっちはね。きょう、デパートから、届いたんです。かわりに判ついて、うけとっときましたわ」

細君は、封をした長封筒を、函《はこ》にのせて、さしだした。函は、タバコのカートンボックスくらい、包装紙は、高島屋のものだ。

「どうも、そりゃあ、お世話さまでした」

キッチンの電灯をつけて、ドアをしめる。冷蔵庫の上に、函をおく。父が急病、というのは、聞きちがいにきまっていた。美紀の両親は、とうにこの世のひとでない。実家といえばいえるのは、兄夫婦のところだけだ。いつも過労をこぼしている嫂《あによめ》が、たおれでもしたのだろうか。

肉切り包丁のさきで、封筒をひらく。四つにたたんだ便箋《びんせん》が、三枚かさなっていた。だが、一枚めには、なにも書いてない。二枚めも、まっ白だ。三枚めも、おなじだった。

封筒に息を吹きこんで、さかさにふった。けれど、なんにも出てこない。便箋も、封筒も、ふだん夫婦で、つかっている品だ。封筒のおもてには、一雄さま、と書いてある。うらには、美紀、とくずしてある。どちらも、妻の手にまちがいない。〆という字の、コサック騎兵のサーベルを、縮小したみたいな書きかたにも、なじみがあった。それを、しさいに見ても、封をしなおした痕跡《こんせき》はない。あわてて、こんな失錯をする美紀でもない。承知の上で、白紙をおさめたとしか、これでは、考えようがない。

冷蔵庫の上の函に、貼《は》りつけてある伝票を、読んでみた。届けさきは、中野区江古田《えごた》公団住宅十二棟三十四号、青柳一雄。依頼ぬしは、墨田《すみだ》区寺島町《てらじまちょう》二丁目二百一番地ひきふね荘、田所みき。カーボン複写の筆蹟《ひっせき》には、見おぼえがない。番地にも、心あたりはない。しかし、田所というのは、妻の旧姓だ。

つつみ紙をひらく。消防自動車の絵で、目の前が、まっ赤になった。色刷りのボール函をあける。蓋《ふた》の絵よりは、だいぶお粗末なブリキの消防車が、おさまっていた。赤いはしごをたたんだあいだに、カードが一枚、はさんである。〈ピンちゃん誕生日おめでとうMickey〉と、紫インクで書いてある。これは、妻の筆蹟だ。けれど一雄が生れたのは、二十七年前のきょう、九月七日でありはしない。といって、きのう、六日でもない。あすの八日でも、むろん、ないのだ。

しめきってあったせいか、蒸暑い部屋をとびだして、一雄は、団地のはずれの電話ボックスへいった。小金井《こがねい》の義兄の、番号をまわす。答えたのは、いつもとかわらぬ嫂の声。

「一雄さんね。出張からはいつ？」

「いま、うちへついたばかりです。ひょっとして、美紀がそっちへ、いってやしませんか」

「きてないわよ。一週間以上の出張だって、いうからさ。一日ぐらい、遊びにくるか、と思ってたんだけど、電話もかけてこないの。この前きたとき、わんさと用をたのんだもんだから、敬遠されたのかもしれないわ」

「兄さんかだれか、病気だったようなことは、ないんですね、それじゃあ」

「どうして？　貧乏ひまなしよ。ぐたぐた、病気してるひまなんか、ありゃしないわ。きのう、恭一が幼稚園で、ちょっとけがしたけど、これは、毎度のことだから」

「すると、映画にでもいったのかな」

「きっと、そうよ。美紀ちゃん、あれで、ぽかっとのんきなとこがあるからね。それに、まだ心配するほどの、時間じゃないでしょう？」

「ええ、だいたい、ぼくの帰りが、きょうか、あしたか、はっきりしてなかったんです。じゃ、兄さんによろしく」

「きょうまで泊りで、あしたが休みよ。よかったら、遊びにいらっしゃい、晩にでも」

ボックスをでると、団地の上に半月があった。あたかも上弦であることを一雄は知らない。だが、あと三時間たらずで、墜ちる月は、スライスト・レモンみたいに見えた。そのせいだろう、酒でものんで、気をしずめたいと思った。キッチンの戸棚には、中元にもらったサントリーの白札が、まだ半分のこっている。けれど、部屋へもどると、ウイスキイ罎《びん》の待機場所は、すどおりした。

四畳半の洋服だんすをひらく。美紀が、どんな服装で出かけたか、それによって、いったさきの判断が、あるていどつく、と考えたからだ。しかし、いちばん気にいっているベージュのスーツから、ふだん着の派手なムウムウまで、なくなっているものは、ないようだ。和服はほとんど、持っていない。だから、揃《そろ》っている、と断言できた。すると、おかしなことになる。終着駅についた列車の、座席や網棚で見かける雑誌に、たくさん載ってる写真のような恰好《かっこう》で、妻は外出したのだろうか。一雄は、またドアをとびだして、むかいの部屋のブザーをおした。

「奥さん、うちのやつ、どんな身なりで、出かけました？」

「さび朱のよろけ縞《じま》のね。はじめて拝見するおきものでしたわよ。うらやましいわ。たくさんお持ちで、しかも、よくお似あいになるから。帯もひとりでしめられないあたしが、うらやましがっても、しょうがないけど」

「実家からの知らせは、電報できたんでしょうか、それとも、だれか呼びに……？」

「さあ、そこまでは——でも、お出かけのときは、おひとりでしたわね。だから、電報じゃないかしら」

礼をいって、一雄は、部屋へひきあげる。胸がさわいで、机の引きだしを、しらべてみた。よろけ縞の和服なぞ、美紀は、持ってはいないのだ。けれど、銀行の通帳は、ちゃんとあった。残高にも、変化はない。茶だんすを、あける。見なれた財布が、焼のりの缶に、立てかけてあった。二千五百円ほど、入っている。念のために、風呂場の戸を、あけてみた。あかりをつける。一雄の視線は、乾いた床に、釘《くぎ》づけになった。

理由もなく、想像したように、妻の死体が、血にまみれていたからではない。パンティが落ちていたからだ。ひとつだけ。ただそれだけが、ラヴェンダブルーのナイロン製で、キャベツの葉みたいな飾りひだが、縦にふたすじ、ならんだやつだ。結婚して、一年ちょっとの夫としては、妻がいつも、どんな下ばきをつけているか、くわしくはない。しかし、このパンティだけは、はいていたときを、知っている。

「今夜は、ピンちゃん、お元気？」

とささやいて、パジャマのかわりにネグリジェで、美紀が寝床へ入るときには、きまってこれが、八十六㎝をつつんでいた。それを、足の指でぬがせるのが本式か、それとも、やさしく手でさげるべきか、真剣に思いまよったことがある。いまはもちろん、手をのばして、パンティをひろいあげてから、一雄は、風呂場の戸をしめた。うす紫のナイロンは、さらっと乾いて、べつだん、異常なところはない。冷蔵庫のわきに立って、手にした下着と、ボール函の中身を、見くらべる。おとなで、おもちゃの好きな人は、あんがいに多い。げんに一雄も、ひと月ほど前、三千五百円もするコルト自動拳銃《けんじゅう》を、ついふらふらと買ってかえって、妻をあきれさせたおぼえがある。だが、こんなけばけばしい自動車に、興味をしめしたおぼえはない。

厚紙の車庫から、一雄は、赤いブリキの消防車を、持ちあげた。どうしたかげんか、そのとたん、まっかなはしごが、シャキシャキのびた。はしごの下に立っているアメリカン・スタイルの消防夫が、赤いヘルメットをかぶったあたまを、カックンカックン動かした。まっ赤な車体からは、ひとりぼっちの亭主を嘲《あざ》けるように、サイレンに似せた笛の音が、するどく起った。

2

あくる日、土曜日だ。会社へ出た一雄は、時計の針が正午にかさなると同時に、京橋二丁目のビルを、とびだした。寝不足の重いあたまをかたむけて、江古田の団地へ、かえってくる。十二棟のふたつめの入口の前に自動車が一台、とまっていた。松坂屋のマークのついたファイバーボード・ボックスが、荷台にのっている。三階までのぼっていくと、ちょうど配達員が、三十四号のブザーを、おしているところだった。一雄は、鍵

をとりだしながら、

「ぼくが、青柳だけど――」

「お届けものです。すみませんが、みとめをこれへ」

受領証に判をおさせて、おいていったのは、週刊誌ほどの平たい函だ。ひどく軽い。貼ってある伝票は、上野広小路《ひろこうじ》の店のもので、依頼ぬしの住所は、大田区西六郷《にしろくごう》三丁目七十一番地めぐみアパート五号、となっている。名前は、またしても、田所みき。

包装紙をひらいてみると、白いボール函のなかに、パッキング・セロファンがつまっている。そのなかに、おさまっているのは、皮でつくったお面だった。手のひらくらいの大きさで、壁かけの装飾用だろう。極彩色の道化師の顔が、撞球《どうきゅう》の赤玉みたいな鼻をつけて、ダイヤがたに隈《くま》どった目を、見ひらいている。うらをかえすと、イタリー製であることが、小さな金文字でしめしてあった。

いったい、なんのつもりなのか。こんな飾りを、やたらにぶらさげておく趣味は、一雄にも、美紀にもない。あたまをかかえて、一雄は、立ちあがった。きのうのと、きょうのと、包装紙の伝票のところを切りぬいて、ポケットに入れる。念のために、妻のいちばん新しい写真を、アルバムから剝《は》がした。それをポケットにおさめて、一雄は、部屋をとびだした。ついさっき、たどってきたコースを逆もどりして、まず高島屋へいそぐ。玩具《おもちゃ》売り場へあがると、伝票の扱い者の欄に、書いてある名前を判読して、その売り子を呼んでもらった。

「ちょっと、うかがいたいことがあるんですがね。この伝票、見てください。じつは子どもに、誕生日の贈りものをもらったわけなんだけど、贈りぬしの住所にも、名前にも、心あたりがないんだ。ひょっとすると、このひとじゃないか、と思うんだが、おぼえてないかしら」

と、伝票に写真をかさねて、さしだした。女店員は、首をかしげて、見つめていたが、

「これ、あたしの字だわ。おとといね。思いだしました。右手の人さし指と中指を、手首へかけて、包帯をしてらしたんで、あたくしが、書いてさしあげたんです。それは、おぼえてるんですけど、お顔のほうは……この写真のかたのような気もするし――」

「たぶん、和服だったんじゃないかな。これは、洋服すがただけど」

「ええ、そうでした。和服をおめしで――」

と、写真の首から下を、手でかくして、

「こうしてみると、このかたですわ、たしかに」

女は、大きくうなずいた。けれど、ほんとに思いだしたのか、客のこみあう土曜日の午後に、売った品物との関係のないこんなアフターサービスを、いつまでしてはいられない、妥協したのか、そのへんは、見ぬけなかった。一雄は、礼をいって、玩具売り場をはなれた。エレヴェーターで、地階までおりる。地下鉄で、上野広小路へでた。

松坂屋の輸入品売り場で、たずねあてた伝票の扱い者は、若い男だった。こちらは、きのうのことだけに、よくおぼえていた。写真を見せると、すぐうなずいて、

「ええ、この人だと思います。右手に包帯をしてらしたんで、伝票にぼくが書いたんですよ。その包帯が、みょうに印象的で、よくおぼえてるんですが——もちろん、おひとりでした」

礼をいって、かえりがけに、まだふたつばかり、売り場のかべにかかっている皮の面をみると、五千円の正札がついていた。高島屋でみてきた消防自動車の値段は、六百円だった。五千六百円という、一雄たちにとっては大金を投じて、美紀は、いったい、なにを訴えようとしているのだろう。品物に、意味があるのか。依頼ぬしの住所に、意味があるのか。

いちおう、後者に解釈して、松坂屋の前から、都電にのった。曇った空もようのせいか、みょうに生気のない街すじを、都電はのろのろ走っていく。寺島町二丁目でおりると、ひきふね荘は、あんがい簡単に、見つかった。安普請の二階建てで、うしろに、町工場の煙突がそびえている。あけっぱなしの玄関を入ると、機械のうなりが耳についた。

廊下の左右に、ならんだドアは、どれもしまって、しんとしている。だれも、住んでいないようだ。名札をひとつひとつ、見ていくと、左がわのいちばん奥に、田所、と姓だけ書いた一枚があった。そのドアを、軽くノックする。返事は、なかった。ノブをま

わすと、錠はおりていないらしい。戸口に、わずかな隙間《すきま》ができた。なかには、電灯がついている。

「田所さん、お留守ですか」

やはり、返事はない。思いきって、隙間をひろげる。室内にすべりこんで、うしろ手にドアをしめた。ひと間きりの六畳を、見まわしたとたん、一雄は、息をのんだ。

そこには、男がひとりいた。だのに、返事がなかったのは、答えたくても、口がきけないような状態に、なっていたからだ。黒いズボンに、ワイシャツすがたで、男は、畳にうつぶしている。そのワイシャツの背に、アイスピックが——先ぼそりの鉄棒に、卵がたの木のにぎりをつけた氷かきが、突きささっていた。ちょうど心臓のあたりに、鉄棒が半分ばかりめりこんで、そのまわりのシャツは、どす黒い血で、汚れている。

たおれるときに、舌でも嚙《か》んだのか、くちびるのはしから、血の糸をひいた顔が、みようにねじれて、こちらをむいていた。ぜんぜん、見おぼえのない顔だ。一雄は、ふるえながら、もう一度、室内を見まわした。押入れの戸があいていて、夜具がはみだしている。妻のすがたは、どこにもない。

廊下をのぞいて、だれもいないのを確かめてから、一雄は、部屋をぬけだした。走りだしたい足をおさえて、玄関をでる。大通りまできて、ほっと息をついた。ちょうど停留所へとまった都電にのって、上野までいってから、国電にのりかえる。京浜東北線の蒲田《かまた》駅についたとき、一雄は、不安のかたまりみたいになっていた。

西六郷三丁目七十一番地をさがしあてるのには、かなりの時間がかかった。めぐみアパートは、ひきふね荘とちがって、まだ新しい建物だった。せまい露地にめんして、吹きぬけの廊下があって、部屋のドアが四つ、ならんでいる。二階も同様、吹きぬけの廊下に、ドアが四つならんで、いちばん手前が、五号室だった。しかし、表札は出ていない。

一雄は、そっとドアをノックした。こんども、返事はなかった。おそるおそる、ノブに手をかける。こんども、鍵はかかっていなかった。あけてみると、すぐ右がわが台所、左がわに便所のドアがある。

正面には、長四畳ほどの板敷があって、そのむこうに、襖《ふすま》がしまっていた。

「田所さん、お留守ですか？」

一雄は、靴をぬいで、板の間へあがった。思いきって、襖をあけると、八畳の座敷のまんなかに、男がひとり、倒れている。

またかと思った。夢だとわかっているのに、どうしても、目をさますことができない悪夢が、あるものだ。そんな夢を見ているような気持で、おそろしかったが、こんどは足がふるえだすようなことはなかった。

一雄は、ドアをふりかえった。公団住宅なみに、セフティチェーンが、ついている。

それをかけてから、こわごわ男のそばへ、近づいた。黒ズボンに、ワイシャツすがたで、背中にアイスピックが、突っ立っている。畳にふせた顔を、のぞきこんだとたん、一雄は、全身の力を失って、すわりこんでしまった。

「こんな、こんな馬鹿なことが！」

自分の声が、ひどく遠くで聞えた。不自然に首をねじまげて、くちびるのはしから、血をしたたらしている顔は、ひきふね荘で死んでいた男と、寸分のちがいもなかったのだ。

ちがうところは、死体の手のそばに、指輪がひとつ、ころがっているところだけだった。それをつかもうとして、力つきたらしい。

死体の右手は、大きな青白い蜘蛛《くも》みたいに、畳に指を立てている。一雄は、指輪をつまみあげた。黄金の結婚指輪で、俗にカマボコというやつだ。曇りガラスの窓にかざして、内がわを見ると、K＋M＝Aと彫ってある。

結婚指輪をあつらえたとき、なにか彫らせたくて、でも、どんなふうにしたらいいのか、わからない。店員に聞くのも、てれくさい。考えてみれば、結婚指輪をあつらえなれてるなんてほうが、むしろ、おかしいのだから、てれる必要はないのだが、とにかく、スマートなつもりで、考えたのが、K＋M＝A――つまり、一雄と美紀がいっしょになって、青柳家をつくる、という数式なのだ。

それが、彫ってある以上、美紀の指輪に間違いない。一雄は、指輪をポケットに入れると、もう一度、死体を見つめた。

たしかに、寺島町で死んでいた男だ。しかし、東京のはしからはし、といっていいほど、隔ったふたつの場所で、同一人物が死んでいるなんて、そんな馬鹿なことが、あるだろうか。

一雄は、死体の手に、さわってみた。

ひやりと冷たい。立ちあがると、室内を見まわした。美紀がいた形跡は、ほかにはなかった。便所のなかも、そのうしろにある風呂場も、のぞいてみたが、なにもない。風呂場から出て、台所の棚を見ようとしたとき、板の間のすみの台の上で、電話のベルが鳴った。反射的に受話器をとりあげてから、しまった、と思ったが、もう耳には、声が流れこんでいた。女の声だった。

「もしもし、あなた？」

一雄は、息をのんだ。その声の調子は、たしかに妻のものだったからだ。

「もしもし、どうしたの？」

妻の声が、またいった。一雄は受話器をにぎりしめた。

「美紀！　美紀じゃないか。そうだろう？　ぼくだよ、一雄だよ。いったい、どうしたんだ？」

がちゃりと受話器をおく音が、一雄の耳を、残酷にえぐった。

3

一雄は、がらんとした軽食堂のすみのテーブルで、いらいらしながら、待っていた。ソースのしみのついた、ビニールのテーブルクロスの上で、両手は無意識に、結婚指輪をいじりまわしている。

妻の兄の本庄勝が、軽食堂のドアをおして、入ってきたときには、もう戸外は暗くなっていた。模造皮のジャンパーのポケットに、両手をつっこんで、腫《は》れぼったい顔は不機嫌そうだ。一雄を見ると、軽くうなずいて、前へきた。椅子に腰をおろしながら、

「なんの用だい――電話じゃ話せないことって？　どうせ呼びだすんなら、もっと近いところに、してもらいたかったな。まだ眠りたりなくて、あやうく電車をのりこすところさ」

といって、あくびをした。勝は、ハイヤーの運転手で、けさ勤めがあけたばかりなのだ。

「兄さん、困ったことになったんだ。ぼくひとりじゃ、どうしていいか、わからない。実はゆうべ、出張から帰ってくると――」

一雄は、声をひそめて、話しはじめた。店の女が注文を聞きにきたときと、ふたり分

のコカコーラを運んできたときに、中断されたが、一雄は一気に、さっき死体を発見したまでのことを、小声で話した。義兄は、聞きおわると、一雄のさしだしたデパートの伝票二枚を、見つめながら、

「信じられないな」

と、眉《まゆ》をしかめた。

「どうしてです？」

「おなじ人間が、二か所で死んでるなんて、考えられないじゃないか」

「でも、ほんとに見たんだから……」

「ふた子かなんかかも、しれないな。それで、警察へは知らせたの？」

「そんなこと、できるもんですか。もしかしたら、美紀がやったのかも……」

「そりゃ、そうだ。電話の声は、あれに間違いないのかい？」

「ええ、こっちも気が転倒してたから、ぜったいに、とはいえないかもしれませんよ。でも、十ちゅう八まで、たしかです」

「その男の顔、思いだせる？」

「わすれられるもんですか。ぼくは、あんなふうな死体、見るの、はじめてですからね」

「なにか、特徴は……？」

「そうだなあ」

と、一雄は、目をつぶって、青ずんだ死顔を、思いうかべた。

「面長で、ちょっと鼻すじが、曲ってたようです。そうだ、くちびるのはじに、傷を縫ったあとが、あったな。大きな疵《きず》あとじゃないけど、このくらいで」

と、小指の第一関節に、親指をあてがってさしだしながら、

「はじが上にむかって、はねてました」

「よし、いってみよう」

勝は、コカコーラの残りを、のみほして、立ちあがった。とめるひまもなく、どんどん出ていったあとを、一雄は、あわてて勘定をはらって、追いかけた。勝は、ドアのすぐそとで、待っていた。

「どっちだい、そのアパートは？」

「ちょっと離れたところだけど、でも、大丈夫かな」

「だれかに、顔を見られた？」

「いや、見られなかったと思うけど」

「なら、平気さ。それに、五号室へは、ぼくがいく。もう死体が見つかってるとすれば、パトカーや、人だかりで、すぐわかるだろう。そうなってたら、近づかなけりゃ、いいんだから」

　ふたりは、めぐみアパートへ急いだ。せまい通りは、さっきとおなじように、人通りもなく、近くに停ってる車もなかった。

「まだ警察は、知らないらしいな。一雄君、きみはどこか、このへんで待っててくれ」

「このさきに、公衆電話のボックスが、たしかあったな。さっき兄さんとこへかけようとして、アパートに近すぎるんで、やめたけど」

「そりゃ、いいな。電話かけてるふりしてりゃ、時間がかかっても、間がもてるだろう」

　とうなずいて、勝は、めぐみアパートのある通りへ、入っていった。

　一雄は、すこし先の電話ボックスへ入ると、青い函のスロットへ、空気でできた十円玉を入れて、でたらめの番号をダイアルした。甘ったるい女の声が答えたが、こちらの声は聞えないので、舌うちして、すぐ切ってしまった。一雄のほうは、切らずに話しつづけた。窓ガラスから、露地口を見ていると、十五分ほどして、義兄が出てきた。

　一雄は、受話器をかけて、ボックスをとびだした。

「どうでした？」

「一雄君、ほんとにきみ、死体を見たのか？」

　と、勝は、バスの停留所のほうへ、歩きだしながら、小声でいった。

「もちろんですよ」

「死体なんか、なかったよ、あの部屋には」

「なんですって！」

一雄は、ぽかんと口をあいて立ちどまった。

「なんにも、なかった。血のあとも、なんにも。ただ、たしかにあの部屋を借りてるのは、田所という女だよ。ただし、美紀じゃない。不二子というんだ。管理人に、聞いてみたんだが……」

「大丈夫ですか、そんなことして？」

「ハイヤーの運転手ですが、といって聞いたのさ。そうにちがいないんだから、板についたもんだ。五号室のかたから、電話で呼ばれてきたんですが、いらっしゃらないようで、という切りだしでね。五号室の佐藤さん、なんかいってきませんでしたか？　五号室なら、佐藤さんじゃない、田所不二子ってひとだ。でも、電話番号は——というぐあいに、あの部屋の番号まで聞きだして、最後は、いけねえ、ここ、明美アパートじゃないんですか、すいません、どうもお騒がせして、と引きあげた。うまいもんさ」

と、勝は、得意げに、にやりと笑う。

一雄は、笑うどころではなかった。

「でも、おかしいな。どうして、死体がなくなったんだろう？」

「見当もつかないな。とにかく、もう一軒のひきふね荘か？　そこへ、いってみようじゃないか」

「ええ、そうしましょう」

「元気をだせよ。美紀のためには、死体なんかないほうが、いいんだからな」

「そりゃ、そうです」

ふたりは、バスで蒲田駅へむかった。墨田区寺島町までの道のりは、うんざりするほど、長かった。

勝は、国電のなかでも、都電のなかでも、眠っていた。

寺島町二丁目で、都電をおりて、せまい通りへ入っていく。街灯がまばらで、あたりは暗かった。

「一雄君、きみはやっぱり、このへんで待っててくれ」

「いや、兄さん、ぼくもいっしょに、いきますよ。いざというときには、ふたりで死体の発見者になりましょう。警察には、西六郷のアパートのことだけ、内緒にしといて、あとはありのままに、話します」

「それも、いいかもしれないな。じゃあ、いっしょにいこう」

ふたりは、肩をならべて、ひきふね荘の玄関を入った。廊下には、うすぐらい電灯が、ともっている。

町工場の機械の音が、やはり聞えた。そのほかに、左右にならんだドアのなかから、テレビかラジオのひびきが、もれてくる。

一雄は、いちばん奥のドアを、軽くノックしてから、ノブをまわした。

おそるおそる、室内をのぞく。

「なんだ、なんにもないじゃないか」

うしろで、勝がいった。一雄は、口がきけなかった。六畳の室内は、からっぽで、さっきは首をつっこんだとたん、目についた死体が、あとかたもなく消えうせているのだ。

一雄は、ふりかえって、義兄の顔を見つめた。そのとき、女の声がした。

「田所さん、いませんか?」

勝がそっちをむいてみると、三つさきのドアがあいて、風呂道具をかかえたおかみさんが、立っている。

「ええ、ドアに鍵はかかってないですがね。どこへいったか、ご存じありませんか?」

と、勝が聞きかえすと、おかみさんは、

「さあ、昼間、見かけましたけどね。もっとも、午前ちゅうだったけど——いまごろだと、ああ、電車通りの赤ちょうちんに、いるかもしれませんよ」

「赤ちょうちん?」

「いっぱい飲み屋ですよ。電車通りのむこうがわに、赤い提灯がぶらさがってますから、すぐわかります」

「いってみましょう。どうも、ありがとうございました」

「どういたしまして」

おかみさんは、風呂道具をかかえなおすと、下駄を鳴らして、玄関を出ていった。ふたりも、ちょっと間をおいてから、玄関を出ていった。

4

雷門《かみなりもん》から地下鉄にのって、神田でおりると、国電の駅に通じる地下道を歩きながら、義兄がいった。

「思いきって、警察へいったほうが、いいんじゃないかな、やっぱり」

「でも、信じてくれるかな、死体のこと」

「だから、それには触れずに、話すんだ。アパートには二軒とも、ぼくといっしょにいったことに、すればいい。どっちにも、だれもいなかったから、心配になった、というんだよ。嘘じゃないんだからな、それは」

「ええ、でも、たしかに死んでたんです。赤ちょうちんって店でも、四、五日前から、田所はふっつり、顔を見せなくなった、といってたじゃないですか。美紀がいなくなった日ですよ、四日前ってのは」

「だからって、死んでるとは、かぎらない。げんに、あのおかみさんが、きょうの午前ちゅう、見てるんだ」

「そりゃ、そうですけど――とにかく、ひと晩、考えます」

一雄は、小金井《こがねい》までの切符を買って、義兄にわたすと、自分は定期券で、改札を通った。中央線のホームへ、階段をのぼりながら、勝はいった。

「じゃあ、あすの朝、電話をくれないか。八時ごろなら、営業所にいるから」

「そうします。今夜は、すいませんでした。姉さんによろしく」

「きみも、中野まではおなじ電車だろう？」

「ぼく、銀座へ出てみます。ちょっと心あたりが、あるんで」

「じゃあ、ホームはあっちだよ。ぼくがのるのを、見とどけることたあない。しかし、あんまり思いつめないほうが、いいぜ。神経がまいっちまう。美紀はあれで、なかなかしっかりしてるから、大丈夫さ」

と、義兄はいったが、自信ありげな言葉ではなかった。一雄は、ゆっくり階段をおりて、山の手線のホームへあがった。中央線の下り電車が、ちょうど発車したところで、勝はそれに間にあったらしい。一雄のホームにも、京浜線が入ってきた。銀座へいく、といったのは、勝に気をわるくさせまいとした方便で、一雄は、もう一度、西六郷へいくつもりだった。

くたびれた足をひきずりながら、めぐみアパートの前まできて、二階をあおぐと、五号室の窓が明るい。だれか、いるのだ。もしも、警察ならば、あたりがこんなに、静かなはずはない。一雄は、階段をあがって、最初のドアをノックした。

「どなた?」

すぐ、女の声がした。

「田所不二子さんに、お目にかかりたいんですが」

と、一雄が低い声でいうと、ドアが、セフティチェーンを鳴らして、すこしひらいた。

「押売りや、強盗じゃ、なさそうな顔つきね。怒っちゃだめよ、及第したんだから」

チェーンを外す音がして、ドアが大きくあいた。一雄は、ひと足ふみこみかけて、目を見はった。台所に立っていたのは、若い女だが、乳の上から、腿《もも》の半ばまで、白地にピンクとブルーの横縞の、オランダ国旗みたいなバスタオルを、巻きつけただけのすがたなのだ。金茶いろに脱色した頭髪に、かたつむりの王様みたいな、小型のドライアーを、かざしている。軽快な唸《うな》りをあげるドライアーを、ささげている左腕のつけ根の黒のしげりが、頭髪とちぐはぐで、妙になまめかしい。

「なにしているの?　早くおあがんなさいよ。ああ、ドアのチェーン、かけといてね。物騒だから」

と、女はいって、ぴんと張っていたドライアーのコードを、たるませながら、風呂場のほうへ、ひっこんだ。

「失礼します」

「座敷ですこし、待っててね。すぐすむわ」

八畳の座敷には、だれもいなかった。さっき死体があったところには、小さなテーブルがおいてある。それを挟んで、ベッドになるソファが、むかいあっていた。一雄は、それにすわりながら、足もとを見たが、畳には血のあともない。

「お待ちどおさま」

入ってきた女は、まだバスタオル一枚だった。一雄とさしむかいのソファにかけると、テーブルの上のピースの函から、一本ぬいて、紅のついていないくちびるへ、はさんだ。一雄は、咳《せき》ばらいしてから、ひくい声で、

「さっそくですが、田所さん、美紀という女を、ご存じでしょう？」

女はすぐには答えずに、ガスライターで、ピースに火をつけた。ソファによりかかって、けむりを天井に吹きあげてから、

「ははあ、あんた、不二子の顔を知らないのね。すると、だれかに紹介されてきたの？」

「じゃあ、あんたは田所さんじゃ、ないんですか」

「ないんでした、お気の毒だけど」

と、女は片目をつぶって、

「彼女、出かけてるの。もうそろそろ、帰ってくるころよ。急がないんなら、待ってるといいわ。テーブルの下から、マイクロテレビを持ちあげた。

女は、テーブルの下から、マイクロテレビを持ちあげた。

「いや、けっこうです」

「とにかく、そんなにかしこまってること、ないわよ。気がねしたみたいな声だしてさ。ここは防音装置、完璧《かんぺき》よ。窓さえあけなきゃ、となりに声は聞えないんだから。上衣とらない？　ことしはどうして、こういつまでも蒸暑いのかしら」

女は、腋《わき》の下にはさんだタオルのはしを、ぬきとって、喉《のど》のあたりをふいた。一雄は、むきだしになった腿から、あわてて目をそらした。

「あんた、どこを見てるの？」

「いや、べつに……どうも、失礼」

「ほんとに、失礼だわ。あたしの足、そんなに眺めるに価しない？」

女はいきなり、片足をテーブルにあげた。

「どう？　腿にだって、余分の肉はついてないし、膝小僧《ひざこぞう》だって、固くなってないでしょう。目をそらすこと、ないと思うわ。観覧料をとろうってわけじゃなし」

「そりゃ、ありがたいけど、ぼくは足を眺めにきたわけじゃ、ないんですよ」

「聞いたわよ。ミッキーのことでしょう？　どうしても、不二子じゃないといけないの。

ミッキーのことなら、あたしだって、知ってるわ」

「ほんとか、きみ？」

一雄は、立ちあがった。

「ほんとよ。いっしょに撮った写真もあるわ」

と、女も立ちあがって、押入れの戸をあけると、大きなアルバムを持ちだした。だが、そのページをひろげると、

「あら、おかしいな。たしかにこのへんに貼ってあったんだけど、剝がしてあるわ」

「美紀とは、いつごろお知りあいでした？」

「二年ぐらい前かしら。あのひと、たしか——」

と、女がいいかけたとき、襖のむこうで、電話のベルが鳴った。

「ちょっと、待っててね」

女は、アルバムをソファに投げだして、襖のむこうに、立っていった。一雄は、手をのばして、アルバムをとりあげた。第一ページに、〈BOBモデルクラブ〉と書いてあって、あとのページには一枚ずつ、四つ切りの写真が、貼りつけてある。ゆかたをきた美人、ネグリジェをきた美人、水着をきた美人、なかには、なにもきていない美人の、写真もあった。もちろん、除草作業は、ちゃんとしてある。いやにすまして、感じがちがっているが、いま襖のむこうで、電話をかけている女の写真だった。

それが、四ページめで、五ページめが、空白だった。写真の四隅が、貼りついていたあとだけ、残っている。一雄がアルバムをとじたとき、襖があいて、バスタオルの女がもどってきた。

「不二子さんだったわ。ちょっと遅くなるって、あと一時間くらい――お待ちになる？」

「かまわなければ、待たせてください。このBOBって、どういう意味です？」

「ベスト・オブ・ベストですって。あたしの写真あったでしょう。そう思わない？」

「美紀も、このクラブ所属のモデルだったんですか？」

「不二子さんに、聞いてよ。あたしはなんにも、喋《しゃべ》っちゃいけないんですって。ただ帰ってきても、ずっと待ってたなんて、いわないほうがいいわ」

「どうして？」

「心配するから。あたし、病気なんだって。むずかしい名前の病気――ニンフォマニアって、知ってる？」

たしか、色情狂、という意味だったが、しかし一雄は、首をふった。

「さあ、知りませんね。田所さんは、ほんとに一時間ぐらいで、帰ってくるんですか」

「むかいあって、ただすわっているのも、退屈ね。寝そべらない？　このソファ、ベッドにもなるのよ」

女は、立ちあがった。バスタオルが、ひとりでにひろがって、畳の上へ落ちた。

修整屋は、除草作業にさぞ時間がかかったろう、と一雄は思った。

「ちょっと、立ってよ。あんたがすわってたんじゃ、ベッドにならないわ」

「しかし、一時間しかないんじゃあ――」

「あら、あんた、そんなにタフなの。大丈夫よ。ほんとはね。不二子、今夜は帰ってこないって」

女はいきなり、裸のからだを、ぶつけてきた。一雄は、首にからみついた両手を、もぎはなすと、女をつきとばした。襖をあけて、靴をつっかけると、ほうほうのていで、めぐみアパートから逃げだした。

5

「こいつになにか、意味があるとしても、見当がつかないな」

なにも書いてない手紙と、おもちゃの消防自動車と、道化師の顔の壁かけを、畳にならべて、本庄勝は、腕を組んだ。

「だから、品物には意味がなくて送り主の住所に、意味があるんだろう、と思ったんですよ」

一雄は、ガラス戸ごしに、ベランダにおいたゼラニウムの鉢を、見つめながら、いった。視線をほかへ移すと、妻を思いだす品ばかり、見なければならないからだ。

「まさか、この手紙、あぶりだしなんかになっているんじゃ、ないだろうね」

勝は、なにも書いてない便箋を、一枚とりあげて、ライターの火にかざした。

「だめだな。水につけてみようか？」

「無駄ですよ。むかいの部屋の細君に、あずけてったんですからね。ぼくの手にわたることは、確実なんです。そんなスパイごっこみたいな、手のこんだことは、やる必要ないでしょう」

「それも、そうだ。白紙は白紙、ホワイトペーパーか。消防自動車のことは、なんていうんだろう、英語で？」

「ファイアエンジンでしょう。それも、考えてみたんですよ、ゆうべ。ブランクのB、ファイアエンジンのF、クラウンのC、どうつないでも、意味はなさそうです」

「さっきの話の露出狂の女から、もっとねばって、聞きだしてくれれば、よかったのにな。内気な独身者ならとにかく、裸になられたくらいで、逃げだす手は、なかったんじゃないか」

「よしてください。ただ話を聞くだけじゃ、すまない状況だったんですよ」

「いまのは、冗談さ。とにかく、もう一度、西六郷へいってみるのが、いちばんいいようだね」

「そうしましょう」

一雄は、立ちあがった。上衣をきて、ドアに鍵をかけてから、階段をおりていってみると、さきにおりた勝が、前の道路にとめてあるシボレーのドアをあけて、待っていた。車をやとう形式で、義兄にきてもらったのだ。日曜日のせいか、道路はすいていて、江古田の団地をあとにした車は、意外に早く、西六郷についた。めぐみアパートのちかくまでくると、勝は急にスピードを落した。

「一雄君、なんだかおかしいぞ。パトカーがとまってる。そのむこうのも、警察の車だ」

「ここで、とめてください。ぼく、様子を見てきます」

と、一雄はいった。めぐみアパートの露地のちかくには、パトカーが二台、ほかにも警察の車がならんで、歩道にはひとが集っている。

一雄は、車をおりると、なにげない足どりで、露地口へいった。口の軽そうなおかみさんを選んで、

「なにか、あったんですか？」

と、聞くと、相手は待ってましたという調子で、

「心中なんですよ、そこのアパートで」

「めぐみアパートですか？」

「ええ、二階のいちばん手前の部屋。別居ちゅうの奥さんとこへ、旦那さんが押しかけてきて、喧嘩《けんか》になったらしいんですね。奥さんが、旦那さんを殺しちまって、首をくったんですとさ」

「つまり、無理心中ですね」

「まあ、そういうことに、なるんでしょうよ」

「ひどいもんですなあ」

一雄は、あたまをさげて、車のところへひきあげた。

「兄さん、妙なことになったよ。田所不二子が、自殺したらしいんだ、亭主を殺して」

「亭主だって？　どういうことなんだい、そりゃあ」

と、勝は、車を走りださせながら、いった。一雄は、窓から、通りすぎる露地口を眺めて、

「わかりません。別居ちゅうの亭主が、いたらしいんです」

露地口からは、白い布でおおった担架がふたつ、はこびだされるところだった。

「すると、きみがゆうべあった女も、警察へいってるか、あすこで調べられてるか、とにかく近づけないな。どうしよう？」

「こういうときには、どうしたらいいんでしょうね。まったく、いやんなっちゃうな」

一雄は、あたまをかかえた。

「もういちど、寺島へいってみようか。ほかには、なにも手がかりがないんだから」

「でも、だれもいないにきまってますよ、あの部屋には」

「そうとばかりは、かぎらないかもしれないぜ」

勝は、車を京浜国道にまわしながら、ぶっきらぼうにいった。一雄は、両手でかかえていたあたまをあげて、

「それじゃ、兄さん、ぼくが死体を見たのは、嘘だ、というのですか」

「そうは、いわないよ。きのうの様子じゃ、あの部屋に住んでるのは、男ひとりきりらしい。きみが見たのは、その男だろう。まわりの部屋のひとたちは、殺されたことを知らないようだから、美紀があそこにいないとも、かぎらないじゃないか。めぐみアパートの女が、おなじ苗字なのも、気になるし……」

「そうですね。いってみましょう」

だが、ふたりは、ひきふね荘のおくの部屋には、たどりつけなかった。アパートの前の露地に、警察の車や、新聞社の車が、とまっていたからだ。勝は、舌うちした。

「こっちでも、なにかあったらしいな」

「ぼく、だれかに聞いてみましょうか」

と、一雄はドアをあけようとした。

「いや、よしたほうがいい。おれたち、きのう、顔を見られてる」

「あのおかみさんや、飲み屋の女の子なんかに、出くわしたら、怪しまれるかもしれませんね、たしかに」

「とにかく、近よらないほうが、よさそうだ」

「ぼくの見た死体が、見つかったのかな」

と、一雄はつぶやいた。

「新聞社の車が、きてるんだ。夕刊になにか、でるだろう。しかし、ふたつしかない手がかりの、どっちへも近よれないとすると、どうしよう？」

「さあ、どうしたら、いいんでしょうね。ぼく、こういうことには、馴《な》れないものだから……」

「だれだって、馴れたくはないよ、こんなことには」

「いつもなら、朝めし兼帯のおひるを食って、テレビの前に寝そべってるころですよ。そう考えたら、腹がへってきた。へんなもんですね。人間って。女房のことが、心配でしょうがないのに、腹だけがふだんとおなじに、へるんだから」

「どこか車をとめられるところを見つけて、めしにしよう、それじゃあ」

と、勝はいった。雷門のちかくに、駐車できる場所があって、ふたりは、小さなレストランに入ったが、いざ皿を前にしてみると、一雄の食欲はすすまなかった。美紀の料理のほうが、ずっとうまいような気がした。

「美紀のやつ、ちゃんと三度のめしが食えるようなとこに、いるのかな」

と、勝がつぶやく。

「もし、なにかとんでもないことを、しでかしたんだとしても、どうして相談してくれないんでしょう？」

「一雄君、やっぱり、専門家に相談したほうが、いいんじゃないかな」

「しかし、まさか警察へは……」

「ちょっと、思いついたことがあるんだ。車の中で、話そう」

ふたりは、レストランを出た。車が走りだすと、勝はいった。

「小金井の団地の、おれの部屋のすぐ下に、定年退職した警部が、住んでるんだよ。息子夫婦といっしょにね。中気あがりでねえ。あまり、頼りにゃならないかもしれないが、話のわかるひとだ。そのひとに、相談してみたら、どうだろう？」

「中気あがりって、口はきけるんですか」

「ちょっと舌がもつれ気味だが、知らなけりゃ、気がつかないくらいだ。あたまのほうは、ぜんぜんぼけていない。もっとも、おれはそんなに、口きいたことはないんだ。かみさんが、その家と懇意でね」

「しかし、そういうひとじゃ、警察へいくのとおなじことに、なるんじゃないかな」

「だから、たのんでみるのさ。秘密をまもってもらえるように——おれたちで、あてもなくうろついてるよりは、ましだろう？」

6

小金井の団地について、義兄の部屋に顔をだしてから、すぐ下の三階をたずねてみると、息子夫婦が出かけたあとを、元警部の老人が、ひとりで留守番をしていた。勝が用むきを話して、一雄を紹介すると、

「川添《かわぞえ》です。はじめまして」

と、老人はあいさつした。老人というほどの年では、ないかもしれないが、病みあがりのせいか、小柄なからだは、頼りない感じだった。しかし、言葉の不明瞭《ふめいりよう》さは、ほとんどなかった。

「わたしなんぞで、お役に立ちますかな。なにしろ、わたしは、いまでも息子から、日に一回は笑われるような、おっちょこちょいでしてね。平刑事のじぶんには、お前の考えることは突飛すぎる、もっと足を地につけろって、よく怒られたもんですよ」

といわれて、一雄はがっかりしたが、勝は膝《ひざ》をのりだして、

「いや、話そのものが突飛なんですから、大丈夫です。ぜひ、お知恵を貸してください。さあ、一雄君」

うながされて、一雄は話しはじめた。川添老人は、じっと目をつぶって、聞いている

のか、居眠りをはじめたのか、はなはだ明らかでない恰好《かっこう》だったが、話がおわると、目をひらいた。

「つまり、あなたが警察へいきたくないのは、ひょっとして奥さんが、犯人ではないか、という心配があるからですね」

「ええ、そんなはずはない、と思うんですが……」

「しかし、もしその心配が、事実になったら、奥さんを匿《かくま》うつもりかね？」

「そんなこと、したくてもできないでしょう。それに、もし美紀がやったのなら、なにかやむにやまれぬ理由があるはずです。それを法律にみとめてもらう努力を、精いっぱい、やるつもりですよ、妻を自首させてから」

「それを聞いて、安心しましたよ」

と、川添老人は、にっこりした。顔の左半分が、まだよく動かないとみえて、その笑顔は、ちょっと異様だった。

「たしかに、本庄さん、普通の事件じゃありませんね、これは」

「なにか、見当がつきませんか？」

と、義兄は聞いた。

「そうあわてちゃいけません。わたしゃ、警官の骨董品《こっとうひん》で、テレビに出てくる名探偵じゃないんですからな。ただ、いままでのところだけでも、ただひとつ、断言できることがありますよ」

「なんですか、それは?」

「なにか企んでるのは、ひとりじゃない、ということです。黒幕といいますかな。そういったものが、何人かいなけりゃ、こんな妙なことは、できません。考えてごらんなさい。墨田区の寺島、大田区の西六郷、東京のいわば両はじで、おなじ日の午後に、おなじ男が死んでるなんて、常識で信じられますか」

「しかし、ぼくは確かに、見たんです」

と、一雄が力を入れていうと、勝はつぶやくように、

「わたしは、見なかったんですが……」

「まあ、お待ちなさい。死体があったことも事実、それが消えたことも事実——として、考えていこうじゃありませんか。おなじ日、はなれた場所に、おなじ死体が現れる。これは常識じゃ、信じられないが、ぜんぜん説明のつかないことじゃない」

「というと?」

一雄が、膝をのりだした。

「ふたつ、説明がつきますな。おなじ日におなじ死体だが、おなじ時間じゃないんだから、甲の場所から乙の場所へ、死体を運んだ、という説明がひとつ、もうひとつは、顔だちがまったく同じ、一卵性双生児ってやつですな。それが、二か所で殺されてた、と

いう説明」

「なるほど、そう考えれば、つじつまがあうぞ」

と、勝が膝をたたいた。だが、老人は手をふって、

「はっはっは、わたしゃあ、こういうふうに、すぐ飛躍するから、いけないんですよ。説明はつくが、こんな想像から、事件をしらべはじめるようじゃ、刑事は落第です。もっと大切なことがあるでしょう、まず考えなけりゃならないことが」

「なんでしょう、それは？」

「死体がなぜ、消えたかってことじゃないですか。どうも、わたしゃあ、そこが気になるんです。そのデパートの伝票や、白紙を、お持ちですかな？」

「いえ、家においてきました」

「おれが、ひとっ走り、とってこよう」

と、勝が腰を浮かす。一雄は、部屋の鍵をわたして、

「たのみます。机の上に、まとめておいてあるから」

「ああ、わかった。日曜だから、そんなに時間はかからないよ」

勝は、部屋を出ていった。一雄は、老人の前に、きちんと膝をそろえたまま、妻のことを考えていた。

「青柳さん、初対面のお客さんを使って、申しわけないが、お茶を入れてくださらない

かな。じっと考えてるより、からだを動かしてるほうが、あんたのためだ。薄情ないいかただが、こういうことは、気を長くしてやらないとうまくいかないもんです。緊張して、あせったのでは、判断も狂いやすいし、なにもつきとめられないうちに、あんたのからだがまいってしまうよ」

「はあ、すみません」

一雄は立ちあがった。急須《きゅうす》とお茶のある場所を、老人に聞いて、台所で湯をわかした。老人はなかなかやかましく、湯加減や茶の量をさしずした。それにしたがって、茶碗《ちゃわん》をふたつ、老人の部屋にはこんできたときには、一雄もだいぶ、落着いてきた。

「どうも、お使いだてしてすいませんでしたな」

と、老人は、両手で慎重に、茶碗をとりあげた。

「いいえ、おかげでいくらか、気がまぎれました」

「そこで、思いださせるようなことを聞いて、気の毒だが、結婚してどのくらいになります?」

「一年とちょっとです」

「すると、まだ喧嘩したことなんぞは、ありませんな」

「そうでも、ないですよ、小ぜりあいなら」

「年よりからいうと、そういうのは夫婦喧嘩とは、いわないんでね。奥さんが家出をする気になるような、深刻なやつは……」

「もちろん、ありません」

「でしょうな。もっとも、わたしの経験では、ご主人のほうにゃ悪意なんて、ぜんぜんない。愛情の発露、といいますか、そんなつもりでいったことが、動機になって、奥さんが旦那さんを殺した。そんなことも、ありましたが、あんたの場合は……」

「考えられませんよ、そんなことは、ぜったいに」

「わたしも、そう思う。感情問題から起った事件は、こんな妙なあらわれかたは、普通しません。妙だといえば、田所ってのは奥さんの旧姓だ、ということでしたな？　本庄さんの妹なのにどうして苗字が違うんです」

「家内は、初婚じゃないんです」

「ああ、なるほど」

「もっとも、籍は入ってなくて、ぼくと知りあったときには、男ともわかれてたんですが、いわば惰性で……もうひとつには、ここの兄貴と――」

と、一雄は天井をゆびさして、

「そのころ、うまくいってなかったもんですから、田所姓をつかいつづけてたらしいんです」

「本庄さんとうまくいってなかった、というのは、その男との生活、お兄さん、反対だったというような……？」

「そういうことでしょうね。ぼくといっしょになってからは、よく往き来してますから」

「青柳さんは、すると、なんですか？　田所という男の顔は……」

「知りません。名前も知らないんです。実はそれが、いちばん気になることでしてね。家内を信じてましたから、聞いてもみなかったし、心配もしてなかったんです、いままでは」

「わかりますよ、聞かなくとも」

「いいえ、まだ田所とつながりが、あったなんてことは、いまでも信じられないんですが……田所のほうから、美紀がぼくの妻になってることを、さぐりあてないとはかぎらないし……」

「可能性を検討することは必要だが、裏づけもしてみないで、心配するのは、よくないな。まあ、もういっぱい、お茶を入れていただこうか」

勝は、出かけてから一時間半ばかりでもどってきた。ひどくあわてた様子で入ってくると、

「一雄君、これを見てくれ」

夕刊を二、三部、つきつけて、

「駅の売店に、早版がとどいてたから、買ってきたんだ。ほら、写真も出てる。この記事だよ」

と、勝がゆびさしたのは、西六郷のめぐみアパートの事件の記事で、死んだふたりの写真ものっていた。一雄は、ひと目みて、あっといった。

「やっぱりそうか。その男だろう、きみの見たという死体は？」

と、勝がいった。一雄は、あわてて写真を見なおして、

「ええ、そうみたいな気がしますね」

「そんなあやふやな。いま、あっといったじゃないか、きみは」

「それは、こっちですよ。この女。この女ですよ、ぼくがゆうべあったのは——自分じゃ、田所不二子じゃない、といってたのに、ここにはちゃんと、田所不二子としてのってるってのは、これは、これはいったい、どういうことなんです？」

一雄は、茫然《ぼうぜん》として、紙面を見つめた。もちろん、裸の写真ではない。服の襟《えり》を白くのぞかした顔だけだ。だが、間違いなく、ゆうべのニンフォマニアの女だった。

7

一雄も、勝も、しばらくは、ただ写真を見つめるばかりだった。川添老人は、たんねんに記事を読んでいる。勝の買ってきた三種類の夕刊に、ひと通り目を通してから、し

ずかに口をひらいた。

「青柳さん、思い切って警察へとどけては、どうかな」

一雄は、すぐには答えない。勝がうめくような声で、

「さっきまでは、一雄君にそうすすめる気も、あったんですがね、わたしも。しかし、いまの話を聞いたら、不安になってきましたよ。妹のやつ、なんだってこんなことに、巻きこまれやがったんだろう」

「ぼくも、そうです。もうすこし、事情がわかってからじゃ、いけませんか」

と、一雄がいうと、川添老人は首をかしげて、

「あんたがたの気持も、わからないことはないが……この記事だけで判断すると、この女が男を殺して、自殺した、まあ、一種の無理心中ということに警察も見ているようだ。だが、青柳さんがいうように、この女が田所不二子じゃないとすると、話がおかしくなってくる。そのことを警察は知らないんだから……」

「でも、すぐわかるでしょう。ほんとの不二子を知ってるひとも、いるはずだし、この女のほんとの名前を知ってるひとだって、いるでしょうから」

と、一雄はいった。老人はうなずいて、

「この女が、ちゃんと戸籍もあって、ちゃんと住民登録もしてればね」

「戸籍のない人間なんて、いるんですか？」

「いるね、戸籍上は死んでるのに、盛り場じゃ大きな顔してるやつもいるし、いなかへいくとね、いちおうその土地に、いることになってるが、本人は十年も前に都会へ出て、どこにいるかも、はっきりしない。まあ、ときたま便りがあるから、なんとかやってるんだろう、と両親もほったらかしてる三男坊、四男坊、次女、五女、六女なんてのが、珍しくないんだ。貧乏人の子だくさんで、心配しないわけじゃないが、暮しに追われてあきらめる。東京にだって、そういう例はあるんだからね」

「そういわれれば、ぼくは独身時代、移動証明をなくしたまんま、一年以上もほったらかしといたことが、ありました」

と、一雄もうなずいた。

「この女も、そういうひとりで、水商売かなんかしてたとすると、知ってる人間がいても、役には立たないだろう。店じゃこういう名だったが、本名は不二子ってのか。かわいそうだけど、へんな男にひっかかるから、こんなことになるのさ、ぐらいで片がついちまう。そうなると、個人で身もとをさぐるのは、まず不可能ですよ」

「でも、警察の組織力でさえ、身もとをさがせない場合も、多いんでしょう。ほら、いつかの多摩川の全裸死体みたいに」

と、勝がいった。川添もと警部は、苦笑した。

「そりゃ、そうだがね」

「それに、アパートのほかのひとや、管理人がいます。この女の本名は知らないにしても、不二子でないことは、知ってるでしょう」

と、一雄はいった。

「どうしても警察へとどけたくないなら、それをいおう、と思ってたとこですよ。青柳さんの話だと、お妾《めかけ》アパートみたいなところらしいから、まわりの部屋のひとは役に立たないかもしれないが、管理人だけは、不二子の顔を知ってるはずだ。ところが記事によると、事件を警察にとどけたのは、管理人ですね」

「つまり、管理人が嘘《うそ》をついてる、とおっしゃるんですか」

「あるいは、あんたに故人が嘘をついたか、どっちかだね。こりゃあ、あたってみる価値が、ありますよ」

「いってみましょう、兄さん」

と、一雄が立ちあがるのを、川添は自由になるほうの手をふって、押しとどめた。

「あわてなさんな。気はせいていても、すこし間をおいたほうがいい。警察へとどけるのと、おなじ結果になりますよ。それにまだわたしは、本庄さんに聞いておきたいことがある」

「どんなことでしょう?」

と、勝は腰をおちつけた。

「さっき、あんた、やっぱり、といいましたな。田所賢吉か、この男の写真を見て——本庄さん、この男、前から知ってるんじゃありませんか？　年がいもなく、はったりをきかせれば、妹さんの先のご亭主じゃないのかね、というところだが」

勝は、しばらく黙っていてから、うなずいて、

「べつに隠すつもりじゃ、なかったんです。一雄君から、死体の口もとに疵あとがあった、といわれたとき、すぐ話せばよかったんですよ。たしかめてから、なんて思ってるうちに、いいそびれちまって……ずいぶん前に、二度、いや、三度かな。ちょっと話しただけだから、顔はうろおぼえです。ただ名前がおなじだし、一雄君が、あっといったものだから、やっぱり、こいつかと……」

「この男と妹さんが一緒になるのを、あんたは反対だったそうだが」

「反対にもなんにも、こっちが気がついたときには、同棲《どうせい》してたくらいですから、めちゃくちゃな話でしたよ。しらべて、反対したわけじゃない。だから、浅草あたりの愚連隊らしいってことぐらいしか、知りません。もう三年、いや、四年になりますか。そのころ、わたしが運転手をしてた会社がつぶれかけてましてね。こっちも、やきもきしてたときだけに、妙なぐあいになっちまって、さっきの川添さんの話じゃないけど、長いこと音信不通だったんです。それに……」

いいかけて、勝は口をつぐんだ。老人は、その顔をじっと見つめた。しばらくして、

「どうも、一雄君に怨《うら》まれそうなんだが、まあ、思いきっていいましょう」

と、勝はつづけた。

「実はね、美紀はわたしの、ほんとの妹じゃないんです。ちょっと事情が複雑で……」

「つまり、腹ちがい、というような？」

と、老人がうながすと、勝は首をふって、

「そうでもないんです。わたしに、美紀という妹があることは、戸籍上、まちがいのない事実なんですが、どうも戦災で死んじまったらしいんですね。あやふやないいかたなのは、わたしが軍隊にいたからです。弟も飛行機にのってましてね、これは昭和十九年に、戦死したんですが、その下に、だいぶ年が離れて、美紀がいたわけなんです。おやじとおふくろと三人で、東京にいたんですが、下町でしょう。ひと町内、助かったのは、わたしの両親だけ、というようなひどい騒ぎで、ほんとは、もうひとり助かった。それが、いまの美紀なんです」

と、勝はため息をついて、

「事情はよくわからないんですが、わたしが日本へ帰るのに、三年ばかりかかってますからね。ほんとの美紀は、まず死んだとしか考えられない。わたしの生死もわからない。おやじも、おふくろも、心細くなって、たまたま一緒に生きのこった娘を、美紀ということにしちまったらしいんです。だから、戸籍を見ても、わからない。日本へ帰ってきたわたしが見ても、なにしろ、ずっと軍隊生活で、ろくに顔を見てないでしょう。なんだか、発育が遅いようだな、とは思ったけど、そういう子は、多かったですからね、あのころ——たぶん、美紀のほんとの年は、戸籍面よりふたつ三つ、下なんじゃないかな」

「そのことを、知らないんですか、家内は」

と、一雄が聞いた。

「知ってるんだ。田所といっしょになったころ、どういうきっかけでか、知ったらしいんで、さっき、いいかけたろう？　やたらにおれに反発したのは、そんなことが原因らしいんだよ」

勝は、目を伏せた。とたんに、思いだしたらしい。わきにおいた消防自動車の箱のかげから、紙づつみをとりあげて、

「こいつを、わすれてた。こいつをむかいの部屋の奥さんが、あずかってたよ。きのう、届いたらしいんだが、けさ寝坊して、わたしそびれた、とかいって——やはり、美紀からなんだ」

「浅草の松屋からですね」

一雄は、紙づつみをあけた。出てきたのは絵の具のチューブと、パレットと、絵筆を木箱におさめた水彩画の道具だった。

「ちょっと、ほかのものも、見せてください。手紙と消防自動車に——ふん、青柳さん、レターのはじめは、Lですねえ」

と、川添がいった。一雄がうなずくと、老人は重ねて、

「消防自動車のことは、英語でなんといいます?」

「ファイアエンジンでしょう」

「だれでも知ってる言葉じゃないな。これに意味があるんじゃ、ないでしょうか」

と老人は箱からだした消防自動車の、梯子《はしご》をのばしてみせて、

「梯子をローマ字で書くと、最初はHでしょう? 絵の具のE、レターのL、ピエロのP、これをつなげると——」

「ヘルプ——か!」と、勝が口走った。老人はうなずいて、

「助けて! ですね。わたしでも、そのくらいは知ってます。考えすぎかもしれないが、どうもこれは、気になりますね」

8

「この住所へも、いってみましょうか。兄さん」

と、一雄はいった。勝は首をふった。

「だめだよ」

「どうしてです？」

「よく読んでみたまえ」

といわれて、一雄は、包装紙に貼《は》ってある伝票を、読んでみた。依頼ぬしの名前は、本庄みき、となっている。住所はこの小金井の団地、この川添老人の部屋のまうえの番号に、なっているのだ。

「おれの部屋には、まだ死体が届いてないからな」

「これじゃ、役に立ちませんね。さしあたって、なにをやってみたら、いいんでしょう？」

と、一雄が聞くと、もと警部はいった。

「まず本庄さんの話を、しまいまで聞こうじゃないですか。ねえ、本庄さん、妹さんがほんとじゃないってことを、あんたが知ったのは、いつなんです？」

「おふくろが、死ぬまぎわに、話してくれたんです。なんかのきっかけで、あとでわかって、わたしがつむじを曲げるといけない、と思ったんでしょうね。いつまでも、妹として面倒みてやってくれ、というんですが、いわれるまでも、ないことでしたよ。美紀は、わたしになついてたし、それに、あの子がいなかったら、あの戦後のどさくさ時代、おやじも、おふくろも、気落ちして、死んでたでしょうよ。わたしが帰らないうちに」

「すると、つまり、妹さんは本名のほうでは、戸籍上、死んだことになってるわけですね？」

「そうなんでしょうね。わたしの家のうらに、木賃宿みたいなのが、あったんです。下町が空襲で焼ける一日ふつか前から、そこに泊ってた男の、娘だということでした。親ひとり子ひとりで、まあ、その木賃宿のおやじさんが生きてりゃ、身もとがわかったんでしょうが、おやじやおふくろが知ってたのは、苗字だけ、タカハタというんだそうですが、どういう字を書くのかも、わからないんです」

「妹さん自身には、なんの記憶もないのかな？」

「四つだったのかな、そのときに」

「それじゃ、無理だな。ショックも大きかったろうからね」

と、川添老人は、うなずいてから、一雄にむかって、

「いままでうかがった話から、考えてみますとね。奥さんのいどころを、つきとめるには、ふたつ方法があるように、思いますよ。ひとつは、さっきいったアパートの管理人。これが嘘をついているかどうか、調べれば、糸口になりそうだ。しかし、早くとも、明日ですよ、とりかかるのは」

「もうひとつは、なんでしょう？」

「田所賢吉が、殺されている以上、本庄さんにも、あんたにも、はっきりしていない時期の、奥さんの生活、そこに事件の原因があるのは、あきらかです。それを、調べるこ

とでしょうな、さしあたっては」

「わかりました。でも、どういうふうに、やったら、いいんでしょう?」

「あんたと結婚する前、奥さんはなにをしてました?」

「室町《むろまち》にあるビルの一階で、売店につとめてたんです。そのビルに、ぼくのつとめ先の取引き関係があって、一週間に二、三回、いってたもんで、タバコをそこで買うようになって……」

「その前は?」

「知りません。でも、その売店は、地階のレストランが経営してるはずだから、そこへいって聞けば……ああ、だめだ。日曜日は休みなんです」

「やはり、あしたまで待つか、さもなけりゃ、ちょっと面倒だが……」

「方法がありますか?」

「有名な店なら、ほかのレストランで聞いても、経営者の名前がわかるでしょうな。わかったら、たずねていくんです。当人が知らなくても、支配人かなんか、知ってるひとを教えてくれますよ、うまく聞きだせば——警察なら、こういうことは、簡単なんだが」

「やってみます。アルルカンという店ですから」

「ちょっと、待った。知ってるぞ、その店」

と、口をはさんだのは、勝だった。

「室町のビルの地下じゃなくって……そうだ。赤坂だよ。いつか客を送ったことが、あるんだ。大きな店だぜ。ひょっとすると、経営者はおなじじゃないかな。おれんとこに、都内の電話帳もあるから、番号はすぐわかる」

勝が、立ちあがろうとしたとき、川添老人が、右手で膝をたたいた。

「電話でたしかめるなら、レストランより、まず探してみるところが、ありますよ。まったく、だらしのない話だ。わたしも、ぼけたかな。そら、田所不二子ってことになってる女、この女が、青柳さんに、奥さんを知ってる、といったでしょう？　写真もあるはずだって、なんとかいうモデルクラブのアルバムを……」

「ＢＯＢモデルクラブです」

「それそれ、電話帳をしらべてみなさい。載ってたら、しめたものだ。そのアルバムに、写真があるはずだってことは、奥さんがそこに、かつて所属してた、ということでしょうからな」

「しらべてみます」

一雄は、勝をうながして、四階へあがった。ドアをあけると嫂《あによめ》が心配そうに、

「どう、川添さん、なにかいい知恵、だしてくれた？」

「ああ、あんがい頼りになりそうだ。年はとっても、餅屋《もちや》は餅屋だな」

と、義兄はいって、電話機のそばから、分厚い電話帳をかかえあげた。ふたりで、手わけして調べてみたが、普通のにも、職業別のにも、ＢＯＢモデルクラブというのは、載っていなかった。しかし、赤坂のアルルカンの番号は、すぐわかって、かけてみると、経営者はおなじ、きょうも開業していることが、わかった。

「すぐ、いってみましょう」

ふたりは、もう一度、三階の川添老人にあって、結果を報告した。

「じゃあ、いってきます」

「そこで、なにかわかったら、手《た》ぐれるところまで、糸をたどってみるんですね。モデルクラブの番号が、出ていなかったというのは、二十三区と小金井市にはなかったということだから、市外番号しらべに、問いあわせれば、わかるかもしれませんよ」

「でも、東京近郊のどこか、なんて漠然としたことで、調べてくれますかね」

と、勝がいった。

「だったら、ほかにも手はあります。ヌードの写真も、貼ってあったというんだから、そういう写真をのせてる風俗雑誌、本屋でしらべりゃ、発行所の電話がわかる。根気よくあたれば、知ってるひとがいるかもしれない」

「それもあしたでないと、だめですね」

「うん、わたしも迂闊《うかつ》だったが、このクラブのことは、かなり重要ですよ。もし、この女が不二子でないとすれば、自殺じゃない。殺されたんでしょう。奥さんのクラブ時代のことを、青柳さんに喋られると、だれかが困るから、その困るやつが、殺したのかもしれない。とすると……」

もと警部は、言葉を切って、考えこんだ。

「とすると、なんですか？」

と、一雄がうながすと、老人は気の毒そうに、からだをゆすって、

「奥さんの過去をさぐりだすのは、むずかしいかもしれませんな。ただむずかしいだけでなく、邪魔が入らないともかぎらない。気をつけてくださいよ。わたしが元気なら、いっしょにいってあげたいところだが……」

「大丈夫です。なんとか、やってみます。家内は、ぼくに助けをもとめてるんですからね。危険があろうが、どうしようが、やれるだけはやらなくちゃあ……」

一雄は、消防自動車や、白紙の手紙をゆびさした。川添老人は、それに手をのばして、

「よかったら、これはわたしに預からしてくれませんか。眺めながら、考えたほうが、真剣になれるんでね」

「どうぞ。じゃあ、ぼくらはこれで」

「ええと、本庄さん、あんたは今夜、泊りじゃないですか？　結果の報告を聞きたいんだが、おたくの奥さんに電話して、それをわたしに話してもらう、ということで、どう

だろう？　十二時前なら、いつでもかまいませんから」

「わかりました。そうしましょう」

と、勝はうなずいて、運転手の制帽をかぶった。

9

川添もと警部の心配は、老人にはありがちの、取りこし苦労だったかもしれない。すくなくとも、赤坂のレストラン・アルルカンではそうだった。むずかしいどころか、偶然は一雄に同情してくれたようだった。

ちょうど時分どきだったので、義兄といっしょに、食事したあと、一雄は、支配人をテーブルに呼んで、室町の支店の責任者について、聞いた。支配人は、心配そうに、

「室町支店の責任者に、どういうご用がおありなんでございましょう？」

「いや、お店のことじゃないんです。あすこの売店で働いていた女のひとのことで、一年半ぐらい前なんですが……」

「その売り子の名前を、ご存じでいらっしゃいますか？」

「美紀——田所美紀というひとです」

「ああ、あの子なら、もうやめました。結婚するとかで」

「田所を知ってるんですか？」

「はい、その時分、わたしがあちらを預っておりましたから」

「そりゃあ、ちょうどよかった。うかがいたいのは、美紀……さんがあそこへつとめる前のことなんです。なにか、ご存じありませんか」

「あの子――田所さんが、どうかいたしましたんで……」

「いや、たいしたことではありません」

「失礼ですが、お客さまは――あの……」

と、支配人はまた、心配そうな顔になった。一雄は、できるだけなにげなく、微笑しながら、

「警察じゃありませんよ。はっきり申しあげますとね。美紀は、ぼくのいとこと結婚したんです。ところが、国の母親のところへ、つれてこないもんで――いとこはのんきだし、仕事が忙しいからだろう、と思うんですが、母親は妙にかんぐりましてねえ。ぼくが商用で、こっちへくるついでに、どんな女か調べてきてくれ、というわけで……まあ、ぼくが興信所のまねごとのようなことをしてるわけなんですよ」

「さようでございますか。美紀さんは、よく働いてくれまして、年は若いのに、まじめなひとでした。大沼さんという、この先に洋服屋さんをやってらっしゃる方ですが、その方のご紹介で、きていただいたんです。ちょうど室町の売店に、欠員ができたもので
……」

「大沼さんですか。じゃあ、その方に聞けば、なにかがわかりますね。どうも、ありがとう」

一雄は、アルルカンを出ると、勝を車にのこして、大沼洋服店へいった。主人の大沼は、血色のいい、肥った中年男だった。一雄は、ざっくばらんに、さっきの嘘をくりかえして、美紀を紹介したいきさつを、聞いた。

「おかしいな。そんな子じゃない、と思うんだが……やはり若いだけに、姑《しゅうとめ》さんを嫌うんですかね」

と、大沼は首をひねった。

「いや、責任がいとこにあるのは、わかりきってるんですよ。ただ母親が病弱なもんで、そばにいる甥《おい》としては、行きがかり上、こうして……」

「まあ、気になることがあることはあるんですよ。アルルカンのおやじには、昔うちにいた職人にたのまれた、といったんだが、ありていにお話しますとね。渋谷のバーにいた子なんです。といっても、誤解しないでくださいよ。あたしとなにか、あったわけじゃない。なにかあったのなら、勤めの世話なんかしないな。部屋を持たせてます」

「ええ、わかります」

「ひいき客、というていどでした。顔がひろそうだてんで、見こまれたんですかな。収入はすくなくなってもいいから、昼間のつとめを紹介してくれないか、と頼まれたんです。あの子、男で失敗をしたらしいんだ。だから、夜のつとめじゃ、そんなことのくり返しにもなりかねないし、前の男にも見つかりやすい、というわけなんでしょうよ」

「その男を、ご存じですか」

「名前も知りません。でも、そういう事情があることだけは、知ってたから、躊躇《ちゅうちょ》はしました。へんなことに巻きこまれちゃ、かなわないからね」

「そのバーの名前、教えていただけませんか？」

と、大沼はにやりと笑って、

「バロン、大映のうら手にあって、大きかないが、渋谷じゃ高級なほうだ。実はねえ」

「えげつなくって、おもしろい店がある、と聞いて出かけて、間ちがえてそこへ入ったんだが、なんとなく気に入って、去年の暮までは、ときどきいってました。いまでも、あると思うんだが――ただし、あの子のことを聞くんなら、あたしの名は、出さないでくださいよ。そんな事情で、こっちも用心してね。店には内緒で、アルルカンに紹介してやったんだから」

一雄は、礼をいって、洋服屋を出た。義兄の車にもどって、報告すると、

「じゃあ、すぐいってみよう。しかし、渋谷だと車をとめておくのに、往生しそうだな」

と、勝は顔をしかめた。

「むこうへついたら、あとはぼくひとりで、やりますよ。兄さんだって、営業所を出たっきりじゃ、まずいでしょう」

「さっき、無線で連絡はしといた」

「へえ、この車、無線電話がついているんですか」

「ああ、客がいるときは、切ってあるけどね。つまり、きみはお客なんだから何時までも、かまわないぜ。でも料金のことは心配するなよ。払いは月末でいいし、経理にたのんで、できるだけ安くさせる。それに、美紀のことなんだから、半分ぐらい、おれが持つよ」

「いや、あした貯金をおろすから、大丈夫です。とにかく、きょうは渋谷までで、いいですよ。結果は嫂《ねえ》さんに、電話しときます」

「もっとも、行くさきがバーじゃ、おれが客になって、いっしょに入るわけにゃ、いかないな。しかし、一雄君、軍資金は大丈夫か。千円札一枚あるきりだが、渡そうか？」

「出張旅費を浮かしたのが、あるんです。今夜のところは、なんとかなるでしょう」

「もしもの用意に、無線室の電話番号を、教えとこう。夜はたいがい銀座の営業所に応援にいってる。そこの番号も、書いてあるから」

と、勝は片手をうしろにのばして、名刺をわたした。

「営業所にいなかったら、無線室へかけてみてくれ。客をのせてなければ、すぐ連絡がつく。ただ車がいるだけなら、無線タクシーを呼べばいい。料金あとばらいでいいように、おれが無線室の連中に、話をつけとくよ」

「すいません、いろいろ」

車は、もう宮益坂《みやますざか》をくだっていた。道玄坂下《どうげんざかした》で、義兄とわかれて、バーのならんだ通りへ入ると、バロンという店は、すぐ見つかった。店内は、日曜日のせいか、あまり混んでいなかった。

一雄は、すみのテーブルにすわって、そばにきたホステスに聞いた。

「きみ、この店にどのくらい前からいる？」

「もう三年かしら。主みたいなもんよ。古くて申しわけないけど」

「いや、そういうひとに、あいたかったんだ。美紀さんて、知らないかな」

「さあ、この店にいた子？」

「うん、苗字は田所だったな、たしか」

「思いだした。ユミちゃんのことね。そういえば、彼女ほんとはミキって名だったわ」

「そのユミちゃん、ここにいるころは、ひとりだったかい？」

「そうらしかったわね。深くつきあってるお客さんも、なかったようだし――もっとも、ここにいたのは、半年たらずだから、よくわからなかったけど」

「ここの前は、どこにいたか、知らない？」

「知らないわ。いまいるところは、知ってるけど」

「なんだって！」

と、一雄は口走った。

「ああ、おどろいた。大きな声。とびあがったりしたら、おビールがこぼれるじゃない」

「どうして、きみ、彼女のいまいるところを、知ってるんだ？」

「ううん、はっきり知ってるわけじゃないけど、ゆうべ偶然あったのよ」

「どこで？」

「六本木《ろっぽんぎ》。ここがしまってから、あたし、お客さんに誘われて、クラブへいったの。つまらないんで、帰ろうとしたときだから、一時すこしすぎかしら。こう階段があってね、蛇が鍵《かぎ》にからみついた看板がでてたから、字は書いてないんだけど、たぶんクラブでしょう。その階段を、彼女、おりてきたの。だから、あそこに勤めてるんじゃないかと思うの」

「人ちがいじゃ、ないだろうね？」

「そりゃあ、長いことあってないんですもの、貞操をかけるか、なんていわれりゃ、自信はないわよ。でも、たしかにあれは、ユミちゃんだ、と思うなあ。外人といっしょにおりてきてね。あたしに気づいたはずだけど、知らん顔してたわ」

「へえ、外人とね」

「アメリカ人か、フランス人だと思うけど」

「ここにつとめてたころ、ユミさんはどこに住んでたか、知らないかな」

「場所はおぼえてるけど、あすこ、なに町のなん番地かな。ここから、わりに近いのよ。美竹荘《みたけそう》というアパートだから、あすこいらが美竹町《みたけちょう》なのかしら。ガードをくぐって、宮益坂の左がわのほう」

その場所と、ゆうべ見かけた場所を、くわしく聞いて、一雄は、バロンを出た。宮益坂へ急いで、美竹荘をさがしあてると、管理人に、美紀の写真を見せた。

「おたくに、こういうひとが住んでたこと、ありませんか。三年ぐらい前ですがね」

管理人の肥ったおかみさんは、写真を見ると、目をかがやかして、

「ええ、いましたとも。あんた、警察のかたでしょう？　あたし、夕刊みてびっくりしたんですよ。名前がおなじだから。でも、写真がよく撮れてないから、別人かなって思ったんだけど、この写真なら、たしかです。ええ、いましたとも、もう三年になりますかね。つい、こないだみたいな気がするけど、田所不二子さん。そう、そんなに長くじゃないですよ。三月ぐらいで、越してったから」

一雄は、両眼のあいだを、殴られたような気がして、しばらくは、口がきけなかった。

10

一雄は、管理人に、どういう挨拶《あいさつ》をしたかも、わからない状態で、美竹町のアパートをでると、六本木へまわった。バロンのホステスが教えてくれた場所には、イタリーふうのレストランがあった。わきに階段があって、その上り口に、蛇のからまった鍵の看板が、ぶらさがっていた。

階段をあがっていくと、まっ黒なドアがあった。蛇のからまった鍵のかたちの、青銅のノッカーが、ついている。一雄がそれをたたくと、ドアが細目にあいて、ボーイの服の一部分と、顔の一部分がのぞいた。

「申しわけございません。ここは会員制で、ふつうのお客さまは、お入りになれないんですが」

といって、ボーイは、ドアをしめようとした。一雄は、写真をとりだして、あわてていった。

「いや、遊びにきたわけじゃ、ないんです。こちらにこの写真のひとが、つとめているかどうか、聞きにきたんです」

「ちょっと、お待ちください」

ボーイは、写真をうけとって、ドアをしめた。二、三分すると、こんどはドアがいっ

ぱいにあいて、

「どうぞ、こちらへ」

と、ボーイがゆびさしたのは、クロークのわきのドアだった。それをあけると、せまい部屋に、デスクをすえてきちんとした身なりの男が、すわっていた。美紀の写真を、眺めている。

一雄が入っていくと、その男は顔をあげて、

「どうぞ、おかけください。わたくし、ここの支配人です。この写真の方が、ここにつとめているかどうか、というお訊《たず》ねのようですが、あなたと、この方は、どういうご関係なんでしょうか」

「ひとに頼まれて、探してるんです」

「すると興信所のようなところの？」

「いいえ、商売で探してるんじゃ、ありません。そのひとの両親にたのまれて……」

「ご両親はいない、という話でしたが……」

「それじゃ、ここにつとめてるんですね？　ゆうべ――正確にいえば、けさの一時ごろ、ここから出てくるのを見た、というひとがいるんです」

「ええ、まあ、つとめていたことは、いたんですが」

「どうかしたんですか？」

「きょうは、出てこないんです。電話もかけてきませんのでね。どうしたんだろう、と気にしていたようなわけで」

「いつからです、ここにつとめたのは？」

「そうですね。三日前、いや、四日前ですか。まだ本採用というわけではないので、まあ、青柳さん、ここがお気に召さなかったのかもしれませんが……」

「青柳？」

「はあ、青柳美紀さんです、そういう名前じゃないんですか、ほんとうは？」

「ちがいます。田所……」

といいかけて、一雄があわてて、口をつぐむと、支配人はうなずいて、

「ええ、田所さんのご紹介なんです。夕刊を見ておどろきました。まあ、仮採用したひとが、いちんち二日でこなくなることも、珍しくはないんです。ホステス不足にかかわりはなくとも、手前どもは会員制なだけに、ふつうなら、去るものは追わず、というところなんですが、田所さんがあんなことになりましたでしょう。それで、ちょっと心配してるんです」

「田所賢吉というひとは、ここととどういう関係なんですか？」

「まあ、ちょっとしたなにがありまして……」

と、支配人はことばをにごして、写真をさしだした。もう面会時間はおわった、とい

う意味なのだろう。

一雄は、写真をうけとってから、いった。

「もうひとつだけ、教えてください。青柳美紀の住所は、どこになってますか?」

「なにぶん、仮採用のことですから、住所をはっきり聞いておかなかったので……」

「それじゃ、美紀といっしょにゆうべ階段をおりてきた外国人、というのは、どなたなのか教えてもらえませんか」

「お客さまのことは、お話できません。すみませんが、こちらからお帰りください」

支配人は、立ちあがって、奥のドアをあけた。

「ここをおりると、裏通りです。右へすこしいって、露地をおもどりになれば、もとの表通りへでられますから」

「いろいろ、ありがとうございました。もしあすの晩、美紀さんが出てきたら、住所をはっきり、聞いておいていただけますか?」

「もちろんですよ」

「電話しますが、何時ごろがいいでしょう」

「九時ごろなら、それほど忙しくないはずです」

と、支配人は、電話番号を教えてくれた。それを手帳に書きとめて、一雄は、階段をおりた。

せまい裏通りは、遠くに街灯がひとつ、ともっているだけで、暗かった。一雄は、渋谷のバーを出てから、タバコを一本も吸っていないことを、思いだした。

ポケットから、ピースの函《はこ》をとりだしてみると、一本だけ残っている。一雄は、それを指のあいだで、ころがしながら、ため息をついた。自分の妻になる前に、美紀は、田所不二子と名のっていたことが、あるらしい。

すると、西六郷のめぐみアパート五号室を借りていた田所不二子とは、美紀のことではないだろうか。

しかし、それならば昨夜の女が、美紀を知っているといったのは、なぜだろう。あれは、美紀と不二子が、ぜんぜん別人のような口ぶりだった。

「だが、待てよ。あの女、美紀といったわけじゃない。ミッキイといったんだ、ミッキイを知ってると」

考えてみると、妻は自分のことを、ふざけてミッキイと呼んだためしは、一度か二度しかない。

死んだ女が、知っているといったミッキイは、美紀ではなく、ミキコかも知れないし、ミキヨかも知れないのだ。あるいは三木なにがしという、男のあだ名でさえ、あるかもしれない。だいたい、ミッキイというのは、男名前だ。

一雄は、あたまをふった。ピースを口にくわえて、歩きだそうとした。だが、タバコをくわえることも、歩きだすことも、できなかった。

いきなり、うしろから、太い手で抱きすくめられて、口には大きな手のひらの蓋《ふた》を、されてしまったからだ。一雄は、両手をふりまわして、もがいた。目の前にも、男がひとり立っていた。そいつの片手が、一雄の腹にめりこんだ。胃のあたりを殴られて、一雄の両手は、力を失った。

「おい、なんのつもりか知らねえが、女のことなんか、ほうぼう聞いてあるかねえほうが、身のためだぜ」

という声が、耳もとでした。一雄は、腹の痛みから、たちなおって、またもがいた。

「おとなしくしろよ」

目の前の男が、あやすようにいった。うしろの男が、手をはなした。とたんに、前の男のこぶしが、一雄の顎《あご》をおそった。

一雄はうめいて、うしろの壁にからだをぶつけ、そのまま、壁を背中でこすって、地面にうずくまった。目の前が、まっ暗になった。

「なんだ、だらしがねえ。もうのびちまったぜ」

という声につづいて、

「もういい。こりたでしょう」

という声が、はなれたところでした。いやに日本人ばなれしたアクセントだった。

「ちえっ、ものたりねえ」

一雄は、肩を蹴《け》とばされて、壁にあたまをぶつけた。足音の遠のいていくのが、夢のなかの物音のように、ぼんやり聞えた。

一雄は、地面に両手をついて、起きあがろうとした。目まいがして、胸がむかついた。いやなにおいのするものを、少し吐いて、一雄はようやく、立ちあがった。ふらふらする足を踏みしめて、しばらく壁によりかかっていた。

風がつめたく、顔にあたって口のまわりが、ひりひりした。ハンカチをあてて、街灯にかざしてみると、赤くなっている。顎をなぐられたとき、くちびるを切ったらしい。戦争ちゅうの小学校で、先生に殴られて以来、はじめての経験だった。先生の平手うちには手ごころがあったから、これが生れて初めてといっていい。腹だけでなく、手足のすみずみまで、痛んだ。

なぜこんな目にあわなければ、いけないのか。はげしい怒りと一緒に、涙がこみあげてきた。一雄は、ハンカチでくちびるの血をおさえながら、目をつぶって、涙のあふれるのをおさえた。片手で壁にもたれて、痛む足をひきずって、そろそろ歩きだす。つぶった目のうちに、妻の顔が浮かんだ。助けをもとめている美紀の顔が！

一雄は、気力をふるい起して片手を腹にあてながら、露地をぬけると、表通りにでた。

11

ブザーに起されて、腕時計をみると、九時ちかかった。一雄は匍《は》うようにして、玄関の戸をあけた。

「どうしたんだ、一雄君、その顔は？」

立っていたのは、義兄の勝だった。一雄は、熱っぽい顔に、手をあてて、苦笑した。

「まだ、腫《は》れてますか」

「ああ、まるでオタフク風邪《かぜ》にかかったみたいだ」

「ゆうべ、アッパーカットをくらったんです」

「どこで？　うちへ電話したらきみからの連絡はなかった、というんで、心配してたんだ。なにか、あったのかい？」

「川添さんの予言が、あたったんですよ。妨害されたんです。喧嘩なれしてないもんだから、いいように殴られちまって——といっても、腹と顎に、一発ずつです。大したことはありません」

一雄は、道玄坂で義兄とわかれてからのことを、くわしく話した。勝は、聞きおわると、首をかしげて、

「だんだん、わけがわからなくなってくるな。そのきみが最後に聞いた声、というのは

三国人かなんかかな？」

「いや、アメリカ人か——はっきりしないけど、とにかく、西洋人のような気がしました。そんなわけで、電話をかけるどころじゃ、なかったんですよ。タクシーをひろって、ここまで帰ってくるのが、精いっぱいでしたから」

「それじゃあ、きょうは出かけられないな。川添さんに、おれの部屋へきてもらってるんだ。いちおう、電話をかけてくるよ。公衆電話は、どこにある？」

「団地のはずれに、ふたつボックスが、並んでます。ぼくも一緒に、いきますよ。会社へ休むことを、断っておかなきゃならないし……」

「でも、大丈夫か？　顎がだいぶ、腫れてるよ」

「ゆうべ、ずっと冷していたから、もう痛くはないんです。痛くたって、じっとしてられませんよ。行きましょう、兄さん」

一雄は、義兄をおしだすようにして、階段をおりた。また腹が痛んだ。額も熱っぽい。だが足はふらつかなかった。団地のはずれに、ふたつならんでいる電話ボックスへ入ると、勝は小金井の自宅へ、一雄は京橋の会社の庶務へ、電話をかけた。

「青柳だけど、ぼくの有給休暇、ことしは一週間あったね」

「ひとの分まで、おぼえちゃいないがね。どうしたんだ？　いやに元気のない声だが、二日酔いか」

「そうじゃない。とにかく、きょうから有給休暇にしてもらいたいんだ」

「しかし、届けはだしていないんだろう。課長には、いってあるのかい？」

「届けも、課長に話すのも、出社してからにするよ。どうしても休まなけりゃならないんだ。めんどうなことになったら、くびになったってかまわない」

「すごいことを、いいだしたな。奥さんと、喧嘩でもしたのか」

「もっと、重大なことなんだ。いずれ、話すよ」

一雄は、電話を切って、ボックスをでた。ちょうど、勝もとなりのボックスから出てくるところだった。

「どうした？　休暇はとれたかい」

「ええ、大丈夫でしょう。庶務の男が、ぼくとおなじ大学を出て、いっしょに入社したやつだから。まずいことになったら、あんな会社、やめちゃいます」

「まさか一日やふつ日、社をやすむぐらいで、そんなことにはならないだろう。労働組合だって——美紀のやつ、とんだことをしでかしゃがったもんだ。おれも責任を、感じるよ」

「冗談じゃない。美紀は被害者なんです。ぼくらに、助けをもとめてるんじゃ、ないですか。川添さんは、なんといっていました？」

「美紀は、ほんとに被害者なのかな。おれは、なんだかわからなくなった。きみの話によると、美紀は田所不二子と名のって、ずっと二重生活をしてた、と考えられるじゃないか」

「そんなこと、考えられないじゃありませんか。美紀は、いつもあの部屋にいたんだ」

と、一雄は、十二棟団地の三階を、ゆびさした。

「しかし、きみは朝の八時前から、夜の六時すぎまで、いないんだぜ」

「そのあいだ、八時間か、いや十時間、家内は田所不二子として、西六郷のアパートで暮してた、というんですか。そんなことができるかどうか、たしかめに行きましょう」

一雄は、十二棟前の道路に、とめてあるシボレーにむかって、大股《おおまた》に歩きだした。

「しかし、川添さんは、もうすこし待ったほうが、いいだろうっていうんだがな。だから、夕方にします、といっといた」

「いや、ぼくはもう待てません。夕方まで、なにもしないで待ってるというんですか」

「だから、川添さんはもう一度美竹荘をあたってみろ、といってる」

「ゆうべとおんなじことですよ。つくづく感じたんです。直接、関係のないひとたちは、新聞の写真がちがったって、写りがわるいんだろうぐらいで、怪しみもしないんです」

「そりゃあ、しかたがないさ」

「しかたがないのは、わかっています。だから、ぼくひとりでも、なんとかしてやらなきゃ、美紀がかわいそうじゃありませんか」

「おれだって、おなじ気持だよ。でも、ぼんやり待ってるわけじゃない。やることは、あるよ」

「なんです？」

「例のBOBモデルクラブを、つきとめることさ」

「じゃあ、それをやりましょう。どっちにしても、中野駅までいってください。銀行へいってから、ヌード写真ののってる雑誌を買いあつめて、出版社へ一軒一軒、電話してみましょう」

「うん」

勝は、シボレーのドアをあけた。駅のちかくの銀行で、ステレオを買うつもりで、積んでいた貯金を、ぜんぶおろした。それから、義兄と手わけして、風俗雑誌や、実話雑誌を買いあつめた。てれくさかったが、そんなことは、いっていられない。ヌード写真ののっている雑誌は、おどろくほど多かった。

中野駅のそばでは、ゆっくり車をとめて、電話をかけつづけられるところがないので、いちおう団地へもどり、ふたりは、それぞれ雑誌をかかえて、電話ボックスへ入った。

雑誌の奥付を見ながら、一軒一軒、電話をかけた。編集部のひとに出てもらって、BOBモデルクラブのことを聞いたが、だれも知っているものはなかった。一雄は、半ばあきらめて、最後の一冊をひらいた。それは、週刊誌だった。記者だという男が、一雄

の質問を聞きおわると、

「さあてな。どこかで聞いたことがあるようだ。ＢＯＢねえ？」

「ええ、ベスト・オブ・ベストという意味だそうです」

「ＢＯＢね。うん、思いだした」

「ご存じですか。どこに、事務所があるんでしょう？」

「そりゃあ、ベスト・オブ・ベストじゃないよ。ビジネス・オン・ベッドだ。それで、ＢＯＢさ。モデルクラブと称しているが、ほんとはコールガールのクラブなんだ」

「なんですって！」

「コールガールですよ。電話をかけると、やってきて、いっしょに寝てくれる女性さ。まあ、たしかにベストかも知れないな。おもに外人相手の、かなり高級なクラブだったんだが、警察がしらべたら、ぜんぜん尻《し》っぽをつかまれないうちに、解散しちまった。一年ぐらい前かな」

「一年前？」

「もうちょい、前だったかもしれないよ。なんでも、ボスは女だそうでね。内股《うちまた》にイチジクの葉っぱの刺青《いれずみ》が――つまり、イヴのパンティだな。そいつが外れたところを、刺青してるってんだが、こりゃあ、本当かどうかわからない。しかし、なんですか、いまごろ、あのクラブのことなんか聞いてきて……なにか、あったんですか。再組織されたとか、なんとか。それなら、特ダネなんだがな。聞かしてくれませんか。もしもし、どういうわけなんです？」

「どうも……ありがとうございました」

力のない声でいって、一雄は、電話を切った。息苦しかった。ボックスのなかが、暑くるしかったばかりではない。ＢＯＢモデルクラブが、コールガールの組織だ、ということも、ショックだったが、それだけではない。

美紀のすんなりのびた足の、腿《もも》のつけ根ちかくには、ちょうど手のひらに隠れるくらいの、火傷のあとがあるのだ。妻の裸身は、しみひとつない白さで、一雄を恍惚《こうこつ》とさせた。だが、先ごろまで、ぜったいに腿《もも》を見せなかった。

「きっと、嫌われるから、いや」

といいつづけた。わけを聞くと、子どものころ、火傷したあとがある、それが、変な場所だから、見せたくない、というのだった。一雄は、それを強引に見てしまった。うぶ毛の光る白い肌に、浅黒くのこったひっつれは、醜いどころか、いとしさを増して、一雄はそこに口づけしたものだ。きのうの義兄の話で、それがおそらく、空襲の夜を生きのびた代償なのだろう、と納得したのだが、考えてみれば、刺青を焼いたあとと、考えられないこともない。

一雄は、青ざめた顔で、電話ボックスを出た。

12

きのうとちがって、交通量は多く、西六郷まで、かなりの時間がかかった。一雄は、ひとことも、口をきかなかった。勝も無言で、ハンドルをあやつっている。しかし、一雄は、ＢＯＢモデルクラブが、コールガールのクラブらしい、ということは話したが、ボスの刺青のうわさは、話さなかった。話すのが、おそろしかったのだ。

「きのうのきょうだ。まだ警察が、しらべてるかもしれない。あんまり近くで、とめないほうが、いいだろう」

と、勝がいった。顔をあげてみると、もう西六郷三丁目だった。

「ええ、このへんで、とめてください。アパートには、ぼくひとりで行きます」

「おれはこないだ、管理人と話しているからな。そのほうが、いいかもしれない。しかし、嘘ついてるらしい、とわかって、なかなか口をわらないようだったら、ここまでつれてこいよ。管理人がいるのは、一階の廊下とむかいあった別棟だから」

「わかりました」

一雄は、車をおりて、歩きだした。露地口に、警察の車らしいものは、とまっていなかった。アパートの前まできても、警官らしい人影は、見あたらない。

一雄は、管理人事務所、と書いてあるドアを、軽くたたいた。返事はない。ノブをまわしてみたが、錠はおりている。

「留守かな？」

しばらく考えてから、階段を見あげた。二階の廊下にも、だれもいないようだ。一雄は、思いきって、階段をのぼった。事件のあった五号室のとなり、六号室の住人がいたら、雑誌記者のふりをして、田所不二子のことを、聞くつもりだった。だが、ドアをノックしても、返事はない。ノブをまわすと、なんの抵抗もなく、ドアはあいた。のぞきこんでみると、すぐ右がわの台所にも、正面の板の間にも、そのむこうに、襖《ふすま》があいていて、すっかりのぞける座敷にも、なにひとつ、道具はおいてない。板の間のすみに、電話機が一台、見えるだけだ。

「もしもし、そこは空き部屋ですよ。どなたのお部屋を、おたずねですか」

といきなり背後に、声がした。一雄が戸口につっこんでいた首を、ひっこめてみると、ワイシャツにカーディガンを羽織った中年男が、立っている。五号室から、出てきたところらしい。手に鍵を持っている。

「ああ、あなたが管理人ですね」

と、一雄は、なにくわぬ顔で、いった。

「いま、下の事務所をおたずねしたら、お留守らしいんで、こっちへあがってきてみたんですよ」

「この部屋、あいてるなら、ちょうどいい。こっちへ入ってくれませんか」

一雄は、管理人の手をつかんで、六号室へひっぱりこんだ。

「どんなご用です？」

「お話があるなら、下でうかがいますが」

と、尻《しり》ごみする管理人の手を、しっかりつかんで、一雄は、ドアをしめた。

「ここのほうが、邪魔が入らなくて、いいでしょう。話というのは、となりの五号室にいた田所不二子さん、あのひとのことなんですよ」

「あんた、警察のひとかね」

「いまに、わかります。ねえ、管理人、あんた、どうして嘘《うそ》をついたんです？」

「わたしゃあ、べつに嘘なんか、ついてませんよ」

「しらばっくれるのは、よしてもらおう。ちゃんとわかってるんだ。きのうの朝、となりで死んでた女は、田所不二子じゃない。ええ、そうだろう？　だれに頼まれた？　だれに頼まれて、あの女を田所不二子にしあげたんだ？」

「あんた、なにをいってるんだ。わたしゃ、嘘なんかついてない。死んだのは、五号室にいた女のひとだ」

「そりゃあ、そうさ。不二子といっしょに、住んでた女だ。しかし、不二子じゃない。見せてやろうか？　これが、不二子だ。ええ、そうだろう？」

一雄は、内ポケットから、妻の写真をとりだして、管理人におしつけた。なんとなく、恐しかった。管理人が、首をふってくれたらいい、と思った。だが、管理人は目をひらいて、写真を見つめた。その顔が、青ざめてきた。一雄の顔も、青ざめてきた。

「おい、だれに頼まれて、嘘ついたんだ？」

と、一雄が気力をふるっていうと、管理人は、口もとをふるわせて、

「そ、それは……」

そのときだった。ドアがいきなり、ひらいたと思うと、管理人は、うっとうめいて、一雄にもたれかかった。一雄は、よろめいて、板の間にあおむけに倒れた。管理人も、いっしょに倒れた。

ドアから、とびこんできたのは、男ふたりだった。ひとりが、うしろ手にドアをしめる。もうひとりは、一雄のあたまを、靴で蹴とばした。一雄は、うめいて、気をうしなった。

どのくらい、時間がたったか、わからない。目をひらくと、すぐ前に畳が見えた。座敷にうつむけに、ころがされているらしい。口が動かない。手も動かない。足も思うようには、動かなかった。からだを曲げてみると、自分の両足が見えた。足首を梱包《こんぽう》用の黒い布テープで、縛られている。両手も背中で、縛られていた。口にも、布の接着テープが、貼りついているらしい。

そばに、管理人が、やはり、うつぶせになっている。しかし、布テープで縛られては、いなかった。それでも、この中年男は、動かなかった。そのはずで、背中にアイスピックが、突っ立っている。血は、ほとんど出ていなかった。

「気がついたらしいな」

見えないところで、声がした。

「ゆうべ、あれほど注意してやったのに、つまらねえことを、探りまわるからよ、こんな目にあうんだ」

声がちかづいてきて、男の顔が、上から一雄を見おろした。ゆうべ、六本木の裏通りで、一雄を殴った男だった。

「こいつも、いっしょに運びますか？」

「管理人だけで、いいだろう。そいつは、ここをひきあげるとき、片づけな」

と、別の声がいった。もうひとつの声が、すぐつづいて、

「じゃあ、やろうぜ」

といった。一雄を見おろしていた男は、うなずいて、管理人の死体に、手をかけた。もうひとりの男が、視界に入ってきた。これも、ゆうべいた男だった。

ふたりは、座敷のすみから、ステレオが入っていたらしい紙箱を、ひきずってきて、その中に、管理人の死体をつめこんだ。手足を接着テープで固定して、うまく箱におさ

めると、隙間《すきま》につめものをして、蓋《ふた》をしめた上から、接着テープで補強した。ふたりとも、こういうことには、熟練しているらしい。たちまち、包装ができあがった。そのとき、三人めの男の声が、一雄の足のほうでした。

「大丈夫か。途中で血なんか、こぼれないだろうな」

「アイスピックが、ささったままですからね。大丈夫ですよ」

　と、一雄をなぐった男が、答えた。

「それじゃ、運びだせ。気をつけていけよ」

　ふたりは、大きな箱をかかえあげた。

　一雄は、膝と腹と顎をつかって畳の上をじりじり動いた。ようやく横むきになって、襖のほうを見ると、男がひとり、女がひとり、こちらに背をむけている。紙箱をはこびだすふたりを、見おくっているのだろう。ボール紙の棺桶《かんおけ》が出ていってしまうと、背広の男がドアをしめて、もどってきた。サングラスをかけた、背の高い男だ。女をうながして、座敷へ入ってきた。女もこちらをむいた。

　その顔をひと目みたとたん、一雄は、大声をあげようとした。もちろん、接着テープを張りつけられているので、口は動かなかった。女は、美紀だった。妻の美紀だったのだ。ブラウスにスラックス、あたまにスカーフを巻いて、すこし感じは違っているが、美紀であることは、たしかだった。だが、美紀は一雄を見ても、顔いろひとつ、動かさない。

「こいつ、いまのうちに片づけちまったほうが、いいんじゃないか」

と、サングラスの男がいった。

「よしなさいよ。なにもあんたが、手を汚すことないわ。ほったらかしとけば、あの連中が始末してくれるでしょ」

美紀は、横ずわりして、壁にもたれた。サングラスの男も、畳にあぐらをかいた。

「それも、そうだな。人殺しの好きなやつがいるのに、なにもおれがやること、ねえもんな」

「だから、のんびりしてていいの？」

と、美紀はいって、腕時計をのぞいた。

「もうそろそろ、出かけないと、間にあわないわよ」

「まだ、大丈夫さ」

男はポケットから、タバコをとりだした。

「マッチ、ねえかな」

「マッチはあるけど、灰皿がないわ。この部屋は、ずっと前からだれもいないことになってるんだから、どうしても吸いたきゃ、便所の中で吸って、あと水でよく流しといてね」

「やれやれ、ひでえことになったたな」

男は、タバコをくわえて、立ちあがった。そのとき、ドアをノックする音がした。男は、ぎょっとして、美紀の顔を見た。美紀は、小声でいった。

「黙ってりゃ、いっちまうわよ」

「だめだ、ドアにゃ、鍵がかかっていない。あけられたら、靴を見られちまう」

男は、板の間へ出て、うしろ手に襖をしめた。

「はい、どなたです？」

と、男の声が、襖のそとでして、ドアのあく音がした。

「すいません。ちょっとうかがいます。十分か、二十分前に、こちらへ若い男がうかがわなかったでしょうか？」

義兄の声だった。いつまでも戻らないので、様子を見にきたらしい。一雄は、もがいた。足で襖を蹴とばそうとした。美紀がそばへよってきた。一雄は、希望を持った。

「口のテープを、はがしてくれ、早く」

と、目でいった。だが、美紀は、背中にまわした手を、いきなり一雄の顔へおしつけた。自動拳銃《けんじゆう》のつめたい銃口が、一雄のひたいに押しつけられた。静かに、というように、美紀はくちびるに、指をあてた。

13

「さあ、知りませんね。ぼくんとこへ来る、といってたんですか、そのひと？」

サングラスの男の声がした。

「いや、そういうわけじゃ、ないんです。ちょうど、あなたぐらいの背たけで、紺の背広をきてる男なんですが——管理人の事務所をのぞいたら、留守のようなんで」

「ああ、あの管理人は、あてになりませんよ。かみさんに逃げられて以来、落着かない様子でね。しょっちゅう、留守なんです。もっとも、ここはあまり管理人の用が、ないアパートですが」

「すると、どこへいったか、わかりませんか、管理人」

「ああ、わからない。そのへんの麻雀屋《マージャンや》にでも、いってるんじゃないかな」

「そうですか。どうも、ありがとうございました」

ドアのしまる音がして、サングラスがもどってきた。

「しつっこい野郎だ。これじゃ、すぐ出かけるのは、まずいかな」

「そうね。すこし間をおいて、さっきみたいに、反対がわへ露地を出てけばいいわ」

「そうしよう」

男は、あぐらをかいて、しきりに時計を気にしていた。十分ばかりしてから、

「これ以上、待ってたら、予定の時間に間にあわなくなる。行くぜ」

と、立ちあがった。美紀は、うなずいて、

「たのむわ。うまくやってきてね」

「まかせとけよ」

男は襖をあけて、出ていった。美紀もいっしょに、立っていった。ドアがあいて、しまる音がした。しばらくして、鍵のかかる音がした。一雄は、背中で手首を、動かしてみた。接着テープは、ぜんぜんゆるまない。畳に顔をこすりつけて、口のテープをはがそうとした。うしろで、襖のあく音がした。一雄は、首をねじむけた。美紀はすばやくかがみこんで、一雄の手首のテープを、はがしはじめた。両手が自由になると、こんどは足首に、手をかけた。一雄は、起きなおって、口をふさいでいるテープを、はがした。

「美紀！」

「あなた、助けて！」

美紀は、一雄にすがりついた。

「どうしたんだ、美紀。いったい、こりゃあ、どういうことなんだ？」

一雄は、美紀のからだを、ゆすぶった。

「ごめんなさい、心配かけて」

「そんなことはいいから、説明してくれ。田所賢吉を殺したのは、きみなのか？　となるりの部屋に住んでいた田所不二子は、きみなのか？」

「ちがう、ちがうんです。あたしじゃない。田所を殺したのは、不二子なんです」

「不二子？　それは、きみの別名なんだろう？」

「いいえ、高畑不二子――あたしの姉なの」

「高畑？　それじゃあ、きみの……」

「ごめんなさい、あたし、あなたに隠していたのよ。あたし、勝にいさんの、ほんとの妹じゃないんです」

「それは、聞いたよ。ほんとうのお父さんの苗字が、たしか高畑だったね。すると、不二子というのは……」

「姉さんなんです、双生児の」

「双生児だって！」

「ええ、顔も、からだつきも、声までそっくりなの。ただ小さいときから、離ればなれに暮してたから、性格はちがってるけど」

「それで、いったい、こんどのことは？」

「あたしに双生児の姉さんがあるということを、知ったときから話さないと、きっとよくわからないわ」

「どこからでもいい。ぜんぶ、聞かせてくれないか」

「あたしに姉さんがいることを教えてくれたのは、田所なの。あの男と暮してたとき、お前によく似た女を、見つけたぞって、ひきあわせられたんです。びっくりしたわ、まるで鏡の前に立ったみたいで」

「そりゃそうだろうな」

「あたしたち、双生児の姉妹らしいって、いいだしたのは、不二子なのよ。あたしは、なんにも知らなかったけど、姉さんは、お母さんが死ぬときに、戦争ちゅう、事情があってお父さんと東京へいって、戦災で行方不明になった妹がいる、ということを、聞かされてたから」

「なるほど、それでそのころ、勝にいさんと喧嘩したんだな」

「お母さんが死んでからの姉さんの苦労に同情したせいだわ。でも、だんだん、わかってきた。不二子って、悪魔みたいな女なの。田所とも関係があって……それがわかったんで、あたし、あの男とわかれたんです」

美紀は、うつむいて、話しつづけた。

「でも、あたしにとっては、初めての男でしょう? 馬鹿ね、女って。なんとなく、未練があって、勝にいさんへの反撥《はんぱつ》もあったし、田所という姓をつかってた。そのせいでしょう、つとめを変えても、あの男にすぐ見つかって——でも、顔をあわせると、いやになって、また逃げだしたわ。こんな話、不愉快でしょうけど……」

「かまわない。不愉快だろうが、なかろうが、聞かずにすませる話じゃないんだ」

「そのうち、不二子も田所にあいそをつかして、あたしを探しあてて……あれは、いつごろかしら、一緒に暮したことがあるの、ほんの短いあいだだけど」

「渋谷のバロンに、つとめたころだな。でも、美竹荘の管理人は、姉妹ですんでたなんて、いわなかったたな」

「そんなはず、ないわ。もっとも、あたしは部屋にとじこもりがちで、出かけるのは、管理人普通の奥さんがたの忙しい夕方、帰ってくるのは、寝てるころでしょ。だから、管理人のおばあさんとは、顔をあわしたことなかったから……」

「ぼくは、きみの名前をいって、聞かなかった。写真を見せただけなのが、いけなかったのかな。まあ、いい。それから？」

「不二子が、田所とわかれたなんて、嘘だったの。そのころ、田所はコールガールのクラブをつくってて、そこで不二子に、ふたつの名前を、使いわけさせて——つまり、あたしもコールガールをやってるみたいに……」

「となりの女がいってたのは、そのことか。でも、なんのために、そんなことを？」

「あたしを脅迫するためよ。まともな結婚は、もう出来ないんだから、あきらめろって。あたし、つくづく田所にも、不二子にも、あいそがつきて、逃げだしたわ。アパートからも、バーからも。バーのお客さんの紹介で……」

「大沼さんだね？」

「あなた、そこまで調べたの？　知らないことばかり、あとからあとから出てきて、びっくりしたでしょうね」

　美紀は、すまなそうに、一雄を見つめた。その目に、涙が光っていた。

「そりゃ、おどろいたよ。心配もした。でも、もういいさ。話をつづけてくれないか」

「田所という苗字、棄てたかったんだけれど、大沼さんに、最初そう名のってしまったんで、しかたなくそのまま、アルルカンの売店に、つとめていたの。そのうちに、あなたにあって、この一年半、あたし、とても幸福だったわ。でも、あなたが出張したあくる日、ふいに田所がやってきたの、ずいぶん探したぜって」

　そのときのショックを思いだしたのだろう。美紀は、肩をふるわした。

「あとで知ったことだけど、田所も、不二子も、コールガールのクラブがだめになって、ずっと神戸へいってたらしいわ。ほとぼりがさめたんで、東京へ帰ってきて、ここと寺島に部屋を借りて、ここではとなりの部屋の殺された女をつかって――」

「やっぱり、あの女、殺されたのか」

「ええ。この部屋には、ついこのあいだまで、となりの部屋の話を、盗聴録音できる装置が、しかけてあったらしいんです。となりの女――むかし使ってたコールガールのひとりよ。それに客をとらせて、録音テープとリモコン・カメラで――」

「脅迫材料をつくってたわけか」

「その女に、管理人を誘惑させて、仲間にひきいれてたらしいわ」

「それで、偽証したのか。おどかされて、殺されて、さんざんだな」

「あたしも、おとといまで、ここの風呂場へとじこめられてたの」

「目的は――こんどのことの目的は、いったいなんなのだい？　きみをなんのために、こんなところへ、とじこめたんだ？」

「ゆうべまでは、わからなかったわ。でも、いまは知ってる。田所からも、ほかの仲間からも、自由になって、あなたの奥さんになりすまそう、という姉さんのたくらみなの！」

14

一雄は、あいた口がふさがらなかった。

「意味がわからない。もっとくわしく話してくれ」

「おとといの晩、あたしはここから、どこかの地下室へ、はこばれたの。さるぐつわも、手足のテープも外されて、小さな部屋にとじこめられたんです。替玉にするのに、縛ったあとがあっちゃ、まずいから、といってたわ。それで、変だと思って、ま夜中にとなりの部屋で、不二子とさっきのサングラスの男が話してるのを、立ち聞きしたんです」

「ぼくにも、すこしわかりかけてきた」

「それで、あけがた、小部屋へ入ってきた姉さんに襲いかかって――あたし、必死だったわ。あなたを不二子なんかに、とられたくなかったから……それで逆に不二子になりすましたの。姉さんを縛りあげて、さるぐつわをかけて」

美紀は、ため息をついた。

「姉さんの目的がわかったときには、目の前が暗くなったわ。神戸で知りあった密輸の一味が、関西になにかまずいことがあって、東京にきてるんです。いまごろどこかでダイヤモンドの取引きをしてるはずだわ。不二子はそれを盗んで、ひとり占めにしよう、と計画してるの。姉さんは、さっきの男を抱きこんで、もうダイヤを偽物とすりかえたらしいわ。でも、すぐにばれるにきまってるし、密輸仲間には、札つきの不良外人や、人殺しが大好きな男もいるから、ただじゃすまない。だから、裏切りの罪で、殺される自分を、用意しとく必要があったのよ」

「その殺される自分、というのが……」

「あたしなの」

「しかし、きみは知らないだろうが、姉さんはぼくのところへ、妙なものを送ってきて、ここと寺島のアパートの住所を、教えてるんだよ」

「それも、聞いたんです。どうして、そんなことしたか、知ったときには、身ぶるいが出たわ。ただあたしが行方不明になったんじゃあ、あなたが警察へとどけるでしょう?」

「もちろんだ」

「だから、ここと寺島のアパートを教えて、田所の死体を、奇妙な見せかたで、あなたに見せて、犯人があたしじゃないか、と疑わせたの。寺島であなたが見たときには、田所は生きてたのよ。どうやって、だましたのか知らないけど、田所に芝居させたの。車で先まわりしてきた田所を、ほんとに殺したのは、となりの部屋なのよ」

「死体が出たり、消えたりすれば、ぼくがきみを疑うだけではなく、混乱するだろう、と考えたんだな」

「警察へもいけないし、ひとりじゃ調べもつかなくて、まごまごしてるうちに、計画はすべておわって、不二子はあなたのところへ、逃げこむ気らしいわ。そうすれば、過去のことが世間に知れないように、あなたも警察へ届ける、とはいわないだろう。そう考えてるんでしょうね、これは、あたしの当て推量だけど」

「ひとを甘く見たもんだな。よし、すぐ警察へ知らせてやる。むこうの電話、つかえるんだろう?」

「つかえるけど、だめだわ」

「どうして?」

「あたし、肝腎《かんじん》の取引きの場所がどこだか、知らないんです」

「警察が探してくれるさ」

「警察が動きだせば、あいつらにはすぐわかるわ。そしたら、不二子も、さっきの男も、きっと逃げて、いつかあたしに仕返しするわ」

「そんなこと、させるもんか」

「あなたは、姉さんのおそろしさを、知らないのよ。おなじ日におなじ母親から生れたのに、戦争のおかげで、離ればなれになって、自分は日かげの悪人たちと暮してるのに、あたしは幸福でいることが、癪《しゃく》で癪でしょうがないらしいの」

「じゃあ、このまま、すぐ逃げだそう」

「そしたら、さっきの男が、裏切られたと思って、密輸の一味にぜんぶ話すわ。あいつは、あたしをまだ、不二子だと思ってるんだから、密輸の一味に、あたしたち、リンチされるのよ、そんなことになったら」

「じゃどうすればいいんだ、ぼくらは？」

「ひとつだけ、方法があるわ。あなた、拳銃うったことある？」

「実物はないが、ほら例のおもちゃで、どうすれば弾がでるかぐらいは知ってるつもりだ」

「そのうちにさっきの男が帰ってくるわ。そしたら、その男を射ってちょうだい」

「どうして？」

「それしか、方法がないの。残酷なようだけど、不二子もいなくなるし、密輪の一味も満足して、あたしたち、なんの関りあいにも、ならないですむわ」

美紀は、いきなり立ちあがると、ブラウスをぬぎすてた。下には、なにも着ていなかった。つぎにスラックスをぬぎすてた。下にはやはり、なにも着ていなかった。

「美紀、しっかりしてくれ。気でも狂ったのか！」

「正気よ。いまほど、正気なことは、これまでになかったわ。あたしたちのしあわせのために、あたし、必死になってるの」

と、口走りながら、裸の美紀は、ブラウスとスラックスと、さっき一雄のからだから剝《は》がしたテープを、ひとまとめにすると、押入れをあけた。

押入れの中は、からっぽだった。美紀は、上の段へ匍いあがると、天井板をあちこち押してみて、すみの一枚をはねあげた。暗い天井裏へ、ひとまとめにした服やテープを、ほうりこんで、天井板をもとどおりにすると、押入れからとびおりた。座敷のすみにころがっている布テープの輪と、拳銃をひろいあげて、一雄にさしだした。

「これ、預って。弾はちゃんと、入ってるらしいから、気をつけてね」

「わかった」

「それから、このテープで、あたしを縛って——さっき、あなたが縛られたように。その上で、あたしを風呂場にとじこめてちょうだい。それで、さっきの男が帰ってきたら、思いきって射ちころしてから、警察に電話するのよ。そうすれば、あなたがここを探りだして、あたしを助けようとしたら、あの男に拳銃で脅された。隙《すき》をうかがって、とびかかって、もみあううちに弾がとびだした、ということになるでしょう」

「しかし、警察に嘘《うそ》をつくのは……」

「嘘つく必要はないわ。ただ密輸一味のことだけ伏せておいて、あとは正直に話せばいいのよ。怖いのは、あの連中のしかえしだけなんだから」

「わかった。ひとを殺すのは怖いが、きみのためだ。やってみる」

「一雄さん」

　美紀は、一雄の肩にすがりついた。一雄は、そのからだを抱きしめた。このあたたかい裸身を、この前にだきしめたときから、もう十年もたっているような気がした。ふたりのくちびるが、火のように燃えて、ふれあった。一雄は、美紀の肩へ、胸へ、腹へ、狂おしく接吻《せっぷん》した。太腿《ふともも》の火傷のあとへも。

「待って、一雄さん。もういつ、あの男が帰ってくるかもしれないのよ」

「美紀」

「おねがい。あたしを縛って」

　美紀は、一雄の腕からころげだすと、接着テープをひろいあげて、両足を自分で縛りはじめた。

「ぼくがやる。こうなったら、なんでもやるよ。きみをほかのやつらに、渡すもんか」

一雄は、美紀の手足をしばり口にもテープを貼った。しかし思いなおして、半分だけ剝がした。

「もがいているうちに、少し剝がれたことにしたほうが、苦しくないよ。きみの悲鳴で、ぼくが気づいたことに、すればいい」

と、一雄はいって、うなずく美紀をだきあげると、風呂場へはこんだ。

ドアの鍵を外して、一雄は待った。十分。二十分。三十分後に、いきなりドアがあいた。さっきの男の顔が、のぞいた。一雄は拳銃をあげた。とたんに、男のうしろで、声がした。

「射つな！　一雄君、なにをする気だ！」

男のうしろに、立っているのは、義兄だった。一雄は叫んだ。

「兄さん、どいてくれ。こいつが犯人なんだ！」

「わかってる。一味は、みんなつかまえた。美紀も助けだしたよ」

と、勝がいった。

「そんな馬鹿な！　美紀はここにいるんだ」

「そいつは、美紀の双子の姉だ。田所不二子だぞ、一雄君」

「うそよ。あたしは、美紀だわ」

と、風呂場の中で、女の声が叫ぶ。勝は、一雄を押しのけて板の間へあがった。サングラスの男は、警官にひきもどされた。まだ廊下には、何人も警官が立っている。

「どうやって、一雄君をごまかしたかしらないが、おれはごまかされないぞ」

と、勝は風呂場の前で、どなった。

「だれかデパートの配達員に化けさせたのか、それとも、デパートですりかえたのかわからないが、あんたのよこした水彩絵の具のチューブから、ダイヤモンドが出てきたよ。警察は、あんたが一雄君に殺させようとした男から、なにもかも聞きだしたんだ。もう観念したらどうだい？」

風呂場のなかからは、返事がなかった。

一雄は、茫然《ぼうぜん》と立っていた。その目に、戸口に立った女のすがたが、映った。青ざめて、目のまわりに隈《くま》のできた顔を見て、一雄は手をのばした。

「あなた！」

とふるえる女の声がいった。その目には涙があふれていた。

15

「兄さん、どうしてあの男を、つかまえられたんですか」

と、一雄が聞いた。警察でひと通りの証言をすませた一雄と美紀をのせて、勝の運転するシボレーは、夕方の青梅街道《おうめかいどう》を、小金井へむけて、走っている。

「この車には、無線がついてるって、いったろう？　そいつを活用したのさ。待ちくたびれてきみを探しにいったが、どこへいったかわからない。ふたりの男が、大きな箱をステーションワゴンに、積みこむところを見てたからね。ひょっとすると、あの中に、と思ったら、心配になって、川添さんに電話で相談してみたんだ」

「そのときには、もう老人、絵の具のチューブから、ダイヤモンドを発見してたんですか？」

「そうなんだ。すぐそのステーションワゴンを探そうってことになって、無線室へ連絡したんだよ。無線タクシーの連中、じつによく協力してくれた。めざす車のボディに、電気屋の名前が、書いてあったのが、天の助けさ。そいつが、六本木のビルに紙箱を運んだてんで、おれはすぐそこへいった。無線室から小金井へ電話をかけてもらって、川添さんの指示をあおぎながら、おれが張りこんでると、見おぼえのあるサングラスの男が、やってきた。すぐ警察へ連絡して、一網打尽ってわけさ」

「無線室のひとたちに、お礼をいいにいかなけりゃいけないわね」

と、美紀がいった。

「なあに、新聞に社名がでるにきまってるからね、いい宣伝になるから、礼にゃおよばないよ」

　小金井の団地へつくと、一雄はまず、川添老人の部屋をおとずれた。老人は、上機嫌で、彼らを迎えた。

「よかった。よかった。こんな中気あがりの老人でも、役に立つことがわかって、息子夫婦がおどろいてたよ」

「ほんとに、ありがとうございました」

　と、一雄は心から礼をいった。

「なあに、礼にはおよびませんよ。結果がわかるまでは、よけいなことをしちまったんじゃないか、と心配してたんだ」

「といいますと？」

「絵の具のチューブから、ダイヤを発見するとすぐ、わたしは警視庁の捜査一課にいる昔の部下に、電話をかけたんだ。こいつ、密輸物じゃないか、と思ったんでね。すぐ係のほうを調べてもらったら、神戸から密輸の連中が、東京へきてるという情報があって、内偵ちゅうだ、というじゃないか。それで、わたしは、昔の部下にぜんぶ話をした」

　川添老人は、自由がきくほうの手で、あたまをなでながら、話しつづける。

「ゆうべ、わたしは考えてみたんだ。考えれば考えるほど、気になってきてね。これはやはりあんたに警察へいかせまいとする行為のような、気がしてきた。はしごのHに、絵の具のE、手紙のLに、ピエロのPで、ヘルプなんぞは、出来すぎている。一時はほんとに、美紀さんが犯人なんじゃないか、と思ったよ。つまり、きのうまでのことを、青柳さんに、うんと心配をさせて、しかも、警察へいかせまいとする手段、と考えると、ふたつの場合が、考えられる。ひとつは美紀さんが犯人の場合、もうひとつは、美紀さんを利用して、なにか企んでるものがある場合。この場合だと、品物を送ってきたのは、美紀さんじゃないってことになる。しかし、そいつが美紀さんに似てないことには、すじが通らない」

「あれだけの品物から、そんなことまで、お考えになったのですか」

「けさ、本庄さんから電話をもらって、わたしの考えは、ほぼきまった。だが、青柳さんを妨害した連中は、どうもプロらしい。ちょっと迷って、送ってきた品物を、もういちど調べてみたら、チューブの中から、ダイヤモンドが出てきた。それで、わたしの飛躍した考えも、こんどばかりは、的にあたってるんじゃないか、という気になって、警察に電話したんです。犯人のほんとの目的は、まだすんでいないんじゃないか、なんとかしないと、手遅れになるんじゃないか、と思ってね」

「ほんとに、手遅れになるところでしたよ」

と、勝がいった。

「いや、本庄さんの働きですよ。わたしはただ、あんたの部屋で電話の前に陣どって、いい気持になってただけだ」

「警視庁の警部さんが、感心してましたよ」

と、一雄はいった。

川添老人の部屋を辞して、一雄と美紀は、勝の部屋へよってから、江古田の団地へもどった。郵便うけに、あなたあての電報がきておりますから、至急、電報局へご連絡ください、という紙片が入っていた。

一雄は、すぐ団地のはずれのボックスから電報局へかけてみた。スグレンラクコウマジマ、という電報がきていた。マジマというのは会社の課長の名だ。

とたんに一雄は、きょう取引さきとの重要な打ちあわせがあったことを思いだした。それに必要な資料を、まだ一雄は整理していなかった。妻のことに気をとられて、わすれていたのだ。

「あした、会社へ出たら、大目玉だな」

と、思ったとたん、暗い気持になった。自分の部屋へ帰ってみると、風呂場にあかりがついていた。ガラス戸をあけると美紀がタオルを腰に巻いて、放心したように鏡を見つめていた。

一雄は、うしろから、妻をだきすくめた。美紀が、ぽつりといった。

「あたし、鏡を見るたびに姉さんのことを思いだしそうだわ」

「あの女の腿にも、火傷のあとがあった。美紀、きみはほんとうに、美紀なんだろうね？」

「姉さんの火傷は、刺青を焼いたあとらしいわ」

美紀は、鏡の中の夫の顔を、見つめながらいった。一雄は、鏡の中の妻の顔を見つめながら、自分の心のどこかに、かすかに動いている不安を、じっと押さえつけていた。

まだ事件は、ほんとに終っていないのだ、と思った。いま自分が、だきしめているのは、たしかに美紀だ。しかし、なにかの瞬間、ふとそうでないような気がしたり、あるいはほんとうに、コールガールだった時期が、あるのではないか、という疑いが、首をもたげないとはかぎらない。

それが不安で、じっと鏡を見つめる一雄を、鏡の中の悪女の顔が、嘲笑《あざわら》っているようであった。

犯罪見本市

犯罪見本市

影が大きい

だるまが足を出すとき

a

「そもそも、だるまというやつは、いまをさること千五百年のむかし、魏《ぎ》の嵩山少林寺《すうざんしょうりんじ》にあって九年間、手足を腐らせて、岩かべとにらめっこをしたあげく、二入四行《ににゅうしぎょう》のさとりをひらいた禅宗の祖、菩提達磨《ぼだいだるま》をかたどったものでね。子どもの玩具につくられるようになったのは、江戸時代も半《なか》ばごろだそうだがな。軽合金製のばったが、月をめざして飛びはねようという二十世紀のこんにち、そいつが東京も東のはずれの盛り場に、さまよいでたというのは、そもさん、いかなる因縁かね」

大道易者の渡辺は、例によってわけのわからないことをいいながら、錦荘アパート七号室の鍵をわたした。

小曾根新吉は、大きな張りぼてをもちあげて、それをうけとると、

「なんだか知らねえよ。店の名が、だるま堂ってんだから、しかたがねえじゃねえか」

「しかも、このだるまには足がある。おまけに、いまの声から察すると、口になにかを頰ばってるな。なにを食ってるんだい？」

渡辺は筮竹《ぜいちく》をそろえて竹筒にさして、いちおうの店がまえをおわってから、新吉を見あげた。

「鯛焼だよ。しっぽにまで、餡《あん》こが入ってるぜ。ひとつやろうか」

「やれやれ、いい若いものが、まっ赤っかの髭《ひげ》だるまの張りぼてかぶって、なかで鯛焼をくらっておるとは、色気のないはなしだな。そんなのがそばに立っていちゃあ、悩める美女はおそれをなして、よってこないよ。営業妨害だ。きりきりとっとと、消えてなくなれ」

と、手をふって、渡辺は白いペンキ文字のはげかかっている鉄扉に、よりかかった。耳下腺炎《じかせんえん》をわずらったキリンみたいな顔に、まばらな顎髭《あごひげ》なんかをはやして、年よりくさいことをいっていても、この易者、二十六歳の新吉とおないどしか、上としても、三つ四つがせいぜいなのだ。

「わかったよ。勝手なこと、いってらあ」

てらてら赤い腹と背なかに、だるま堂と白ぬきした糊くさい張りぼてを、ぐらりとゆすって、鉄扉のしまった銀行の玄関さきから、新吉は歩みでた。

さっきまで、張りぼてとおなじような色をしていた西の空は、藍鼠いろに変っている。もう店へかえっても、いい時間だ。あたりの建物には、子どもが手あたりしだいクレヨンを塗りたくったみたいに、調和もなく、色さまざまなネオンが、かがやいていた。

「そこへいく紳士、拝見しましょう。運命を科学的に操作していくのが、近代人ですぞ」

うしろで、渡辺が客を呼んでいる。前にはピンクいろのウールの和服をきた娘が、歩いていた。きものをきつけないとみえて、お尻で調子をとっている。

張りぼてを前にかたむけると、胸のところに細長くあいたのぞき穴に、ちょうどゴムまりのような尻だけが、おさまって見える。背なかの縫いめが、裸のわれめを思わせて、いやにエロティックだ。

長方形ののぞき穴から見る世間は、新鮮だ。新吉はキャバレーの前までくると、造花の桜が満開の、入り口のわきに立ちどまった。立看板に貼ってあるショウの踊子の写真を、丹念にながめる。裾がアリゲーターの口みたいに、腰までさけた中国服の女。桜の造花をひと枝だけ、きている女。その乳房の仰角を目測し、その顔にだれのいたずらか、鉛筆で八字髭がはやしてあるのまで、しげしげと新吉は観賞した。

彼はたいへんな恥ずかしがり屋だから、張りぼてのなかに隠れていなかったら、こんな写真を、こんなに熱心には見られない。つまりは、のぞき穴から見る世間が、とつぜん新鮮になったわけではない。こまかいところを、じっくり見るから、新鮮に感じるのだ。

のぞき穴は、縦が六センチメートル、横十七センチメートルぐらい。その長方形のなかに、すりの手さきの早業がうつって、ぎょっとしたこともある。野球のミットのような手から、骸骨みたいな手に、麻薬らしい小さなつつみがわたされるのを、目撃したこともある。その晩、アパートの近くの薬局のおやじが、

「きょうは、注射器《ポンプ》がよく売れたよ」

と、笑っていた。張りぼてをかぶってから、いまは四日め。十日間の約束だから、まだまだ、いろいろなものを見ることだろう。

写真の女のまんまるな乳房から、新吉は大きなにぎりめしを連想して、早くだるまをぬぎたくなった。さっきの鯛焼なんか、どこへ入ったかわからない。ひどく腹がへっているのだ。新吉はキャバレーの前をはなれて、総武線の駅のほうへ歩きだした。

b

総武線のうす暗いガードをくぐって、すこしいった商店街の右がわに、だるま堂という店がある。建てまして、間口を華やかにひろげたばかりのおもちゃ屋だ。このへんにしてはモダンな店で、仕入れたばかりのプラスティック模型の組立材料や、本物そっくりの拳銃、ライフル銃などが、ショウ・ウインドウに黒光りしている。

新吉が張りぼてのだるまを、ふらふらゆすって、子どもたちのたかったその前までくると、店内から若主人が走り出てきた。

「やあ、ご苦労さん。疲れたろう」

と、手つだって、張りぼてをぬがしてくれた。それを両手でかかえて、若主人が裏手へまわっていくと、代りあって、未亡人のおふくろさんが出てきた。日当の紙幣を半紙につつんで、新吉の手にのせながら、

「小曾根さん、さっき、あんたをたずねてきたひとがいたよ」

「へえ、どんなひとです？」

「女のひとだったがねえ」

「女のひと？」

新吉は首をかしげた。

「派手なひとさ」

と、おふくろさんは、笑ってみせた。

「なんていって、たずねてきたんです？」

「それが、おかしいの。だるまさんのなかに入ってるひとに、あいたいっていってきたのさ。もうじき帰ってくるっていったら、こんどは住んでるとこを教えろって」

「だれだろう？　おかしいな」

「あんたの歩きっぷりがいいんでさ。サンドイッチマンの会社から、なんてったかね。そら、スカウトか。あれしにきたのかも知れないよ」

「まさか」

「もし、そうだったとしても、うちの約束が、まだ六日、残ってるんだからね。それをわすれちゃ、いけないよ、小曾根さん」

おふくろさんは、ふとった小柄なからだで、のびあがるようにして、新吉の肩をたたいた。

「大丈夫ですよ。それじゃ、またあしたきますから」

新吉はもとの気の弱そうな顔の青年にもどって、頭をさげると、歩きだした。

近くの百円食堂で、めしをくって、西部劇でも見にいくつもりだったが、いまの話の女のことが心にかかった。どんな様子だったのか、もっとくわしく、おふくろさんに聞いてみるべきだった。住んでいるところを、聞いたというから、おふくろさんは、錦荘アパートを教えてやったにちがいない。

新吉は高架線づたいに、小道を急いだ。いままでの総武線の線路いがいに、もう二条、線路ができることになっていて、太いコンクリートの柱だけが、すでに一定の間隔をおいて、建ちならんでいる。柱のあいだには、草むらや水たまりができていて、夜は暗く、淋しいのだ。

ここを通るたびごとに、新吉は子どものころを思い出す。彼の育った海岸の町には、高射砲の陣地があって、たたかいにやぶれたあとは、砲底だけが夏草のなかに残っていた。

「おい、あんちゃん、あんちゃん」

とつぜん、うしろから声がかかった。新吉は、あたりを見まわした。

「きみだよ、あんちゃん。ちょっと話があるんだがな」

黒っぽい紺の背広をきた瘠せた男が、すぐうしろに立っている。新吉は立ちどまった。男はにやにや笑いながら、たばこくさい顔をよせてきて、

「きみは、駅前を歩いてるだるまさんだな。な、そうだろう？」

「ええ、だるまの張りぼてをかぶって、歩いてますが――でも、本職のサンドイッチマンじゃありませんよ。ただ臨時にたのまれて、やってるだけで」

と、新吉は早口に答えた。

「そんなことは、どうだっていいんだよ。おれの聞きたいのはな。まあ、ちょっとこっちへ来いや」

やがて線路がのるはずになっているコンクリートの柱のかげへ、男は入った。暗い草むらには、小便のにおいがこもっている。

「なんですか？　ぼくはちょっと急ぐんですが……」

「まあ、いいから、いいから。手間はとらせねえよ。ほら、きのう手に入れたもののことだ。どうだい、おれに売らねえか？」

「はあ？」

新吉は目をまるくした。

「な、わかってるだろう？　わかってんだよ。しらばっくれるなよ、あんちゃん。いいんだ、いいんだ。おれに売ってくれるだろう？」

「なんのことですか？」

「一万円でどうだ。即金だぜ」

男は片手で、胸をたたいた。そこに財布が入っている、というのだろう。だが、出しては見せなかった。

「冗談じゃないですよ。ぼくは一万円で売れるものなんか、持ってません。ひとちがいじゃないですか？」

「ふん、一万円じゃ気に入らねえか。二万？　それでもだめかい。あいつあ、やばいもんなんだぜ。知らねえな、あんちゃん」

男は新吉の腕をつかんで、ぐっとひいた。気味がわるくて、思わず新吉は、その手をふりはらった。それほど力を入れたつもりはないのに、男は鼻にかかった声をあげた。

「乱暴するなよ、あんちゃん。おれはさ、おとなしく、話をつけるつもりなんだ」

総武線の線路の上を、電車が通過した。あたりが明るくなって、また暗くなった。男は眉をしかめて、うわ目づかいに、せいぜい凄《すご》んだ顔をしていた。

「とにかく、ぼくは急ぎますから」

新吉は怖くなって、大股に歩きだした。

「まあ、いいや。こんどあうときまでに、考えといてくれよ。いつでも買うし、相談にものるぜ。おれは牛原ってんだ」

と、いっただけで、男は追いかけてはこなかった。いや、さっきも、だるま堂からあとをつけてきたにちがいないのだから、こんども、あきらめたふりをしただけかも知れない。けれど、しばらくしてふりかえってみても、男の瘠せたすがたは、見あたらなかった。

新吉は、路地をふたつ曲って、錦荘アパートへかえりついた。錦といっても、つづれも錦のほうで、ギャレージの焼けのこりを、利用できるだけ利用して建てた低い二階屋だった。新吉が大道易者の渡辺といっしょに借りている七号室は、二階のとっつきにある。

階段はやにっこい木製で、一段あがるごとに、悲鳴をあげた。とっつきのドアの鍵をあけて、新吉は室内に入った。電灯をつけると、いつもと変りのない六畳が浮かびあがった。半分は乱雑で、半分は整頓されている。整頓されているほうが、新吉の領分だ。あたりを見まわしたが、だれもたずねてきた様子はない。新吉は畳の上へ、あぐらをかいた。同時に押入れの襖が、がたっと動いて、人間の足が一本、にゅっと出た。

女が服をぬぐとき

a

その押入れは、新吉のベッドだった。渡辺は夜なかじゅう、豆電球をつけっぱなしにしておかないと、眠れない男だ。新吉はどんなにうす暗い電球でも、あかりがついていては、眠れないたちだった。

そこで新吉は、押入れの下段に蒲団を敷いて、ベッドということに妥協したわけだ。襖をしめれば暗くはなるが、息ぐるしい。背の高い新吉は、足も満足にのばせない。けれど、先輩に敬意をひょうして、それは我慢している。

しかし、そのベッドから人間の足が出てきては、ほうっておけない。足はすんなりとかたちよくのびて、ナイロンの靴下をはいている。二重になった爪さきに、ペディキュアのルビイいろが、透けて見える。女の足だ。

新吉は目をまるくした。靴下のおわったところからは、白い皮膚がはじまっている。皮膚の面積は、だんだん大きくなって――襖のかげに隠れていた。

「だれだ？　出てこい」

と、新吉はいった。あんまり大きな声は、でなかった。こういうときに、なんといったらいいかもわからない。

「いやよ。恥ずかしいわ」

と、声がして、その言葉は笑いに変った。桃の缶詰をあけて、甘い汁が噴きだしたような笑い声だ。新吉は、からだをかたくして、くりかえした。

「だれだ？　出てこい」

「あたしよ。新ちゃん」

「あたしじゃ、わからない」

「あんたのフィアンセ」

「そんなもの、おれにいるもんか」

「でも、管理人は信用して、この部屋のドアをあけてくれたわ」

「嘘ついて入ったんだな。泥坊か、きさま」

「失礼ね。泥坊なら、かえるまで待っちゃいないわ」

もしかすると、渡辺の女友だちかも知れない、と新吉は思った。しかし、新ちゃん、と女はいった。やっぱり、だるま堂へあらわれた女にちがいない。

「なんの用だ？」

新吉は、襖からはみだした足を、にらみつけた。

「あんたを待ってたの」

「それなら、さっさと出てきて、用をすましてくれ。出てこないと、ひきずりだすぞ」

「ひきずりだされてみたいわ」

「よおし」

新吉は、女の足をつかんだ。

「痛い！」

女が大声をあげた。新吉はあわてて、手をはなした。かげんしたつもりでも、つい力が入ってしまう。彼のからだは、縦の長さは長いが、横はばはひろくない。そのくせ、力は強いのだ。おまけに、空手の有段者だった父親が、この息子は自分に似ている、と思いこんで、じつは母親に似て気弱な彼に、空手をしこんだ。

「足が折れちゃうわ」

「とにかく、出てこい」

新吉は、襖をいきおいよくあけた。とたんに、口をぽかんとあけて、その代り、あわてて目をとじた。それでも、目蓋に白い残像が残った。女は靴下を、ぬぎわすれているだけだった。かなり背が高いらしく、からだを折りまげて、青い目蓋の下の目が、うわ目づかいに笑っていた。乳房はキャデラックのヘッドライトみたいだった。臍は切符の販売機の十円玉を入れる口みたいに、縦につぼんでいた。それは、腹の筋肉のほどのよさを物語っている。

だが、いまの新吉は張りぼてをかぶっていないから、頭にすっかり血がのぼって、そんなにこまかく、観賞している余裕はなかった。なにしろ、おくてで、ようやくおとなになったとたんに、なんの関係もない喧嘩に巻きこまれ、ひとりが死んで、空手ができたということだけで、彼は国家に養われることになってしまったのだ。ものなれているひまはなかった。

「どうしたの？　目をあけたら、どうよ。見るだけは、ただだから」

「出てってくれ。たのむ」

新吉は、うめくようにいった。

「このままで？」

「服をきて、出てってくれ」

「これじゃあ、誘惑するより、だいぶ楽だわ。出てってあげるわよ。きのう、あなたが手に入れたものを、わたしてくれればね」

「なんだって？　さっきも、そんなことをいったやつがあるぞ」

新吉は、目をつぶったまま、いった。

「どこで？」

急に女の声が緊張した。濃い甘さが、鼻にせまった。女は押入れから、はいだしたらしい。

「高架線の下でだ」

「女？　それとも、男？」

「男だ」

「顔つきは？」

「よく見なかったな。瘠せた小男だ。やくざっぽい顔つきだったけど、あんがい、あっさりしてた」

「まさか、そいつにわたしちまったんじゃ、ないでしょうね？」

「なにを？　ぼくはほんとに、なんのことだか、わからなかったんだ。いまでも、わからない。ぼくがどんなものを、手に入れたってんだろう？」

「嘘おっしゃい。なにか手に入れたはずよ。きのう、三時ごろに」

「三時ごろだって」

新吉は、目をひらいた。ローズいろの乳首が、鼻さきに並んでいた。新吉はまた、目をとじた。

「そりゃあ、ぼくじゃない。ほんとだよ。きのうの三時ごろだろう？　そのころ、だるまをかぶっていたやつが、だれかからなにかを手に入れたって、あんた、いうんじゃないか？」

「そうよ」

「それなら、ちがうんだ。あの時間にゃ、ぼくは張りぼてのなかには、入っていなかった。だるま堂には内緒だけれど、ほかのやつに代ってもらったんだ。ぼくは喫茶店で、レコード聞いてたよ」

「嘘おっしゃい」

「嘘なもんか。千円もらって、代ったんだ」

「だれと？」

「よく知らないが、謙ちゃんっていうんだ。そいつが、ばくちでわんさと借金したやつに追いまわされてる。うるさくってしようがないから、一時間だけ、だるまのなかへ入らせろ。千円だすからっていうんで……」

「嘘だわ。千円もってて、借金とりから逃げるなんて」

「万とつく借金なんだそうだよ。ほんとだ。謙ちゃんに聞いてみたらいいや」

「そのひとのいるとこ、知ってるの？」

「アパートを知ってる。そこで麻雀《マージャン》を、教えてもらったことがあるんだ」

「案内してくれる？」

「ああ、する。早く服をきてくれよ。いまごろいって、謙ちゃんがいるかどうかわからないけど、アパートはわかってるから。すぐ近くなんだ」

「ちえっ、馬鹿馬鹿しい。ぬいで損しちゃったわ。あんた、女性恐怖症なの？」

「知らないよ。頭が痛くなってくるんだ、女のそばにいると」

「ただで頂かれちまわないで、よかったわ。もうお目めをあけても、いいわよ」

「早いんだな」

新吉は目をあいた。女はオリーブ・グリーンのスウェーターに、千鳥格子のスラックスを、はいていた。スウェーターには、日本陸軍華やかなりしころの連隊旗みたいに、ぴらぴらのふちが、襟と裾とについている。その胸にも、スラックスの腰にも、からだの線がはっきり出ていて、あまり裸と大差がない。

「さあ、案内してよ」

舟がたのパンプスを、ゆびのさきにひっかけながら、女はいった。

b

空は花曇りというやつらしく、雲が低かった。それだけに、ネオンの反映が、遠火事みたいにあざやかだ。

「ええと、きみ、なんて呼んだらいいのかな？」

戸外へでると、いくらか勇気がわいて、新吉は女をふりかえった。ならんで歩いて、いくらも背たけが変らないのだから、こういうのをキング・サイズ・グラマーというのだろう。

「名前？　千円くれれば、教えてあげるわ」

「ちえっ、冗談じゃねえや。名前なんか、どうだっていいけどよ。謙ちゃんが手に入れたものってのは、なんなんだい？」

「あんたがもってないんだったら、聞かないでおいたほうが、無難ね」

「さっきのやつが、一万円で買うっていったぜ。そうだ。ちょうど、ここらで声をかけてきたんだ」

　新吉は、コンクリートの柱の列を、ゆびさした。

「馬鹿にたたいたもんだわね。それっぱかしのものじゃないわよ」

「あわてて、二万につけなおしたよ、そういえば」

「まだまだ」

「もっと金になるもので、小さいものっていうと、まさか、麻薬《やく》じゃないだろうな。このところ、切れてたようで、アパートのうらの路地でよ、苦しんでいたのがいたっけが、この二、三日は入ったらしいな。薬局のおやじが、注射器《ポンプ》が売れるっていってたから」

「くわしいね。あんたもまんざら、かたぎじゃなさそうだわ」

「かたぎだよ」

「そんなら、あたしを謙ちゃんてやつのとこへ、案内したあと、なにもかもわすれちまったほうが、無事だよ。なんにも聞かないで」

「ふん」

とたんに新吉の腹が、ぐうっと鳴った。女は笑った。新吉はまっ赤になって、

「まだ晩めし前なんだ」

「謙ちゃんのアパートについたら、釈放してあげるから、三人前でも、四人前でも、たべたらいいわ」

「そんなにくえるかよ。せいぜい二人前だ。ええっと、たしかこのアパートだな」

モルタル塗りの二階屋で、上と下と入り口がべつになっている。なかなか小ぎれいだ。部屋かずも多いらしい。

「あんたのとこより、立派じゃないの。部屋は何号室？」

「さあな。たしか、二階だよ。こっちからあがるんだ」

新吉はさきに立って、セメントの階段をあがった。建物のはじが、ベランダふうの廊下になっていて、左は腰ぐらいの高さに手すりのついた木柵だ。右がわにドアがならんでいる。階段をあがりきって三つめのドアにだけ、小窓の曇りガラスがあかるい。

「夜のつとめの女が多いんだ。灯のもれてるのが、謙ちゃんの部屋だよ」

「あんた、呼んでよ。あたしが声かけて、あけてくれないと困るからさ」

と、女は耳もとでささやいた。

「ちぇっ、そこまでやらなけりゃ、いけねえのかな」

「そうさあ。ここで逃げたら、またあんたの部屋へ、裸であばれこむから」

「わかったよ」

新吉は電灯のもれているドアを、軽くたたいた。返事はなかった。

「謙ちゃん、おれだよ。小曾根だ」

やっぱり、返事はなかった。ノブをつかむ。ドアには鍵がかかっていなかった。

「謙ちゃん、いいかい？　あけるぜ」

新吉はノブをひいた。ドアは半分あいた。それだけしか、あかなかったわけではない。それだけしか、あけなかったのだ、女が部屋をのぞきこんだ。その口から、妙な物音がした。声とはいえない動物的な音響だった。女はそれを片手でふさいだ。目は青く染めた目蓋を押しあげて、まるで玉羊羹の外皮のゴムを、楊枝でつついてむいたときみたいに、飛びだしていた。

「いったい――」

どうしたんだ、というところまでいかないうちに、新吉の目も飛びだした。部屋のなかを、のぞいたせいだ。六畳の座敷は、夫婦喧嘩のあとみたいだった。

まんなかに謙ちゃんが、倒れていた。あの世はまだ寒いのか、謙ちゃんはマフラーを首に巻いていた。

ありあわせのマフラーで、あまり、あたたかくはなさそうだが、いやにきつく結んでいる。それは、ナイロンのストッキングだった。

死体が発見されたとき

a

「兄き、たいへんなことになっちゃった」

と、いってからも、新吉は青ペンキをかぶったような顔つきで、きょときょと、うしろを気にしていた。

「どうした。部屋へ帰ったんじゃなかったのか？」

大道易者の渡辺は聞きかえしながらも、これはほんとに、なにか重大なことが起ったのだな、と思った。新吉は、使いふるした電球のフィラメントが切れても、たいへんだ、とさわぐ男だが、そういうときには、渡辺さん、といって、兄き、とは呼ばない。

「うん、帰ったんだけどよ。女が裸になってやがったもんだからね。また出かけたんだ。そしたら、謙ちゃんが殺されてるじゃねえか。びっくりしちゃった。どうしよう、兄き？」

「さっぱりわからないな。謙ちゃんっていうと……」

「そら、笠森組の」

「ああ、あのエロ写真、売ってたやつか。あいつが殺されたのか。ふうん。わかったようで、まだわからないな。手をだせよ、小曾根」

「なにかくれるのか、兄き」

「馬鹿いえ。手相を見ているようなかっこうをしながら、話を聞こうというんじゃないか。はなから、くわしく話してみろ」

と、渡辺は新吉の手をつかんで、凸レンズをかざした。

「くわしくってったって、ぼくにもさっぱりわからないんだよ。話がおかしくなったはじめは、かえり道の線路下んとこで、妙な男が声をかけてきてね。牛原とかってやつだけど。きのう手に入れたものを、一万円で買おうって、いいやがるんだ」

「そんな値になるものを、なにか手に入れたのか？」

「なんのことだか、わからないんだよ。だから、相手にしないで、部屋へかえると、押入れんなかから、裸の女が出てきたんだ」

「すげえじゃねえか。美人か？」

「うん、キング・サイズのグラマーだったけどね。なんしろ……」

「好きものなのか」

「帰らねえんだよ、どうしても。やっぱり、きのう手に入れたものを、よこせってんだ。なんか感ちがいしてるんだな、みんな。じつは兄きにも内緒にしていたんだが、きのう一時間ばかし、だるまの張りぼてを、謙ちゃんに貸したんだよ」

「きのうの、なん時ごろだ、そりゃあ？」

「二時半ごろからかなあ？　千円くれるってんでね。貸しちゃったんだ。そいでさ。だから、女にそのこと話して、謙ちゃんのアパートへ案内することになってね。いってみたら、殺されてるんだ、謙ちゃんが」

と、新吉は声をひそめた。

「どんなぐあいに、殺されてた？」

「ナイロンの女の靴下で、首をしめられてやがんのよ。すげえ顔だったぜ」

「で、警察に知らせたのか？」

「それを、相談に駆けつけたんだよ。なにしろぼくは、傷害致死でくさいめしを食ってるだろ。なるたけ、警察《さつ》とはかかわりたくないんだ」

「ふん、それで、女はどうした？　死体が見つかったときにだよ。警察に知らせようとはいわなかったのか」

「うん、いきなり、部屋んなかへ入ってね、なにか探しはじめたんだけど、もうだれか探したあとなんだ。部屋んなかは、ごったがえしてたよ。女はやたらに勇気があってね。

謙ちゃんのポケットから、ズボンのなかまで探してたけど、ぶつぶついって、急にとびだしちまった」

「名前、聞いたか、その女の?」

「千円だせば、教えるとさ」

「千円だしたのか?」

「冗談じゃねえ」

「聞いておくべきだったたな、名前を」

「そんなことより、どうしたらいいだろう。おれのことを考えてくれよ」

「考えてるさ。謙ちゃんの部屋の戸は、鍵がかかっていなかったわけだな?」

「ああ」

「ドアをあけたのは、きみか、女か?」

「ぼくだよ」

「おれんとこへくるときに、指紋はふいてきたろうな?」

「指紋って?」

「ドアのノブに、きみの指紋が残ったはずだ。鑑識課の指紋台帳に、きみのはあるんだからな。そいつを、考えなけりゃあ」

「しまったあ!」

「女は手袋はめて、部屋んなかをさがしたのか」

「いいや」

「それじゃ、その女は前科はないんだな」

と、いってから、渡辺は新吉の泣きそうな顔に気づいた。

「元気をだせよ、小曾根」

「だって、兄き……おれ、どうしたらいいんだろう？」

「とにかく、謙ちゃんのアパートへひきかえせ。指紋をふきとってくるんだ。いっしょにいってやりたいけど、今夜はまだショバ代もかせいでないんでな」

「ひとりでいくの、気がすすまないよ」

「落着け、落着け。腕っぷしはあるくせに、どうしてきみは、気が小さいのかねえ」

b

新吉が総武線の駅のほうへ、しおしおと歩きだすのを見おくってから、渡辺は腕をくんだ。

背が高くて、力があって、おまけに空手ができて、そのおかげで、根は気の小さい好青年が、傷害致死の前科者になった。いまはまじめに、ガードのむこうのおもちゃ屋の新装開店のサンドイッチマンを、張りぼての赤だるまをかぶってつとめている。それが小曾根新吉だ。偶然にこの墨田区の東南端の盛り場で知りあって、ひとつ部屋にすむようになった男だが、渡辺は頼りがいのあるところを、見せたかった。

「とにかく、きのう手に入れたもの、というやつを狙っているのが、三人はいるわけだな。線路下で声をかけてきた男と、アパートで待ってた女。このふたりは、だるまを謙ちゃんが借りたことを知らなかった。だから、小曾根にぶつかったんだ」

と、渡辺は頭のなかで、つぶやいた。歩道にはひと通りがあるのに、客を呼ぶのもわすれて、考えつづけた。

「三人めのやつは、謙ちゃんがそのなにかを手に入れたってことを、知ってたわけだ。だから、まっすぐ謙ちゃんのところへいった。けれど、話しあいがつかなくて、殺しちまったって寸法だな、きっと。問題はそのなにかなんだが、いったいなんだろう？　小さなものには、ちがいないな。謙ちゃんのポケットのなかを、女がさがしたっていうんだから。小さくって、金目のものか。さあてな？」

と、考えながら、前を通りすぎるひとの顔を、なにげなく見た。知ってる横顔が、たまたま通りすぎようとしていた。笠森組の若いもので、たしか謙ちゃんにつかわれているやつだ。

「ねえ、キャップ、いい写真がありますぜ。新しく撮ったシリーズもんでね。凄いんだ、これが」

などと、酒場から出てくるサラリーマンにささやきかけて、屋台のおでん屋で待っている謙ちゃんのところへ、つれていく役だ。渡辺は椅子から立ちあがって、

「おい、兄さん」

と、声をかけた。

「今夜は謙ちゃん、どこにいる？」

「それがよ、知らねえんだ。うちにいるんじゃあ、ねえのかな」

「商売はしないのか？」

「ああ、今夜は遊びさ。きのうの事件で、やばそうだからね。私服がしらべてあるいてるに、ちげえねえもの。きのうの晩から、二、三日はおとなしくすることにしたんだよ。謙ちゃんに、なにか用かい」

「うん、ひとに頼まれてね。そうか、アパートにいるのか。アパートなら知ってるが、教えてやっていいかなあ」

「だれによ」

「謙ちゃんはなにかい、いまでもひとりなのかね。情婦《すけ》といっしょじゃないのか。というのは、さっき女がひとり、あらわれてさ。謙ちゃんがどこにいるか、知らないかって、聞いたもんでね。教えてやっていいかなあ」

「美人だったかい、その女？」

「ああ、なかなかのグラマーだったよ」

「そんなら、教えてやったっていいだろう。謙ちゃんは、ひとりのはずだからね」

「そうか、そうか。いや、足をとめさせてすまない。サービスに人相を見てやろうか」

「ごめんだよ。あんた、変なことばかりいうからな」

ちんぴらは、足早に立ちさりかけた。

「もうひとつだけ、教えてくれ。牛原っていう男を、知らないか？」

「さあね。うちの組にゃ、そんなの、いねえぜ。ああ、そうか。あいつじゃねえかな？この裏のほうの丸保商事って不動産屋に、出入りしていた千三屋が、たしか牛原って名だったぜ」

「いやあ、ありがとう、ありがとう。だいぶ消息通になったよ、おかげで」

と、渡辺はいった。ちんぴらがいってしまうと、また腕組みして、考えこんだ。そのうちに、ふと思いついた。

「そうか。こりゃあ、ことによると、きのうの事件と関係があるかも知れないぞ」

と、渡辺はつぶやいた。

時間はちょうど、あうようだ。午後の三時ごろだった。〈花の塔〉というキャバレーの前で、まっぴるま、射たれた男があったのだ。サイレンサーつきの拳銃をつかったらしく、大きな音はしなかった。

射たれたのは、三十五、六の浅黒い男で、かたぎではないらしかった。けれど、土地のものではなかった。まっぴるまの事件なのに、まだ犯人もつかまっていないのだ。渡辺は、目をつぶった。とたんに新吉の声が、耳もとでひびいた。

「兄き、もうおまわりがたくさん来てる。どうしよう?」

目をあいてみると、新吉はさっきよりも、青い顔をしていた。

「きみが逃げたあとで、だれかが死体を発見したんだな。まあ、落着けよ。指紋がのこってたって、きみの名前がでるまでには、たっぷりと時間がかかる。それまでに、犯人を探しだしておけばいいんだ」

「大丈夫かなあ」

「こうなったら、しかたがない。おれも商売をあきらめるよ。いっしょに部屋へかえって、善後策を相談しよう。その前にひとつ、念を押しておきたいことがある。きみはほんとに、なにも知らないんだな?」

「ああ、ほんとになんにも知らないんだ」

新吉は小指を立てて、渡辺の目の前に、手をつきだした。

「げんまんでも、なんでもして、誓うよ」

「よし、わかった」

渡辺は手ばやく、店をしまいはじめた。

「占《うらな》い屋さん、もう店じまいか。馬鹿に早いな。せっかく見てもらいにきたのによ」

と、いいながら、ひとりの男が近づいてきた。どす黒い顔に、もみあげを長くのばして、背の高い男だった。

「はあ、すいません。ちょっと、急用ができたもんですから……」

渡辺は頭をさげた。新吉が急に、妙な声をあげた。いつの間にか、すぐそばに女が立っていたからだ。

「ちょうど、よかったわ。あんた、新ちゃんてのは、このひとなの」

と、どす黒い男にいったのは、あのキング・サイズ・グラマーだった。

謎がとけかかるとき

a

「兄き、この女だよ。押入れから出てきたのは」

と、新吉がいった。渡辺は片づける手をとめて、いきなりあらわれた男と女を見つめた。男は、両手をズボンのポケットに入れて、肩をそびやかしている。

「占い屋さん、占ってもらいたいことが、あるんだがね」

「なんでしょうか?」

「失《う》せものだよ。どこにあるか、占ってくれ。大事なもんだ。気を入れて、やってくれよ。謝礼はたっぷりだすぜ」

「どんなものでしょう?」

もちろん、ふつうの客でないことは、わかっている。渡辺は男の顔と、新吉のそばに立った女の顔を、見くらべた。

「わからねえかね。黙ってすわれば、ぴたりとあたるってのが、お前さんたちのきまり文句じゃねえか」

「しかし、占いは千里眼や透視術じゃありませんからな。やはり、お話をうかがわないと……」

「それじゃ、おれの占いのほうが、よくあたりそうだぜ。おれの立てた卦《け》はこうさ。こちらのだるまのお兄さんが、きのう、あるものを手に入れた。しらを切っているが、じつは兄きぶんの手にわたっている。こうきちゃうんだ。どうだい、あたったろ?　おれはさいしょから、相棒がいる、と睨《にら》んだんだ」

「やっぱり、おしろうと衆は、卦を立てても、読むことができないようですな。ぜんぜん、はずれてますよ」

と、渡辺は笑った。

「しらばっくれるな。品物はどこへ隠した？　ちゃんとわかってるんだぜ」

「まだ宵の口の往来だよ。おどしはきかないね。大きな声を張りあげて、困るのはきみたちだ」

「困りゃあしないさ。往来のひとは、てきや同士の喧嘩だぐらいにしか、思わねえからな。腕の一本もたたき折ってやろうか」

男はポケットから、右手をだした。丸いモーターバイクのチェーンが、その手のさきに、ぶらさがっていた。

新吉はふるえたが、渡辺は平気な顔だ。

「馬鹿にあせってるじゃないか。だから、ものがわからなくなるんだよ。いくら凄んだって、なにも出てきやしないぜ」

「出てこねえか、出てくるか、ためしてみようか？」

男が一歩、渡辺につめよった。

「動くな！」

と、さけんだのは、新吉だ。女がかすれた声をあげた。

「あんた、やっぱり」

渡辺もおどろいた。新吉の手には、黒光りする拳銃が、にぎられているのだ。

「おい、そんなもの、持ちだすやつがあるか、馬鹿」

「へん、大丈夫だよ。通るひとはおもちゃのハジキで、ふざけっこしてるんだ、と思ってくれるよ」

と、新吉はいった。

「さあ、ふたりとも、帰ったほうがいいな。こいつの手を見ろよ。ふるえてるだろう。いつ引き金に力が入るか、知れねえぞ」

と、渡辺は小声だ。

キング・サイズ・グラマーと、顔のどす黒い男は、逃げ腰になった。

「ちくしょう。やっぱり手めえたちが、やつをばらしたんだな。わかったぞ。いまに見てろ」

男と女はうしろむきに歩いて、銀行の玄関さきから、離れた。

「いまのやつ、小田桐組の幹部だぜ」

と、渡辺がいった。

新吉は手の甲で、べろんと額の汗をぬぐった。

「まったく、なんて晩だろう」

「そのハジキ、どこから持ちだしたんだ。早くしまえよ。ひとに気づかれたら、大ごとだぜ」

「大丈夫だよ。おもちゃだもの。護身用にだるま堂の若旦那から、借りてきたんだ。若旦那が自分で組立てたんだとさ。よく出来てるだろう？」

「なんだ、馬鹿馬鹿しい。こっちへ見せろ」

と、渡辺は笑いながら、手をだした。

「ほら、軽いだろ。ぜんぶ木だよ」

「ちえっ、うまく出来てやがる。こりゃあ、ドイツのルーガーだな」

「謙ちゃんのアパートの近くまでいったらさ。パトカーが何台もとまってやがんだ。あわてて逃げてね。こっちへくる前に、だるま堂へよってみたんだ。そしたら、またおれの名前と住所を聞きにきたやつが、いたそうだぜ」

「なんだって？　そいつは気になるな。急いでかえってみようじゃないか」

b

錦荘アパートの七号室には、電灯がついていた。渡辺はドアをあけたとたんに、

「うへえ」

と、いった。新吉もうしろから、室内をのぞきこんで、

「たはっ」

と、いった。部屋のなかは、たいへんなことになっていた。まるでバタ屋のしきり場みたいだった。

「だれがやりやがったんだろう？　あれれ、座蒲団のなかまで探してあるぜ。なにかとられたものはないか？」

「なんにもなさそうだ。ぼくのベッドは大丈夫かな」

新吉は押入れのドアをあけた。とたんに人間がひとり、ごろんところがり出た。こんどは女ではなかった。裸でもなかった。手と足をハンカチとナイロンのストッキングでしばられた小男だった。

「あ、こいつだよ、兄き。いちばん先にへんなことをいいだしたのは――たしか、牛原っていったっけ」

と、新吉がいうと、その足もとで、牛原はうなった。口に、ガムテープを貼りつけられて、声が出せないのだ。

渡辺はさっき新吉からとりあげた木製ルーガーを、小男につきつけた。

「おい、小曾根、ガムテープをはがして、口がきけるようにしてやれ」

「よしきた」

「牛原とかいったな。どうして、こんなおもしろいかっこうをしてるんだ？　この部屋のありさまは、どうしたこった？　そいつをまず、話してもらおう」

「おれは知らない。なんにも知らないんだ」

と、牛原はうめいた。

「知らないはずがあるもんか。まさか、目をさましたら、しばられてましたなんて、いうつもりじゃなかろうな。おい、小曾根、このひとを笑わして、気楽にしゃべれるようにしてやろう」

「うん、どうするんだ?」

「くすぐるんだ」

「そいつはおもしろいや。いいか、大将、くすぐるぜ。それ、こちょこちょこちょ」

と、新吉は口のほうもにぎやかに、牛原のわきの下や、足のうらをくすぐった。牛原はころげまわった。

「こいつ、笑い上戸《じょうご》らしいな。おい、もっとサービスしてやれよ」

「ま、待ってくれ。待ってくれよ。話す。話すったら」

と、牛原が口走った。

「よし、いい子だ。まず聞こう。この部屋をしらべたのは、お前か」

「う、うん。半分はおれだ」

「あとの半分は?」

「女とその子分らしいやつだ」

「どんな女だ?　キング・サイズのグラマーか?」

「いや、あれとはちがうんだ。じつはおれ、このひとのあとをつけて、キング・サイズといっしょに、謙ちゃんのアパートへいったのを、知ってるんだ」

「なんだ、あきらめて帰ったんじゃないのか」

と、新吉はいった。牛原はうなずいた。

「うん、謙ちゃんが殺されてるんで、あんたがたは驚いたらしいが、おれにはなんとなく勘がはたらいてね。謙ちゃんを殺したやつは、品物を手に入れてない、と思った。あるとすれば、この部屋だ。そう思って、ひっかえしてきたんだ」

「それで、こんなに部屋をちらかしたのか。目的のものは見つかったかね？」

と、渡辺がいった。牛原は首をふった。

「見つけないうちに、やつらがやってきた。中国服の女に、野郎がふたり。おれはたちまち、このざまさ」

「あとからきた連中は、見つけたようだったかね？」

と、渡辺が聞くと、牛原はまた首をふった。渡辺はうなずいて、新吉にいった。

「この大将の手足を、自由にしてやれよ」

「逃がしてやるのかい？」

「そうじゃない。この部屋を片づけてもらうんだ。おれは掃除なんぞ、大きらいだからね。ちらかしたひとに、きれいにしてもらうべきだよ」

「そりゃ、そうだ」

新吉は牛原の手のハンカチと、足のストッキングを、ほどいてやった。牛原は手足をこすりながら、よろよろと立ちあがった。渡辺は木製のルーガーをかまえて、

「さあ、はじめてもらおう。片づけながら、おれの聞くことに、返事をするんだ。おれたちは殺人事件に巻きこまれて、いい加減、やけになってんだからな。妙なまねをしたら、遠慮なくこいつをぶっぱなすぜ」

「わ、わかったよ。なにを聞きたいんだ？」

「この事件は、きのう、まっぴるまに起った殺人事件と、関係があるんだろう？」

「えっ？」

と、新吉が驚いて、さけんだ。牛原はうなずいた。

「よくわかったな。おれがさがしてるのは、あの殺された男が、持ってたものだ」

「殺された男ってのは？」

「神戸からきたやくざだよ。麻薬《ペイ》を持ってるが、買わねえかって、最初、小田桐組に売りこんだんだ」

「ふうん、このところ、麻薬《やく》が不足してたようだから、飛びついたろう？」

「ところが、二、三日前に入ったばかりでね。神戸の男の話は、すじみち通してきたもんじゃねえから、うけつけなかった。へんなものを押しつけられちゃ、かなわねえからね」

「それで、男は笠森組のほうへ、売りこんだのか？」

「いや、笠森組のほうから、話をつけてったんだ。このところ、小田桐組に島をくわれて、笠森はくるしいからね。ところが、そんなくらいだから、金の折りあいがつかなくてよ。話はこわれそうになった」

「そいつを聞いて、小田桐組の野島が、鼻をつっこんだんだな」

「野島？」

「あのキング・サイズ・グラマーのヒモ君だよ。小田桐組じゃ、ちょっとした顔だ」

「ああ、あいつね」

「こら、話に身を入れて、手のほうがお留守になったぞ」

「わかったよ。片づけりゃいいんだろ？」

「ところで、どうした？　金の折りあいがつかなくて、笠森組の連中は非常手段に出たわけか」

「どうも、そうらしいんだ。きのう、あいつが殺された。殺される直前に、サンドイッチマンのだるまと、なにか話していたというからさ。おれもちょっと、手を出してみたい気になったんだ」

「ふうん、つまり、だるまがなにか預かったというのか」

「死体からはおかしなものは、なにも出なかったんだ。品物は八重洲口の——」

「男のおしゃべりはみっともないぜ」

いきなりドアで、声がした。渡辺も、新吉も、ぎょっとして、そっちを見た。三人の男が、ぬうっと入ってきて、ドアをしめた。まんなかのひとりは、拳銃をにぎっていた。銃身がいやに長く見える。

「易者の先生。そのハジキをしまいなよ。こっちのには、サイレンサーがついて、音が小さい。夜がふけました。ラジオの音は小さくしてくださいって、アナウンサーがいってたぜ」

「なんだ、きみたちは？」

と、渡辺がいった。その声はすこしふるえていた。

「さあてね。わたしはだれでしょう？」

と、拳銃をかまえた男がいった。その右がわの男が、にやりと笑って、

「みなさまには、かげの声がお教えいたします——わたしたちは……」

a

男が裸にされるとき

錦荘アパートの七号室へ、いきなり押しいってきた三人は、そろってニヤニヤ笑っていた。

「なんだ、きみたちは?」

大道易者の渡辺は、ルーガー九ミリを小意気にかまえて、つっかかった。けれど、だるま堂玩具店の若主人手づくりの、カンシャク玉を鳴らすこともできない木製拳銃だから、さすがに声がすこしふるえた。

「さあてね。わたしはだれでしょう?」

と、まんなかの男がいった。その手には、消音器をつけた拳銃がどす黒く光っている。これは、どう見ても、ほんものらしい。

その右がわの男が、にやりと笑った。

「みなさまには、かげの声がお教えいたします――わたしたちは、お座敷ストリップの押売りやです」

「それにしちゃあ、ストリッパーがいないじゃないか。早く売りものを見せてもらいたいな」

渡辺はいくらか落ちついてきたと見えて、声がふるえなくなっていた。

「ストリッパーは、そこに三人いるじゃねえか」

と、左がわの男がいって、渡辺、新吉、牛原と順にゆびさした。

「あんまり待たすと、お客さんが怒るぜ。さっさとぬぎなよ」

と、右がわの男がいった。

まんなかの男は、なんにもいわずに、拳銃をひょいと動かした。

「なんだ、おれたちは見物じゃないのかね？　ギャラはどのくらい、いただけるんだい？」

と、渡辺はいった。

「そんな冗談で、時間をかせいでみたところで、だれも助けにきちゃくれねえぜ。あきらめて、裸になったほうが、身のためだよ」

左がわの男が、鼻のさきで笑いながらいうと、まんなかの男は、また拳銃をひょいと動かして、

「ぐずぐずしやがるなら、こいつでギャラを、先ばらいしてやってもいいがね」

「しかたがない。風邪をひく陽気でないのをしあわせ、とあきらめて、ぬごうぜ」

渡辺は木製拳銃を、さもほんものらしく、畳の上においてから、上衣のボタンに手をかけた。

新吉もしかたなく、上衣をぬいだ。

「おれは陽気に関係なく、風邪をひきやすいたちなんだがなあ。やっぱり、ぬがなきゃいけないかね？」

と、牛原が情なさそうな声をだした。

「いけねえね」

と、右がわの男がいった。

「パンツ、サルマタ、六尺、越中のたぐいまで、取りさることを希望するかね？」

と、渡辺がアンダー・シャツをぬきながらいった。

「パンツだけは、かんべんしてやるよ」

と、まんなかの男がいった。あとのふたりは、畳の上にほうりちらかされた上衣やシャツを、手もとにかきよせ、ポケットに手をつっこんだり、両手に持ってふるったりして、しらべはじめた。

やっぱり問題の品は、小さなものだな、と渡辺はズボンをぬぎながら、思った。

「おれはズボンの下に、なんにもはいてないんだがな」

と、牛原がさっきよりも情ない声をだした。

「そんなことは、知っちゃいねえ。ズボンはぬいでもらうぜ」

と、拳銃の男がいった。

牛原はしぶしぶ、ズボンをぬぎすてると、手早く毛糸の腹巻きを腰までさげた。渡辺は六尺一本、新吉はパンツひとつで、立っていた。

「どこにもねえようだぜ」

と、ズボンの折りかえしまで、しらべおわったふたりが、拳銃の男にいった。

「パンツのなかも、しらべてみろ」

と、拳銃の男はいった。

ふたりは、新吉と渡辺に近づいた。裸でいるのが、完全に武装解除したような錯覚をふたりにあたえたらしい。渡辺と牛原は、どちらも貧弱なからだつきだし、いいからだをしている新吉は、さっきふるえていたから、ふたりが安心したのも、無理はないだろう。

だが、あにはからんやで、新吉には空手という武器が、裸になっても残っているのだ。ふたりが近づいたとき、渡辺は目くばせした。

それを新吉は、キャッチしたわけではない。ただ左がわにいた男が、彼のパンツに手をかけたとき、恥ずかしさのあまり、自然に手が動いてしまったのだ。

「うわっ」

と、妙な声をあげると、男のからだは前かがみの姿勢のまま、うしろへすっとんだ。とんでいった地点には、拳銃の男が立っていた。ふたつのからだは、ジャスト・ミートして、一体になってひっくりかえった。

そのとき、渡辺は自分に近づいた男の両足のあいだを、力いっぱい蹴りあげていた。はずみで渡辺はうしろへひっくりかえり、壁に頭をぶつけたが、男のほうも妙な声をだして、ひっくりかえった。その上へ、牛原が全身の重みをかけて——といっても、四十五キロそこそこだが、とにかく、とびかかった。

渡辺が後頭部をさすりながら、立ちあがってみると、三人の男は畳の上にのびていた。新吉と牛原は、三人のズボン吊りをはずし、それをつかって、順々にうしろ手にしばりあげているところだった。

「小曾根、うまくやったな」

と、渡辺はいった。

「まったく、ひでえやつらだよ」

「けどよ。手荒なまねはしなかったろうな？」

「ああ、気を失ってるだけだ」

「それじゃ、そいつらはここに残して、出かけよう。早く服を着ろよ」

とたんに、牛原が大きなくしゃみをしながら、ズボンをあわててひろいあげた。その下に、拳銃があった。牛原は片手でそれをつかむと、片手にはズボンをぶらさげ、腹巻きひとつのかっこうで、さけんだ。

「ふたりとも、手をあげろ！」

b

渡辺はズボンに片足つっこんだまま、目をまるくして、牛原を見たが、たちまち大声で笑いだした。

「なにがおかしい。命がいら——」

と、牛原はいいかけて、くしゃみをした。

「おじさん、早く服きたほうがいいな。風邪をひくぜ。そのハジキはおもちゃだよ。癪だったね。軽いのに気がつかなかったかい？」

と、渡辺はいって、戸口に落ちているサイレンサーつきの拳銃を、片足でふんづけながら、

「こっちのは、ほんものだがね。いや、申しわけない」

「ちくしょう」

牛原は引き金をひいてもひけないので、拳銃を畳にたたきつけた。それは、はねかえって、うつぶせに気を失っている男のひとりの、あたまにあたった。そいつは軽くうなって、目をあけた。

「小曾根よ、服をきちゃったら、牛原さんにも、じっとしていただくことにしよう。さっきのナイロンの靴下が、そこらにあるはずだ」

服をきおわった渡辺は、サイレンサーつきの拳銃をひろいあげながら、いった。

「よしきた」

「ちぇっ、なにもおれまで縛ることあねえだろう」

と、牛原はぼやいて、またくしゃみをした。渡辺は畳にのびている三人の枕もとに立って、

「ぼやくなよ。諸君もそうだ。いつまでも、不自由な思いはさせないよ。じきに帰ってくる。そのあいだだけ、おとなしくしていてもらおう。小曾根、ガムテープはなかったかな」

「その机の引き出しにあるはずだよ」

新吉は、牛原をうしろ手にしばりあげながら、顎をしゃくった。

「利用できるものを総動員して、足もしばっておいたほうがいいな。口はガムテープで、さるぐつわだ。こんなことは初めての経験だが、中国服のねえちゃんとやらが、いい方法を教えてくれたよ」

と、渡辺はいった。

四匹のまぐろのように、身動きできない四人ができあがると、渡辺と新吉は天井の電灯を消し、廊下に出て、そとから鍵をかけた。

「兄き、これからどこへいくんだ」

と、新吉が階段をおりる途中で、渡辺の背中に聞いた。

「わからないか?」

「わからない」

「よく考えてみろよ」

と、渡辺は笑った。

新吉は、あっさり首をふって、

「考えるのは、めんどくさいな」

「それじゃ、黙ってついてこい」

戸外へ出ると、駅舎の改築工事をしている総武線の駅のほうから、リベットをうつ音が、機関銃みたいに聞えた。

「テロのムードだな、あの音は」

と、渡辺はいって、上衣の右腰のところを軽くたたいた。ズボンのバンドのそこのところに、拳銃がさしてあるのだ。FBIのやりかただった。

「あんなところにさして、もしものときに、うまく抜けるかな?」

と、新吉は一、二歩おくれてついていきながら、胸のなかでつぶやいた。

ふたりは高架線の下を、ガードさして急いでいく。線路のむこうの空は、火事みたいに赤い。低い雲に、ネオンの灯が映っているのだ。

渡辺はガードのところまできても、それをくぐろうとはしなかった。商店街がまだ明るい。そっちへ歩いていく。ようやく新吉は理解した。

「だるま堂へいくのか、兄き？」

渡辺はうなずいた。

「そんなら、若旦那に借りたおもちゃのハジキを持ってくれば、よかったな」

と、新吉はいったが、なぜ渡辺がだるま堂へ行くのか、その目的はわからなかった。

「おや？」

ふいに渡辺は、立ちどまった。

「なんだよ」

新吉は、渡辺にぶつかりそうになって、声をあげた。

「見ろよ。だるま堂だけ、閉ってるぞ」

と、渡辺がゆびさすさきを見ると、なるほど、新装のおもちゃ屋にはトタン張りの大戸がしまって、両隣には灯がともっているのに、そこだけ歯がぬけたようだ。

「子ども相手の商売だから、遅くまでやってても、しようがないんだろ」

「そんなことがあるもんか。プラスティック模型や、モデル・ガンは、半分おとなが相手だぜ、それに、子どもへみやげを買ってかえる酔っぱらいだって、馬鹿にならないはずだ。酔ってるときは、気前がよくなるもんだからな」

「そういや、そうだな」

新吉は、店の前に立つと、トタン張りの大戸をたたこうとした。

そのふりあげた手を、渡辺がおさえて、小声でいった。

「待てよ。どうも気になる。どこかに、のぞき穴はないかな？　こういう戸にゃあ、新聞をほうりこむ口が、できてるもんだ。ふつうはね」

渡辺は、大戸の表面を見まわした。そんな穴は、どこにもなかった。

「穴はないが、ここに隙間があるよ」

と、新吉は小声でいって、戸と戸のあいだに、顔をよせた。

「おやおや、これがほんとに、おもちゃ箱をひっくりかえした、というやつだな」

「なんだって！　ちょっと、どいてみろ」

渡辺は新吉をおしのけて、店内をのぞいた。

「こりゃ、いけない。そうっと裏へまわろう。もしかすると、と思ったが、やっぱり先客がありゃがった」

だるまが逃げだすとき

a

ふたりは、だるま堂のわきの路地へ、入っていった。店の裏手は、また路地になっている。

渡辺は羽目板のかげから、首をつきだした。その首をあわててひっこめると、新吉のほうにむけかえた。左手のひとさし指を、くちびるにあてている。右手はうしろ腰にまわって、上衣の下から拳銃をぬきだした。

新吉は、どうしたんだ、といいかけて、あわてて言葉をのみこんだ。

そこへ、渡辺は顔をよせてきた。

「ここで待ってろ」

また路地をのぞくと、すばやく走りこんだ。新吉は耳をすました。なにも聞えない。一分たたないうちに、渡辺は、やくざっぽい顔立の男を、先に立ててもどってきた。

「ちょっと、こいつを眠らしてくれ」

と、拳銃をかまえたまま、渡辺はいった。

新吉は、拳固をかためて、そいつの腹へたたきこんだ。ぐっといって、男はうずくまった。渡辺は新吉の手をひっぱった。

「こっちへきてくれ」

だるま堂の裏口には、アクリライトの屋根がつきだしていて、路地の屋根をふさぎ、家の中に入らない例の大だるまがすえてあった。

渡辺はそれをひっくりかえして、中に匍《は》いこんだが、すぐからだをぬきだした。

「こいつをかぶるんだ」

「どうして？」

「なんでもいいから、かぶれ。おれは、なかに入るからな。きみはここで待っててくれ。なかでおれが、大きな声で、『だるまだよお』と、どなるからね。そしたら、好きなところへ逃げてくれ」

「こいつを、かぶったままでかい？」

「つらいだろうが、我慢してくれ。あとから、いろんなやつが、追いかけるはずだ。にぎやかなほうへ逃げれば、ハジキをぶっぱなすようなことはあるまい」

「こわいなあ」

「こわがることはないぜ。逃げきれなかったら、だるまなんざ、どうなったってかまわない。なかからとびだして、ひとあばれしてやれよ」

と、小声でいって、渡辺は拳銃を手に裏口から、だるま堂のなかに入った。

新吉も、だるまのなかに入った。

渡辺は家へあがりこんだ。店のほうで、話し声がしている。渡辺はいきおいよく、唐《から》紙《かみ》をあけた。

「あっ、渡辺さん」

若旦那の声がした。店からあがったところの八畳間に、八人ばかりの人間がつまっていた。

まんなかで、若旦那がおふくろさんをかばって、青い顔をしていた。それをはさんで、右がわには中国服をきた女と、男が三人。

左がわには例のキング・サイズ・グラマーと、小田桐組の野島が、たがいに立ちはだかって、にらみあいのまっさいちゅうだ。

「これは、みなさん、おそろいですね。おたずねの宝物は、見つかりましたか？」

と、渡辺はいった。

「やれやれ、こう家のなかをひっくりかえされたんじゃ、だるま堂さんも、あとかたづけが大変だね。こちらの中国服美人が、笠森組の女親分か。おはつにお目にかかります。さきほどは、お身内のお座敷ストリップ屋さんに、楽しませていただきまして……あの三人は、ぼくの部屋で寝てますよ」

「知ってるよ。立見《たちけん》の兄さん、なかなか、すみにおけないね」

と、中国服の女は、ハスキー・ヴォイスでいった。立見というのは、大道易者のことをいう隠語《いんご》だ。

「知ってますか。ははあ、ぼくの部屋にもないし、ぼくたちがからだにつけてもいないとわかって、ここに目星をつけたのか。こちらの小田桐組の兄さんも、ぼくらのあとをつけたんですね。おもちゃのハジキに驚いて、逃げたのかと思ったら」

キング・サイズも、野島も、渡辺をにらみつけただけで、なにもいわない。

「野島の兄き。今夜はろくにあきないをしなかったんだから、ショバ代はかんべんしてもらいますぜ」

と、渡辺はつづけた。

「その代り、いいことを聞かしてあげる。こうやって、にらみあってるところを見ると、たずねる蝙蝠《こうもり》の香炉だか、蚤切丸《のみきりまる》の名刀だかは、まだ見つからないらしいですな。あんたがたは一所懸命、考えた。小曾根新吉も持っていない。謙ちゃんも持っていない。こういうぼくも持っていない。謙ちゃんのアパートにもない。ぼくたちのアパートにもない。残るところは、このだるま堂。若旦那が一枚かんでて、あずかったんじゃないか。こう考えたわけだ。なかなか筋道が、通ってる。けれどだよ、お立ちあい。あんたがたは肝腎《かんじん》なことを考えていないんだ」

「なんだ、そりゃあ？」

と、野島がいった。

「謙ちゃんは、その宝物をひとりじめして、麻薬《やく》を手に入れようとしたんですぜ。中国服のあねごを、裏切ったんだ。小曾根には、千円しかやらなかった。ここをよく考えなさいよ。謙ちゃんは、このだるま堂にはきていない。あんたがたは勘ぐりすぎた。ひとつ、すばらしい隠し場所をわすれているんだ」

「どこよ、それ？」

と、中国服の女がいった。

「だるま、だるま、だるま、だるまだよ。だるまのなかだよお」

と、渡辺はとほうもない声をだした。

「あっ」

いっせいに叫び声があがった。野島と笠森組の子分たちが、先をあらそって、裏口へとびだした。

「ない！　ないぞ、だるまが！」

と、野島がいった。

「新吉だ！　小曾根がかぶって逃げたんだ。あいつ、麻薬《ぶつ》をひとりじめにする気だぞ！」

渡辺がどなった。

「ちくしょう」

笠森組と小田桐組は、われがちに路地を駆けぬけた。キング・サイズと中国服までが、みんなのあとから、走りだした。

b

新吉には、なにがなんだか、さっぱりわからない。けれど、とにかく渡辺の大声が聞えるといっしょに、よたよたと走りだした。走りづらいが、足の長い新吉だから、馴れるとかなり速かった。

ガードをくぐって、大通りへ出た。

映画館のネオンは消えたが、キャバレーはまだ明るい。自動車もずいぶん走っている。のぞき穴が前にしかないので、あまりまっくら三宝に走ったら、自動車にはねとばされる危険がある。

「おうい、待てえ」

と、うしろで声がした。追いかけてくるものがあるのだ。

歩いているひとが、妙な顔をしている。まっ赤な髭だるまが、よたよた走っていくのだから、おかしいはずだ。走りながら新吉は、自分の外観を想像して、笑った。

映画館やキャバレーの並んだ諸車通行止の通りへ、新吉は走りこんだ。

「待て、だるま。逃げるな、だるま！」

「だるま泥坊！」

「泥坊だるま!」

意外にすぐうしろで、声がした。と思ったときには、うしろから突きとばされていた。新吉は前のめりに倒れた。倒れながら、ころがった。だるまのなかだから、なかなか起きあがれない。

「野郎、出てきやがれ」

だれかに両足をひっぱられた。新吉はだるまから、すっぽり抜けでた。こうなれば、自由だ。

「なにをしやがる」

新吉ははね起きて、武者ぶりついてくる相手を、ふりとばした。からだじゅうに力が湧いてきた。もうなにも、怖くはない。

「笠森組のものは、手をかせ」

「そのだるまを、手に入れろ。小田桐のものだぞ」

声がとびちがう。だるまをかかえて、走りだしたやつがある。そいつにタックルするやつがいる。新吉は手あたりしだいに、ふりとばし、つきのけ、だるまを追った。地まわりたちが集まってきた。だるまは手から手へ移り、足であっちへ蹴ころがされ、こっちへ蹴とばされ、ごろごろ音を立てて、ころげまわった。

「まるで、運動会だ」

と、新吉はさけびながら、両手を車輪のように、ふりまわした。だれかが腰にすがりついた。女だった。新吉は、悲鳴をあげて、たおれた。その上へ、四、五人が折りかさなった。キング・サイズ・グラマーの乳房が、新吉の顔に重なった。

「助けてくれ！」

と、新吉はさけんだ。

「助けてえ！」

と、女もさけんだ。ラグビーの選手みたいに折重なってしまったので、だれも立ちあがれないのだ。

上のほうのやつが、

「あったか、あったのか」

と、さけんでいる。新吉は気が遠くなりかけた。その耳にパトカーのサイレンが、あっちからも、こっちからも、近づいてくるのが聞えた。

人山がくずされて、その底から、新吉はやっとの思いで、立ちあがった。

「どうした。大丈夫か。ご苦労さん。おかげで、ひとまとめに、お巡りさんにわたせるよ」

いつの間にか、そばに立っていた渡辺は、新吉の肩をたたいてから、警官のほうをむいて、

「お巡りさん、きのうのまっぴるまの射殺事件と、今夜の絞殺事件が、これで解決ですよ。射殺事件の犯人は、絞殺事件の被害者の謙というやくざで、これが兇器です」

と、サイレンサーつきの拳銃をさしだして、その銃身で、だるまの張りぼてをさしめした。だるまは凸凹《でこぼこ》にこわれかかって、道にころがっていた。

「あのなかから、これで射ったんです。条痕検査をしてください。謙を殺した犯人は、あの中国服の女をしめあげれば、わかりますよ。あいつの命令で、子分がやったんです。それから、ぼくらのアパートに、あと四人、関係者がいます。そいつらも引きとってください」

「兄き、例の宝物ってのは、どうしたんだい？　どこにあるんだよ？」

と、新吉は聞いた。渡辺はその目の下で、片手をひらいた。手のひらに、鍵がひとつ、のっていた。

「ここにある。謙はこいつを、ビニールテープで、あのだるまのあたまの内がわへ、張りつけておいたんだ。張りぼてのなかで、あおむいてみるやつは、まずいないからね。こりゃあ、じつにうまい隠し場所だ。さっき、きみになかへ入れという前に、ぼくがちょっと入ったろう。あのとき、取っておいたのさ」

「こりゃあ、なんの鍵だい？」

「八重洲口のロッカー・ルームの鍵だよ。つまり、麻薬のかばんは、東京駅の貸しロッカーに入ってるってことさ」

と、渡辺は笑った。

……あくる日の朝、錦荘アパートへ警察の車がやってきた。渡辺と新吉をむかえにきたのだ。渡辺は警官の耳へ、口をよせていった。

「ほかの部屋の連中が、のぞいていますからね。ひとつ、『先生、おむかえにまいりました』かなんか、いってくださいよ」

「それじゃあ、右翼をひっぱりにきたみたいですな。こうしましょう」

と、警官は笑って、声を張りあげた。

「いやあ、こういう隠れたる名探偵のお供ができて、光栄ですよ」

ふたりは大喜びで、八重洲口へはこばれた。

ロッカー・ルームへ入り、鍵の番号のロッカーをあけてみた。なかには黄いろいボストン・バッグが入っていた。

「これですな」

警官も目を光らした。新吉がふるえる手で、バッグをひらいた。なかには石ころが三つ四つ入っているだけだった。

新吉も、警官も、あっといった。渡辺だけが大声で笑った。

「こんなことじゃねえか、と思ったんだ。あのやくざどもは、いっぱいひっかかったんだよ。影だけを追っていたんだ。影が大きかったからねえ。何千万円の影だ。あけてみりゃあ、なんと、くやしき玉手箱だったんだ」

犯罪見本市

札束がそこにあるから

夕立の街

「あなたはもう、一ダースめのお孫さんのお守をしてても、いいくらいの年じゃないのよ。なんだって、こんな恐喝《きょうかつ》なんていう馬鹿げた方法で、お金を得ようとするの」

と、女社長が、うさん臭そうな目つきをして、なじるようにいったとき、

「札束がそこにあるからさ」

と、友吉が答えたのは、どこの国のなんという登山家が、いつどんなところでいったことか、そこまでは知らない。けれど、『山がそこにあるから、のぼるのだ』という名文句に、かねがね感心していたからだ。

とっさにそれを、うまくもじって返事にしたのは、われながら上出来だった。友吉は思いだし笑いをしながら、白髪まじりのあたまをふり、荒い縦縞の夏服の胸をはって、大型懐炉みたいに熱気のこもった都バスから、おりたった。

とたんに、あたりが暗くなった。それまではぎらぎらと、午後の日ざしにかがやいていた東大久保の都電通りに、するどい風が吹きわたった。その風は意外につめたい。懐炉灰のようにむれきったからだには、快かった。だが、見あげると、いつの間にか空はいちめん、黄いろに墨をまぜたみたいな雲で、いやらしくおおわれていて、

「こりゃあ、夕立がくるな」

友吉は眉をしかめて、つぶやくと、抜弁天《ぬけべんてん》の路地へ、いそいで曲った。余丁町の通りへでると、風は乾いた砂ぼこりを巻きあげて、はげしく吹きつけ、空はいよいよ暗くなった。あたりの商店では、店さきへはみだした商品を、あわててしまいだした。買物かごをさげた近所のかみさんたちも、渦巻く雲を見あげて、足をはやめだした。

友吉が野呂《のろ》松《まつ》荘へくだる坂の路地へ、通りをつっきって、駆けこんだとたん、稲妻《いなずま》があざやかに光った。駆けこんだいきおいで、いっきに坂をくだる。アパートの玄関へ走りこむといっしょに、棒のような雨が、どっとふりだした。

「じいさん、濡れずにすんだな」

と、声をかけられて、友吉がふりむくと、歌舞伎町の小さなバーに、バーテンづとめをしている松島が、玄関の暗がりに立っていた。

「なんだ、おどろかしゃあがる。なにをしてるんだ」

「あんまり暑いもんだから、通るひとをすずしくしてやろう、と思ってさ」

松島は左手で、ひたいに垂れた濃い髪をかきあげながら、右手ににぎった拳銃を、ふってみせた。黒い銃身に、茶いろのにぎりがついて、すこし小さいが、ドイツのルーガー九ミリに、よく似せたプラスティック製だった。

「そんなおもちゃで、こわがるやつはいないよ。ギャングごっこなんぞで、よろこんでるから、坊やっていわれるんだぞ」

「こりゃあ、新型の水鉄砲なんだぜ。よく出来てるだろう。でも、雨がふっちゃあ、しようがねえ」

と、鼻のあたまににきびの浮いた顔をあげて、水鉄砲の銃口を上にむけたとたん、松島はとんきょうな声をあげた。

「こりゃ、すげえや。よく見えるぞお」

友吉が顔をあげると、玄関の上につきだした物干台で、二階に住んでいる女が、あわてて洗濯ものをとりこんでいた。裸で昼寝でもしていたらしい。胸から腰に、縞のあせたバスタオルを巻きつけただけで、下からは太い足がそっくり、くまなく見あげられた。

「ふん、船霊《ふなだま》さまが見える、見える、というやつだな」

と、友吉がにやにやしながらいうと、松島は怪訝そうに、

「なんだい、その船なんとかって」

「おめえみたいな田舎の餓鬼にゃあ、わからねえよ」

「へん、あんまり目のいろ変えてのりだすと、せっかくの一張羅《いっちょうら》が濡れるぜ、じいさん。またきょうは、いやに若づくりじゃねえか。無理したな」

「無理なんか、するもんか。借りてきたんだ」

「じゃあ、なおさら濡らせねえわけだな」

「かまうもんか。黙って借りてきたんだから。貸してくれたやつは、いまごろ、あたまに繃帯して、うなってるさ」

「すげえなあ。やったのか。若えやつだろ。その服、派手だから。けど、すこし短いようだな」

「時間がなくて、選りごのみができなくてね。どうも年とると、気が短くなって、つい手荒くしていけねえ」

友吉は骨ばった手足が、にゅっとはみだした夏服の胸をそらして、玄関の中に入っていった。松島が感心した顔つきで、見おくっているらしいので、階段をあがりきるまで、威勢をはっていた。けれども、二階の廊下にでると、肩をおとし、大きな汚れたハンカチで、すこし湿った服をふいた。拝みたおして借りてきたものだから、大切にしなければならない。

「あら、浦賀さん、いやに若がえったわね。こんど、あたしとデイトしましょうか」

さっき物干にいた女が、洗濯ものを裸の胸にかかえ、濡れたバスタオルをばさばさいわせながら、すれちがいざまにウインクした。友吉はふりかえって、

「まあ、よしとこう。お宅の旦那がへたにいきりたつと、困るからな。傷害でくらいこむのは、もうたくさんだ」

と、いつか、天然色のストリップ映画といっしょに見たギャングもののスターのまね

をして、にやっと笑った。前歯がかけているので、あんまりすごみはない。それに、無銭飲食で豚箱入りしたことしかないので、言葉に実感もこもらなかった。

二階の廊下には、ドアが右に五つ、左に四つならんでいる。そのうちの七つまでは、バーや飲み屋づとめの女が、男といっしょに住んでいる。のこりのひとつが、友吉の部屋だ。もうひとつが、多美子の部屋だ。

友吉は、自分の部屋とは反対がわのドアの前に立った。さっきの女の濡れて光っている裸の背が、つきあたりの部屋に消えるのを待ってから、そっとノックをする。

「だあれ」

返事といっしょにドアがあいた。派手な藤いろのスリップひとつで、多美子が顔をだした。

「あら、おじさん、こんな格好で、ごめんなさい。あんまり暑かったもんだから」

「この夕立があがれば、きっとすずしくなるよ」

「いまなにか、ひっかけるわ。ちょっと待ってて」

「いいんだ。大した用があるわけじゃない。ただあの話、大丈夫だからね。安心しなよ」

友吉がドアをしめてやりながら、小声でいうと、

「まあほんと。でも、おじさん」

と、多美子はぺらぺらの板戸を、押しかえした。眉の濃い顔をつきだし、藤いろのスリップにつつまれた胸を半分のぞかせて、

「悪いことするんじゃ、ないでしょうね」

「心配しなくても、いいよ。あんまり威張れたことでもないがね。悪いことして、大もうけをしてるやつから、寄付をいただくだけだから」

「じゃあ、ゆすり……」

「冗談じゃない。われわれ貧乏人の権利を、行使するだけさ。ほんとに心配ないんだ」

「でも、おじさんに迷惑がかかることじゃあ、困るわ。こんなこと、お願いしなければ、よかった」

「なあに、おどかして、金をふんだくるわけじゃない。あることをちょっと仄めかしたら、むこうさまから、ぜひ金を借りてくれって、申しいでがあったんだ。気がねはいらないよ」

「でも……」

「わずか四、五十万の金で、おっかさんが助かるんじゃないか。おじさんにまかしときなよ。あしたあたり、なんとかなるはずだ」

「ほんとに、なんてお礼をいったらいいか……」

「礼なんぞ、いいからさ。だいじなものを、くだらない男のおもちゃにさせて、金を借

りようなんてことは、もう考えなさんな。わかったね」

藤いろの半透明な布にかくれて、はたち前とは思えないほど、見事にもりあがった乳房から、友吉は目をそらして、ドアをしめた。

自分の部屋に入ったとたん、われかえるような雷鳴がとどろいた。雷ぎらいの友吉は、汚れた畳の上にうずくまった。電灯をつける勇気も、なかった。また窓が、まっ青に光った。雷鳴は前よりも、すさまじい。友吉は耳の穴へ、ゆびをつっこんだ。そのゆびをぬくと、部屋のすみで、雨もりの音が、聞えだした。

友吉は雨もりを、ひしゃげた金だらいでうけるようにしてから、電灯をつけた。窓がいくらか、明るくなりはじめている。

「やれやれ、ようやくあがるか」

と、ひとりごとをいいながら、借りものの服をぬいで、ていねいに畳んだ。あした、もう一度、こいつのご厄介にならなければならないのだ。たたみおわると、小さな蜜柑箱ふたつのあいだに細長い板をわたしたお膳の前に、きちんとすわった。

板のうらには、野呂松荘、と大きく書いてある。いや、それがほんとは、おもてであって、だいぶ前まで、この板は玄関の柱にかかっていたのだ。野呂松というのは、このアパートの持ち主の姓だから、しかたがないといえば、しかたがない。けれど、口にだしてくりかえすと、聞えがよくない。げんに近所では、

「ああ、のろま荘。あすこは、がらが悪くてね。まあ、女給アパートですよ」

と、いったぐあいに、省略形がつかわれている。それというのも、こんな大きな表札が、ぶらさがっているからだ。浦賀友吉ともあろうものが、のろま荘なんてところに、住んではいられない。といって、引越しもできないから、軽蔑の原因である門札を、夜陰ひそかにひっぺがしてしまった。いまは机がわりにつかっているから、板の身としても、寝覚が悪くはないだろう。

たしかにここは、がらの悪い女給アパートで、住んでいるのは、あばずれ女とそのぐうたらなひもばかりだ。けれども、多美子だけはちがう。あれは掃きだめに鶴ってやつだ、と思いながら、板の上にのせたお鍋の蓋をとって、食いのこしのめしのにおいを、友吉はかいだ。

「助かった。まだ腐っちゃあ、いないらしいぞ」

水着のクイーン

あくる朝、友吉は八時に目をさました。いつもより三時間、早かったのには、わけがある。

となりの部屋には、はたちの女と、二十一のひもが住んでいる。女はいつも、午前二時に帰ってくる。彼女には灯りをつけたまま、寝るくせがある。真夏のあいだは、青すだれをおろしただけで、窓もあけはなしておく。アパートのこちらがわの部屋部屋は、それでも暑い。したがって、ふたりとも、風呂へ入るときのすがたで、蒲団の上に花ござを敷き、毛布もかけずに眠るのだ。

赤と黒の花模様の上に、汗ばんだ裸身が横たわるのは、たいそう美しい眺めで、ふたりにすぐ眠る気がないときは、ことに見あきない。自分の部屋の灯を消して、窓に腰をおろし、その自然の美をたのしむのが、近ごろの友吉の習慣なのだ。ところが、ゆうべは夕立のおかげで、夜がすずしく、隣室の窓はあかなかった。

それで早起きのできた友吉は、例の夏服に身をかためて、廊下へ出た。階下へおりると、流し場で多美子が洗濯をしていた。

「やあ、早いね」

「きょうから、中番なの。おひるまでに店へいかなきゃならないのよ」

多美子は、新宿の喫茶店につとめている。三交代で、きのうまでは遅番だった。身寄りたよりのない東京で、ひとり健気に生きているこの娘が、友吉は、いじらしくてならないのだ。

「それじゃ、帰ってきたときには、きっといいニュースが待ってるよ」

と、いって、玄関を出ていく友吉には、つい三日前の晩、涙をうかべていた多美子の顔が、ちらついた。きょうも日の光は、坂道の路地にまで、燃えるようにあふれていたが、目がちらちらしたのは、暑さのせいではなかった。

三日前の晩、多美子の部屋のドアは、半びらきになっていた。友吉がのぞきこんで、

「おや、きょうは店を休んだのかい」

と、声をかけると、多美子は顔をそむけて、うなずいた。窓に腰かけているその横顔には、涙が光っているようだった。

「どうしたんだ。泣いてるのかね」

「おじさん、お妾さんて、なってもいいものかしら」

多美子の声は低かったが、さしせまったひびきがあった。

友吉は部屋へあがって、ドアをしめた。

「そりゃあ、なってわるいって法律はないが、どうして」

「お金がいるの、あたし」

「どのくらい」

「四十万か、五十万」

「そりゃあ、たいへんだな」

「貸してくれるひとは、いるんだけれど」

「そのかわりってわけか」

「おかあさんが、家から追いだされそうなのよ」

「おとうさんにか。たしかあんたにゃ、義理のおとっつぁんで、折りあいが悪くって、東京へ出てきたってことだったね」

「おとうさんは死んだのよ。その、あたしに変なことしようとしたりした酔っぱらいは――旅館だってことは話したでしょう、あたしの家」

「うん、聞いたような気がするな」

「いまはおかあさんが、ひとりでやってるんだけど、借りたお金のために、家をとられちゃうの」

「たった四、五十万でかい。いくら富山県のはずれのことにしたって、そりゃひどい」

「でも、そういう約束になってるんだから、しかたがないわ」

と、うつむいて、涙をおさえた暗い顔が、自分のひとことで、ひまわりの花みたいに、明るく上むいたときを思いかえすと、友吉は声にだして、

「なんとか、うまくやらなきゃあ」

と、つぶやかずには、いられなかった。都電の停留所までいき、トルコ風呂のように暑い電話ボックスに入って、九段の米沢産業に、電話をかけた。女社長の米沢竜子は、まだきていないというので、自宅の電話番号を聞いた。

汗だらけになった友吉は、上衣をぬいでから、女社長の家にダイヤルをまわした。先

方の受話器がはずれ、聞きおぼえのある竜子の声が、

「もしもし、米沢ですが」

と、いった。友吉は声をつくろって、

「やあ、女社長さん。きのう会社のほうにうかがったものですがね」

「ああ、あなた、あきらめたんじゃなかったの」

「どうして、あきらめなけりゃ、ならないんです」

「しかたがない。はらうわ。四十万だったわね」

「五十万でさあ。四十万はきのうの値段ですよ。あしたになれば……」

「六十万ってわけ。じゃあ、きょうとりにきてよ。いまだれもいないから、都合がいいわ、密談には」

「おところは、どちらです」

「文京区の小日向台町。いいこと、一時間いないにきてちょうだい。一枚五十万円也の写真を、わすれずにね。ほんとにネガはないの」

「あたしゃあ、良心的なゆすり屋でね。ポラロイド・カメラでとった写真ですからな。一枚こっきり、あとくされはありませんよ」

友吉は妙な笑い声を立てて、電話を切った。ボックスをでると、白髪あたまから湯をかぶったように、汗が流れていた。上衣の内ポケットに手をつっこみ、封筒が入ってい

るのをたしかめてから、ハンカチで汗をふきふき、友吉は反対がわの都電の停留所に立った。

柳町まで都電でいって、豊島園行きのバスにのりかえ、江戸川橋でおりた。かなり急な坂を、護国寺にむかって、右へのぼると、小日向台町だ。戦災で焼けたまま、いまだに空地になっているところもあって、なかなか米沢の家は見つからなかった。ようやく探しあてた大きな門には、鉄の表札がはめこんであって、くぐり戸をおすと、音もなくひらいた。高台の崖っぷちに建った青瓦の洋風二階屋で、庭には小さなプールがあった。

玄関のベルをおすと、竜子が出てきた。友吉は目を見はった。きのう九段上の会社の社長室であったときも、あまり若くて美人なので、びっくりしたものだが、きょうはその若わかしいからだが、水着でつつまれ、大きなタオルを羽織っている。

「あんまり暑いし、あなたもいつまでも来ないから、泳ごうと思ったの。まあ、お入んなさい」

「いただくものさえ、いただきゃあ、お邪魔はしません。すぐ帰りますぜ」

「こんな玄関さきで、お金は出せないわ。ちょっとあがってちょうだい」

友吉はうながされて、靴をぬいだ。女社長は先に立って、応接室へ入った。応接室の床には、トランプの絵札を大きく織りだした絨緞が、敷いてあった。キングは肩の文字がふつうのKだが、クイーンはD、ジャックはBになっているところをみると、ドイツ製の絨緞らしい。模様の中には、ジョオカアが一枚だけ、まじっていた。

「そこにあるわ、お金」

女社長は、テーブルの上をゆびさした。一万円札で五十枚。五十万円といえば、たいへんな札束のような気がしていたが、あんがい薄い。友吉は手をのばした。

「あ、ちょっと待って。写真をちょうだい」

「ああ、ここにある」

友吉は内ポケットから、封筒をだして、テーブルの上においた。その手をひっこめながら、札束をつかんだ。数えもしないで、内ポケットに入れた。

米沢竜子は封筒をひらき、中の写真をとりだした。友吉は腹に力を入れた。これからが、たいへんなのだ。

「なによ、これ」

思った通り、竜子の声がとがった。肩からタオルがすべりおち、胸のきれこみの深い水着が、目の前にあった。友吉は目をとじた。

「これ、あたしの写真じゃないじゃないの。いやらしい。ただのエロ写真だわ」

「えっ」

友吉はびっくりした顔つきで、椅子から立ちあがった。

そのとたん、うしろから世界が彼の上にくずれかかった。すくなくとも、そんな気がした。後頭部をなぐられたのだ。友吉は気をうしなって、テーブルと椅子のあいだに、ずるずると倒れこんだ。

どのくらい、時間がたったのか、友吉は目をひらいた。その目の前に、足のうらがあった。うす汚れた足のうらだ。友吉は、ぎょっとして、立ちあがった。

あたまがくらくらしたが、なにが目の下にあるのかは、はっきり見えた。椅子も、テーブルも、部屋のすみにおしつけられていた。さっき見た足のうらは、米沢竜子のものだった。

竜子はトランプ模様の絨緞の上に、U字なりに背中のひらいた水着のまま、うつぶせに倒れているのだ。

赤い血が胸の下から、あふれだしていた。片手はのびて、ハートのキングの模様の上に、投げだされている。

そのキングのふりかぶった剣で、さされたように見えた。けれど、そうではなかった。裸の背に小さな赤い穴があき、友吉の足もとには、小型の拳銃がころがっていた。それから、ふしぎなことに、さっき内ポケットに入れたはずの五十万円が、ジョオカアの模様の上にのせてあった。

「こ、こりゃあ、どうしたらいいんだ」

友吉は立ちすくんだ。そのとき、玄関に靴音がした。彼はあわてて、札束をつかむと、ポケットにねじこみ、拳銃をひろいあげた。だれか入ってきたら、これでおどして逃げよう、そう思ったのだ。だが、ドアのところに立ちふさがったのは、制服の警官だった。しかも、ふたりも。

「いまの銃声は――」

と、いいかけて、警官は腰から拳銃をぬいた。友吉の手から、拳銃が落ちた。

「おれじゃない。おれはなんにも知らないんだ」

と、彼は叫んだ。

墓地の行者

警官のひとりは、友吉の落した拳銃に、すばやくハンカチをかぶせて、ひろいあげると、奥のドアからとびだしていった。もうひとりは、拳銃をつきつけて、

「おれじゃない。おれがやったんじゃない」

と、こわれたレコードみたいに、くりかえしている友吉を、にらみつけている。応接室から出ていったほうは、しばらくして戻ってきた。

「だれもいない。ただ隣室にこれがあった」

「カメラじゃないか」

「ポラロイド・カメラだ。十秒で写真ができあがるってやつだよ。なかをしらべてみよう」

警官はテーブルの上に、大きなカメラをおいて、はみだしているペイパーをひきぬいてから、裏蓋《うらぶた》をあけた。

「写ってるぞ。やっぱり、この男が犯人だ」

「ほんとか。だれか目撃者がいたんだな。どれどれ」

もうひとりはテーブルの上に、拳銃をおいて、写真をとりあげた。友吉の目にも、拳銃をかまえて、倒れた水着の女の上に、かがみこんでいる自分のすがたが、ちらっと見えた。こんな証拠があっては、逃れられない。

友吉はテーブルめがけて、ジャンプした。警官のひとりがその上においた拳銃をつかむと、友吉は叫んだ。

「動くと射つぞ。おれは犯人じゃないんだ」

そのまま、あとずさりして、ドアからとびだした。廊下をかけぬけ、裏口から走りでて、庭を横ぎった。プールの水が、平和に光っている。友吉は息をきらして、塀にたどりつくと、木戸をあけた。そとの狭い道には木がしげって、片がわは低い崖だった。

友吉はその崖を、すべりおりた。下はお寺の墓地だった。墓のあいだを、身をこごめて縫っていくと、遠くでサイレンが聞えた。警官が電話で応援をたのみ、パトカーが駆けつけてきたのだろう。

そう思ったとたんに、友吉は足がふるえて、墓のあいだにしゃがみこんでしまった。

「おい、隠れるなら、そんなところじゃだめだぜ」

いきなりうしろで、声がした。友吉はぎょっとして、ふりかえった。

「この墓地をつっきると、別の寺の墓地へでる。そっちのほうがいい。いっしょにいってやろう」

妙な男だった。よれよれのゆかたを着て、青白い顔がにやにや笑っている。前かがみになって、墓のあいだを歩きだした。

「なにをやったんだ。空巣ねらいのいなおりぞこないか。しゃがんでふるえてたところを見ると、どうせ大したことじゃないだろう」

男は片手に、風呂敷づつみをぶらさげていた。いやに重そうで、右肩さがりに歩くのが、片足を痛めているようだった。墓地のはずれの生垣を、からだを横にしてすりぬけると、またもや墓地だった。石段があって、その上まで、墓がならんでいる。

「この上がいい。いまごろの時間には、邪魔が入るようなことはないよ」

と、男はいって、石段をのぼりだした。友吉はうしろをふりかえり、ふりかえり、それにつづいた。寺は空襲で焼けたまま、本堂が再建できずにいるらしい。ひろい空地が出来ていて、山門のそとまで、石段の上から見とおせた。

　そとの往来を、パトカーが一台、走っていった。友吉は立ちすくんだ。男はふりかえ

っていった。

「びくびくするなよ」

石段の上は、しげった木のあいだに、墓がならんでいて、あざやかな影がすずしげだ

った。

「このへんがいいだろう。そこにころがってる無縁墓の上に、腰かけたまえ。この新聞

紙をやるから、敷けよ」

と、ふところから折りたたんだ新聞をだして、半分にやぶいたのをさしだしながら、

男はにやりと笑った。

「上衣の下で、拳銃なんかチラチラさせるな。ぼくにはきかないよ、おどしは」

「あんたはいったい、なんなんだ？」

と、友吉はにらみつけながらいった。男は無縁墓に新聞を敷いて腰をおろすと、風呂

敷づつみを膝の上でほどきながら、

「親切な男さ。おたずね者を別荘へかくまってやろうというんだから」

「別荘」

「ああ、ここがぼくの避暑地なんだ。ぼくの借りてる部屋は、暑くてね。おまけにうる

さい。昼間はたいがい、ここですごすことにしている。日かげは豊富だし、風はあるし、いいところだろう」

「本でも読むのか。学生だろ、あんたは」

「そんなに若く見えるとは、うれしいな。ぼくはあんたより、年よりだよ。ここですることは、こいつさ」

男は風呂敷づつみの中から、壜を一本とグラスをひとつ、とりだした。友吉は目を見はった。うすよごれた白地のゆかたとは不似合な、ブラック・アンド・ホワイトの壜が、男の黒ずんだ手に、ぶらさがったからだ。

「酒をのむのか」

「うん、死人と仲好くしながらな」

男は壜をかたむけて、グラスにいっぱいつぐと、一気にあおって、軽くむせた。

「きみものむか。特別に一杯百円でのましてやろう」

「いらないよ」

「ぼくはね、じいさん、もうじき死ぬんだ。あと四カ月かな。胃癌だよ。手術をしても、もう間にあわない。入院したら、死ぬだけだ。ベッドの上で、死ぬのを待つ勇気をつけようと思ってね。こうやって訓練してるんだ。だいぶ馴れてきた。いまじゃあときどき、自分が生きてるか、死んでるか、わからなくなるときがある」

男はまたグラスをみたして、ぐっとあおった。友吉はなんとなく気味がわるくなってきて、腰をうかした。

「おれにあったこと、黙っていろよ」

「いまごろ、すごんで見せても、さっきふるえてたのを拝見したから、効果はないね。黙っていてもいいが、口どめ料にいくらくれる？」

「なんだと」

「ついでに記念撮影も、させてもらおうかな」

男はふくらんだふところから、カメラをひっぱりだした。もう写真機はたくさんだ、と友吉は思った。

写真機なんてものを発明した野郎は、たしかダ・ビンチだ。そいつをのろいながら、友吉は拳銃を腰のバンドから、ひきぬいた。

「口どめ料には、ダイヤモンドをからだじゅうに、ちりばめてやるよ」

「なかなか、せりふにも頭をつかうじゃないか。しかし、だめだな。ぼくは死んだも同然の人間でね。いくらきみが器用でも、死人を殺すことはできないだろう」

男はカメラをかまえた。

「やめろ。やめてくれ」

と、友吉は叫んだ。

「射ってみろよ」

男はシャッターをきった。

友吉は引き金をひいた。男のゆかたの胸のあたりが、まっ赤に染まった。友吉は頭がガーンとして、銃声もなにも聞えなかった。だが、男は胸に手をあててにこりと笑った。

「どうだ。ぼくは死なないだろう。そんなに驚かなくてもいい。じつは死ぬのが怖かったんだ。修業がたらんのだな。だから、その拳銃を、ぼくの念力でオモチャに変えてしまったんだ。きみが引き金をひく直前にね」

「念力？」

「そうさ。よく見てみたまえ。この赤いのは、例のすぐ消えるいたずらインクだよ。ぼくは二十《はたち》のときに、日本を密出国して、東南アジアを放浪したんだ。そのとき、インドの行者から、婆羅門《バラモン》の秘法を教わってね。拳銃をオモチャに変えるくらい、朝めし前だ」

「じょ、冗談じゃねえ」

友吉は手もとを見つめた。その目が大きくなった。

拳銃はいつの間にか、金属製のモデル・ガンになっていたのだ。警察用の拳銃とそっくりおなじ型だ。だが、もう一度、引き金をひいてみても、弾丸はとびださなかった。

友吉はいよいよ気味がわるくなって、男の顔を見つめた。

警察の拳銃がさいしょから、オモチャであるはずはない。この男がすりかえたのだ。しかし、友吉と男とのあいだには、ずっといくばくかの距離があった。しかも、上衣の下で、友吉は銃把をにぎりつづけていたのだ。

「そんなに妙な顔をするなよ。それじゃ、こういうことにしよう。きみを逃がしてやる。つまり、ぼくがタクシーを呼んできて、途中までいっしょに乗っていってやる。これなら、ぜったい大丈夫だ。そのかわり、二千円だぜ。安いが、気の毒だから、とくに負けてやる」

と、男はいった。友吉は反射的に胸に手をあてた。そこには五十万円の札束が入っている。だが、それに手をつけるわけにはいかない。

「金なんかないよ」

「うそをつけ。それじゃ、この寺の電話をかりて、警察を呼ぶとしようかな」

「千円ならある。千円にまけろ」

これは、ほんとうだった。自分の金としては、千円札が一枚、あるきりだった。

「ほんとうなら、負けてやらないものでもないがね。もしもうそで、もっと金をもっていたら、そいつはぜんぶつかえないものになるぜ。婆羅門の秘法をかけておく。ふところから出すと、木の葉になるかも知れないぞ」

男は両手の指をぴくぴくさせて、妙な手つきをした。友吉は胸をおさえて、

「ほ、ほんとだ」

「よし、石段の上で待ってろ。タクシーを呼んでくる」

「うそじゃないだろうな」

「こんどはそっちが疑う番か。石段の上からは、おもての道路が見える。タクシーを呼びとめるぼくのすがたも、見えるわけだ。それでも心配なら、千円はあとでもらうことにしよう」

男はブラック・アンド・ホワイトの壜を、また風呂敷につつむと、ひきずるような足どりで、石段をおりはじめた。

友吉は上り口にしゃがんで、男のすがたを見おくった。まだ戦争前、友吉も若かったころ、花札のいかさまをおぼえて、しろうとと相手の勝負をしたことがある。友吉は腕をふるって、大負けに負けた。しろうとと思った相手が、いかさまの天才だったことを、最後まで見ぬけなかったのだ。

友吉はなんとなく、そのときの啞然とした気もちを思い出しながら、男のうしろすがたを見つめていた。

木の葉にこそ

友吉は神戸重次のすむ幡谷《はたがや》のアパートの路地口で、タクシーをとめた。運転手をつれて部屋までいって、メーター代をはらってもらってから、友吉は重次の前に手をついた。

「すまねえ。とんだことになっちまった」

重次はかつて友吉が兄弟分のつきあいをして、もちろん兄貴だったほうの男の息子だ。縦縞の夏服も、ゆすりのネタにつかったエロ写真も、この男のものだった。

「どうしたんだい、おじさん。顔いろが悪いぜ」

「そ、それが、ひとを殺しちまったんだ。いや、おれには殺したおぼえはねえんだが、警察《さつ》はおれが犯人だと思ってる。夕刊にはおれの写真が、きっと出るよ」

と、友吉はいった。畳についた手が、ぶるぶるふるえている。

「なんだな、おじさん、警察に追われたぐらいで、そんなにふるえてさ。とにかく話してみなよ」

と、重次はいった。髪の毛を短く刈ったこの青年のまわりには、細いレールがかなり大きな輪をつくって、敷いてある。本職のほかには、模型の電気機関車が、この男の生き甲斐なのだ。

友吉は話しはじめた。老人の口がひらくと同時に、重次のまわりを、電気機関車が客車を何輛も連結して、まわりはじめた。友吉が話しおわると、機関車もとまった。リモコンのスイッチから、手をはなしながら、重次はいった。

「妙だな」

「妙なんだよ」

「どうもよく出来すぎてるようだぜ、おじさん。こいつはよっぽど、しっかりしないと、犯人にされてしまうな」

「どうしたら、いいと思う、重ちゃん」

「まずその服を、おれに返すことだな」

「ああ、もちろんだ。借り賃はそのうちに、なんとかするからね」

友吉は派手な夏服をぬぎ、ズボンをぬいだ。重次は押入れの中から、たるんだズボンをひっぱりだして、

「これがおじさんのだな。それからっと、そのオモチャに変っちまったハジキってのを、ちょっと見せてくれ」

「これだよ」

と、友吉は拳銃をさしだした。重次はうけとって、しさいにあらためてから、

「よく出来てるな。外国製だよ。モデル・ガンに手を入れて、本物らしくしたものだ。その墓地にいた男、どうやってすりかえたんだろう」

「それがわからねえ」

友吉は、いつもはきなれたズボンに足を通すと、借り着の内ポケットから札束をとりだし、あわててズボンのポケットにつっこんだ。

「あっ、そうだ！」

いきなり重次がいった。

「なにかわかったかい、重ちゃん」

「わかったんじゃない。思い出したんだ。おれがやった写真、どうした」

「ああ、ありゃあ、おいてきちまった」

「殺人現場にか」

「うん」

重次は、くちびるを噛んだ。

「そりゃ、まずいな。あの写真は、見るやつが見りゃあ、おれの手から出てるって、すぐわかっちまうぜ。服を返してもらやあ、おじさんも安全だし、おれも安心だと思ったんだが、こりゃあ、いけねえや。この服、どっかへ隠しちまおう」

「そうしたほうが、いいかな」

「おれまで事件に巻きこまれたんじゃ、いやだなあ。だいたい無理な話なんだよ。おじさんに、ネタのねえゆすりなんて出来ないこと、はなっからわかってたんだ。そりゃ、うまいひとなら出来るさ。エロ写真一枚がネタで、相手が自分の写真じゃないじゃないかと怒ったとき、あとは口ひとつだ」

「こいつの首をすげかえて、あんたの写真にして、ばらまいても、いいんですか。ゆするってのは、材料のあるなしじゃない。こっちにゆする気が、あるかないかだ。ゆする気をなくすために、金をはらったと思ってくれって……畜生、うまくいくはずだったんだがなあ」

と、友吉は袋になったズボンの膝をなでながら、口惜しそうにいった。

「おじさんじゃ、だめだよ。おやじの話じゃ、テキヤのころも大じめは、へたтакаだったそうじゃないか。ネタのないゆすりは、大じめとおなじだよ」

大じめというのは、縁日《えんにち》で客をあつめて、口上のうまさだけで、気合術の本など売る、あのことだ。地面に円をえがいて、まん中に空気でふくらました紙袋や、人形をひとつおいて、

「いまからこれを、手をつかわずに気合だけで、動かして見せる」

などといって、客の足をとめるわけだが、あとは口さきひとつ、けっきょく紙袋や人形は、動かして見せなんかしない。大勢の客をとめて、話術で客の気もちを締めていかなければならない大じめは、テキヤ商売かずある中でも、いちばんむずかしいものなのだ。

友吉がテキヤの仲間に入ったのは、この大じめにあこがれたせいだった。明治時代に大泥坊といわれた官員小僧、そのなれの果てだというじいさんが、よく招魂社——靖国神社の縁日などで、防犯心得の本を売っていた。もちろん、ほんとの官員小僧であるはずはなかったが、その枯れた口調に、友吉は悪事の魅力と、大じめ師の魅力を感じたのだ。けれど、重次の父親の金太郎から、いくら教えこまれても、友吉はいっこうに、商売できるようにはならなかった。

「それで、おじさん、これからどうしようって気なんだ」

と、重次がいった。友吉はわれにかえって、そわそわと立ちあがった。

「とにかく電話をかけてくる。それから、どうするか、きめるよ」

「電話なら、路地を出たところに、タバコ屋の赤電話があるよ。その娘のところへ、電話するのか。鼻毛をぬかれるなよ」

「冗談じゃない。多美子はそんな娘じゃないよ」

「まあ、見てないんだから、なんともいえないがね。いまどきの娘は、みんな油断が出来ないからな。色気があって見ていちゃあ、なんにもわからないだろうが」

「色気じゃねえ。じつの娘みたいに可愛いんだ」

「娘みたいに可愛いが、女房にしたら、なお可愛いだろう、という口じゃないかな」

「重ちゃん、兄貴のせがれだから、お前さんにゃ一目おいてるんだが、怒るぜ。お前さんの若さじゃ、年よりの気もちはわからねえんだ」

「わかったら、いやらしくて死にたくなるんじゃないかな。まあ、そんな顔していないで、早く電話してやんなよ。喜ぶだろうぜ。なぜ立っているんだい、ぼんやりと」

「十円玉ひとつ、おくれよ」

ひどくみじめな気もちで、友吉は片手をさしだした。

けれど、多美子のつとめ先の喫茶店に電話をかけて、若わかしい声を聞いたとたん、そんな気もちはふっとんでしまった。

「ほんと、ほんとに出来たの、おじさん」

多美子の声は、ふるえていた。

「ほんとだとも。で、何時にアパートへ帰ってくる」

「もしよかったら、いまお店へきてくれない？」

「そうだな」

友吉は考えた。ここまで逃げのびたのだから、夕刊に写真でも出なければ、警官に用心するだけで、なんとか町を歩けないことはない。友吉は元気よく答えた。

「よし、いこう」

もとの重次の部屋へかえると、青年は押入れに首をつっこんで、しきりにごそごそやっていた。押入れは管理人に内緒で改造してあって、底板の下にものを隠すスペースが出来ている。重次の本職の猥写真が、そこにしまってあるわけだが、いまそこへ例の夏服を、押しこんでいるところだった。

「どうすることになった、おじさん。彼女と話をした結果は」

「つとめ先へいくことにしたよ」

「大丈夫か」

「大丈夫だよ。気をつける」

「金をおとすなよ」

と、重次はからかい顔だ。

「子どもじゃあるまいし、ちゃんとこうして押しこんでおけば……」

「五十万円か。その娘はしあわせだよ。お礼にひと晩つきあわすんだな」

「馬鹿いうんじゃねえや」

「年をとると、あんがい純情になるやつもいるんだな。大したもんだ。札束が木の葉になってるといけないから、しらべてったほうがいいぜ、おじさん」

「木の葉になんぞ、なるはずねえだろう。この通りだ」

友吉は札束をとりだして、ぱらぱらとめくった。とたんに驚きのあまり全身がこわばって、札束は畳に散乱した。木の葉でこそなかったが、五十枚の紙幣は、一万円のかわりに一万団と印刷したオモチャばかりだったのだ。

「畜生、やられた。これもオモチャだ。こいつもオモチャだ」

友吉は狂ったように、つぶやきつづけた。

手品にはたねがある

友吉はオモチャの紙幣を、つかんではたたきつけ、つかんではたたきつけながら、

「これもオモチャだ。これもオモチャだ！」

と、つぶやきつづけた。手ごたえなく畳にたたきつけられた紙幣は、ふわりとはねあがって、老人をあざわらうように、低く舞った。

「一万団か。こいつはよかったな」

と、重次が一枚ひろいあげた。

「笑いごっちゃないよ。畜生め。油断もすきも、ありゃあしねえ」

友吉はいまいましげに、舌うちした。

「ちょっと待てよ。こいつは本ものだぜ」

重次がべつの一枚をひろいあげて、窓にかざしながら、

「ちゃんと、すかしも入ってる。聖徳太子も、まじめな顔をしてるじゃないか」

「どれどれ」

と、友吉はその一枚をひったくって、

「なるほど、これは本ものだ」

「ほかはみんなオモチャだな。すると、その一枚が、五十枚の束のいちばん上になってたんだぜ、きっと。このへんに手品のネタがありそうだ」

「手妻《てづま》――」

「そうさ。おじさん、考えてみろよ。いくらインドの行者の弟子だってさ。手もふれずに拳銃や札束を、オモチャにはできっこない。ネタがあるにきまってら」

「そうかなあ」

「だいいち、おじさん、この札《さつ》をいちどもあらためては、みなかったんだろ？」

「そんなことはねえ。勘定こそしなかったが、最初にうけとったとき、ぱらぱらめくってみた。そんときゃ、ちゃんと本ものばかりだったぜ」

「ちょっと待った。おじさんが気絶して、気がついたときには、この札束、絨緞の上においてあった、といったな。そこんとこをよく考えて、思いだしてくれ。どんなふうにおいてあった」

「トランプの絵札の模様の絨緞でね。ジョオカアの上に、札束はおいてあった」

「ほかに、その絨緞でなにか気づいたことないかな」

「そういやあ、妙だったな。キングはKだったけれど、クイーンがDで、ジャックがB

だった。ほら、絵札の肩のところについているアルファベットがよ」

「アルファベットときたね。おじさん、英語ができるんだな」

「馬鹿にしちゃいけねえ。これでも戦後、横浜で――」

「ああ、進駐軍あいてのポン引きをしてたんだったな。そうか、クイーンがDで、ジャックがBねえ。こいつあ、いいや」

　重次は、にやにや笑いだした。

「なにがおかしいんだよ」

「その絨緞はドイツもんだってことさ。クイーンがDで、ジャックがB、おまけにジョオカア、つまり道化者がおじいさんってのが、ドイツのトランプの特徴なんだよ。いいかい、道化者はじじいなんだ」

と、意味ありげにいって、重次は、友吉の白髪あたまのてっぺんから、とがった顎のさきまでを、なめるように見つめた。

「それがどうしたってんだ」

「じいさんが、道化役にされてるんじゃないのか、ということさ。ジョオカアの上においてあった札束を、見もしないで、ポケットにねじこんだんだろう」

「しらべてるひまなんて、ありゃしなかったぜ」

「そのとき、もうオモチャの札束に変ってたんだ。そうにちがいない。死骸にもさわってみなかったんじゃねえか、おじさん」

「そんなに落着いてられやしなかった」

「じゃあ、もう一度、落着いてみてみるんだな。かかりあいだ。おれがいっしょに、いってやるよ」

重次は立ちあがった。

「どこへ？」

「きまってら。手品のネタを見やぶりによ。あいてはおじさんを、笑いものにしようとしてるんだ。じじいのジョオカアの上に、札束をのっけとくなんて、敵もなかなかやるじゃあねえか」

「そりゃ、五十万円をオモチャにした手妻は、おめえのいう通りかも知れねえがよ。ハジキのほうは、どうなるんだ。やつはぜんぜん、ハジキにさわりもしなかったんだぜ」

と、友吉がいうと、重次はズボンをはきかえながら、

「手品ってやつは、ふしぎなものほど、ネタは簡単だっていうぜ。キオ大魔術が、そうだって話だ。拳銃がさいしょから、オモチャだったとも考えられる」

「そんな馬鹿な！　おまわりがオモチャの拳銃を、ぶらさげてあるくかよ」

と、友吉は口をとがらした。

「オモチャをぶらさげてあるくことも、ないとはいえないさ。ある場合にかぎってな。

それをたしかめに、いこうというんだ。うまくいけば、こんどは本ものの一万円札を五十枚、いただけるぜ」

と、重次は片目をつぶってみせて、

「ただし、一割はおれによこせよ」

「一割ってえと、五万円か」

友吉は渋い顔をした。

「本ものは一枚きりの、いまよりましだろう。四十五万のほうが」

「そりゃあ、そうだが……」

「じゃあ、いこう。これをもってけ。知らねえやつには、おどかしぐらいにゃ、きくだろうからな」

重次はさっきのオモチャの拳銃を、友吉の手にのせた。

水中花ひらく

石塀が長いばかりで、片がわが崖の路地には、ひとけもない。くぐり戸の裏口に近よる重次を、友吉はベルトをつかんで、

「だめだ。だめだ。ここが女社長のうちなんだよ」

と、ひきとめた。

「知ってるさ。おじさんはここから逃げだしたんだろう」

重次は声もひくめない。腕時計をちらっと見てから、くぐり戸をおした。

「鍵がかかってるな。けど、こんなのは簡単だよ。掛け金だけだろう」

薄刃のナイフをポケットから出して、戸のすきまにさしこみ、掛け金をはねあげた。くぐり戸は音もなくあいた。

「うまくついてこいよ。おじさんはのっぽだからね。首だけとびださないように気をつけな」

重次は身をかがめて、植えこみのかげにもぐりこんだ。友吉もからだをふたつに折りまげて、あとにつづこうとした。

とたんに華やかな笑い声が、植えこみの上に、ひびきわたった。ふいをくらって、友吉は腰をうかした。プールがすぐむこうに、かがやく飛沫をはねあげている。その水の中から、粋ないるかのようにはねあがって、プールのふちに立った女は、

「あっ！」

と、友吉が叫んだのも、無理はない。トランプ模様の絨緞を血に染めて、たおれたはずの米沢竜子だったのだ。

「あの女、あの女、生きてやがる」

と、口走る友吉を、重次はだきかかえるようにして、植えこみにしゃがませながら、

「こんなことだろう、と思ってきたんだ。驚くことはないぜ。そばにいる男を見ろよ。墓場であったやつってのは、あれじゃないのか？」

「あ、あいつだよ。あいつだ。畜生め、いっぱいくわせやがったな」

友吉は金魚みたいに、口をぱくぱくさせながら、プールのふちを指さした。竜子のそばに立っているのは、派手なアロハに細身の白ズボンで、身なりだけは見ちがえるようだが、たしかに顔は、あの墓場にいた男だった。

「これでわかったろう。あの男がぐるだと考えれば、手品はちっともふしぎでなくなる。拳銃がオモチャになったんだって、警官がにせもので、オモチャの拳銃をもっていたとすれば、ふしぎじゃあない」

「ちえっ、それじゃあ、おれは踏んだり蹴ったりだ」

「だから、あすこへとびだしてって、啖呵《たんか》をきってやれよ。五十万円、とれるかとれないかのさかいめだぜ。しっかりやんな」

重次に背中をたたかれて、友吉は植えこみから、ひょろひょろとのめりでた。

「社長さん、社長さん、お盆はとっくにすぎてるぜ。なんでいまごろ迷いでたんだ」

声だけは大きかったが、友吉は水の光に目がくらんで、あやうくプールに落ちそうになった。

「こいつ、またもどってきたのか」

男が呆れたような声を出した。竜子も目をまるくした。

「もどってきて悪かったな。死んだやつだって、あの世からもどってくるんだ。生きてるやつがこの世から、もどってくるのにふしぎはねえだろう。もっともそっちにしてみりゃあ、具合の悪いところへお化けが迷ってきたってわけだろうが」

と、友吉は肩をいからした。

「なんの用があるんだ。千円とられて口惜しいのかね」

と、男がせせら笑った。プールから色とりどりの水着をきた女が三、四人、おびえた顔つきで、あがってきた。

「千円ばかりで、わざわざもどってくるもんか。まだもらいわすれた金があるんでね。さあ、社長さん、聖徳太子の大きいほうを五十枚。こんどはオモチャはごめんだぜ」

友吉は、せいぜい凄みをつけたつもりだった。だが、男は平気で、

「年をとると、欲が深くなるってのは、ほんとだな。お嬢さんがたが遊んでるとこで、野暮な話をもちだすもんじゃないよ。帰ったほうがいいな。帰らないと……」

と、ズボンのポケットへ手をつっこんだ。

友吉は反射的にシャツの下から、ベルトにさした拳銃をぬいた。もちろんオモチャだ。

「変なまねをするなよ」

「そりゃあ、そっちだろう」

と、男はポケットから櫛をだして、乱れた髪をなであげながら、

「オモチャで、からだに穴があけられる気かね。きみのゆすりの手口に似てるな。つまらない気は、起さないほうがいいよ」

「オモチャだと思ったら、大まちがいだ。お嬢さんがたは、はじへ寄ったほうがいいぜ。社長さん、命が惜しけりゃ、金庫を弾よけにもってきな」

友吉はやけ半分で、目を光らした。米沢竜子は顔いろ変えて、ほかの水着の女たちのほうへ、あとずさりした。

「はははは、引き金をひいたらいいだろ。縁日の気合術とはちがうんだ。ほんとに弾がとびだしたら、この櫛でうけとめてやるよ」

と、男はうすい金属のポケット櫛を、荒木又右衛門みたいにかまえた。

「畜生！」

友吉は拳銃を両手にかまえ、体あたりする気で、引き金をひきながら、足を踏みだした。とたんに、女たちがきゃっと叫んだ。

拳銃からは、まっ赤ないたずらインクはとびださなかった。するどい銃声が、宙にはじけたのだ。

「あっ」

いちばん驚いたのは、友吉自身だった。オモチャのはずの拳銃から、弾がとびだしたのだ。男のからだが、ぐらっとゆれた。

竜子が叫び声をあげた。女たちも悲鳴をあげた。男は胸をおさえかけて、足をすべらした。水音がはげしく立った。男のからだは水中で大きくはずみ、グロテスクな水中花のように手足をひろげると、赤い血が渦まいてひろがった。

こんどはたしかに、お芝居ではなかった。友吉は水中の男を見つめ、自分の手の拳銃を見つめた。女たちは恐怖にだきあって、動かない。

友吉はうしろから、腕をつかまれて、

「ひえっ」

と、叫んだ。

「おじさん、なにぼやぼやしてるんだ。逃げるんだよ、早く」

うしろから、腕をつかんだのは、重次だった。

「そんなもの、棄てちまってさ。早く逃げよう」

重次もふるえている。友吉の手から拳銃をひったくると、銃把をすばやく大きなハンカチでぬぐって、ほうり投げた。拳銃はプールに落ちて、派手な水音をひびかせた。

女たちがまた、きゃあっ、といった。その声を背に、友吉は走った。くぐり戸からとびだして、路地を夢中で駆けぬけた。

「もういい、もういい。おじさん、走るな」

うしろで重次が、息をきらしていた。

「こんなところで走ってると、かえって怪しまれる」

「といったって、重ちゃん、早く逃げないと、こんどは本もののおまわりがくるぜ」

「そりゃくるだろう。でも、女ばかしなんだぜ、見てたのは。おれたちの面《つら》つきを、おまわりが聞きだすだけだって、ああでもない、こうでもない、時間がかかるさ。そのあいだに、こっちはどろんだ」

坂道をくだったところで、タクシーをつかまえた。ふたりが乗りこんで、車が走りだすと、

「けっきょく一銭にもならなかったわけだ。車代はおじさんが、はらってくれよ」

と、重次はいった。

友吉は、顔じゅうの汗をふきながら、

「おれ、金なんかねえよ」

「さっきの一万円札があるじゃねえか。いきの車代とさっき立替えたのも、はらってくれるものと思ってるぜ」

重次はいうと、がっくりしたようにシートにもたれて、目をとじた。

幽霊がのぞいた

新宿のデパートの前までくると、

「ここでいいよ、運転手さん」

と、重次はいった。ふたりは車をおりた。

重次が先に立って、地下鉄の階段をおりだした。友吉はその背に、声をかけた。

「どこへいくんだよ、重ちゃん」

「きまってるじゃないか。運転手ってのはおせっかいなもんだ。さっきのことが新聞に出れば、犯人らしいふたりづれを、現場ちかくでのせましたって、さっきの運転手が、警察《さつ》へたれこむにきまってら」

「そうか。住んでるところを知られねえ用心だな」

「それからな。当分おれたちは、あわねえほうがいいだろうよ、おじさん。おれも巻きぞえをくいたくはねえから」

重次は小声で、それだけいって、じゃあ、というように手をあげた。友吉はあわてて、その腕に手をかけた。

「重ちゃん、おれ、どうしたらいいだろう」

「とにかく隠れるこったろうな。おれがなまじっか、つれださなけりゃ、よかったのかも知れないが、まさか、あんなことになろうとは、思わなかったから」

「あの男、またお芝居で、死んだふりしたんじゃ、ないだろうか」

「お芝居で、あんなに血は吹きださないよ」

「でも、オモチャのハジキから、弾がとびだすはず、ないじゃないか」

「そこがわからない。おれも夢みてるみたいだった」

と、重次は首をひねって、

「とにかくおじさんは、隠れてたほうがいい。おれがすこし動いてみるよ。ときどき連絡してくれ」

「ああ」

友吉は心細げに、地下道を遠ざかっていく重次の背を見おくった。

これからどこへいくという、あてもない。金九千円となにがしか、ふところにあるだけだ。これでは高飛びもできない。友吉は多美子のことを思い出した。店へいくといったまま、なんの連絡もしていない。地下鉄の改札口の時計を見ると、もう店にはいない時間だ。

友吉は伊勢丹へあがる階段を、力なくのぼった。往来にはまだ、日がかんかんあたっている。新聞売りが早版の夕刊を、台の上に並べていた。一部買って、立ったままひろげてみたが、なにも出ていない。もっとも、いくらニュースは迅速といったって、まだ一時間とはたっていないのだから、出ているはずはないだろう。

友吉は三光町から都電にのって、東大久保の野呂松荘へ帰った。坂になった路地をくだりながら、多美子の部屋を見あげると、窓はしまっていた。

「まだ帰っていないのかな」

と、友吉は思った。この暑さだから、もどっていれば、窓をあけておくはずだ。友吉は玄関を入り、階段をのぼった。

二階の廊下をはずれまでいき、多美子の部屋のドアに手をかけた。ドアは自然にひらいた。

友吉は首をつっこんで、

「あっ」

と、思わず叫んだ。その声に、多美子の上にのしかかっていた男が、こちらへ顔をむけた。濃い髪を額に垂らして、松島の顔は汗に光っていた。

「おじさん、助けて！」

多美子は押しつぶされたような声でいって、足をばたつかせた。長い白い足が、たるんだストッキングを人魚の尾びれのようにふって、薄暗い中におどった。

「なにをしやがるんだ、この小僧！」

友吉の頭に血がのぼった。部屋の中に走りこむと、松島の肩に手をかけた。かけたつもりだったが、そこにあいての肩はなかった。代りに下から、拳骨がバネ仕掛けみたいに、顎へとんできた。

友吉はくちびるから血を吹いて、あおむけにたおれた。多美子が口を押さえて、立ちあがるのが、見えた。スリップの肩紐がずりおちて、白く丸い肩がのぞいていた。

「畜生！」

友吉はたおれながら、長い足で宙を蹴った。それが、おどりかかろうとする松島の胸に、うまくあたった。

「やめて！　ふたりとも、やめて！」

と、多美子が低く叫んだ。松島はのけぞりながらも、友吉の足をつかんで、思いきりふった。まさか、ふりまわされはしなかったが、起きあがろうとしていたときだったので、友吉はたんすの角に、頭をぶつけた。一瞬、気が遠くなった。

「じじい、こんど邪魔すると、承知しねえぞ」

と、松島のいう声が、聞えたようだった。つづいてドアをしめる音がした。多美子の声が聞えた。

「まあ、こんなに血が……おじさん、しっかりしてね」

窓をあけて、やかんの水でしぼったのだろう。冷たいタオルが、口のはしにのせられた。友吉は目をあけた。多美子は立ちあがって、ずりおちた肩紐をなおし、スリップをまくりあげて、腿の上まで斜めにずりおとされた黒いパンティを、ひきあげた。窓からの逆光の中に、なまめかしい曲線が、黒く浮かんだ。

友吉は生つばをのみこんだ。口の中が塩からいのは血の味だろう。タオルを押さえながら、友吉は起きあがった。

「大丈夫か、多美ちゃん」

「あたしは大丈夫だけど、おじさんは？」

「なあに、大したことはない」

「ここへ帰ってきて、服を着がえかけたら、あいつが入ってきて……おじさんがきてくれなかったら、とりかえしのつかないことになったところだったわ」

と、多美子は恥ずかしそうにいった。

「ここのやつらは、油断ができねえ。鍵をかけといたほうがいいよ」

「こんどから、そうするわ」

そのとき、いきなりドアがあいた。松島がなにごともなかったように、けろりとした顔をつっこんで、

「じいさん、だれかきているぜ。お前さんにあいたいんだとよ」

「どんなやつだ？」

「こんなやつだよ」

松島の顔がひっこむと、そういう声とともに、ストローハットをかぶった顔が、戸口からのぞいた。

それは、プールで死んだ男の顔だった。友吉は叫んだ。

「野郎、やっぱり、さっきのは芝居か」

「ちがうよ。たしかに死んだのさ」

と、男は妙なことをいった。

だれが敵か

「ちがうよ。たしかに死んだのさ」

帽子のつばを押しあげながら、男はいった。太い草いろのリボンを巻いた、まっ赤なストローハットだった。

「それじゃあ、てめえは幽霊か。おりゃあ、昔ものだから、足のある幽的はきれえだな」

多美子のてまえ、友吉は強がりをいったが、骨ばった手は、ぶるぶるふるえていた。

「まだお化けの出る時間にゃ、早えだろう。そんなに兄貴に似てるかな」

男は、にやにや笑いながら、帽子をとった。下からは、きれいに禿《は》げあがった頭があられて、がぜん、べつな印象になった。

「なんだ、あの男はてめえの弟か」

と、友吉は顔をしかめた。

「じいさん、日本語がわからねえのかね。兄貴といったんだ。髪の毛もあっちのほうがたくさんあるが、年もよけいなんだよ」

「なるほどね。兄貴ゃおれより年が上――と、昔からいうものな」

「いやに落着いてるな、じいさん。おれがなにしにきたか、わかんねえのか。おまわりをひっぱって……」

「畜生！」

友吉は急に気がついて、腰をうかした。顔のいろも、月夜にしまいわすれた物干台のおしめみたいになった。

「なにも、ひっぱってきた、とはいやしねえ。おれは兄貴を殺されたんだからな、お前さんによ。だから、礼をいいにきたんじゃねえってことさ」

「おじさん、ひとを殺したの？」

多美子がくちびるをふるわせながら、友吉の腕に手をかけて、ゆすぶった。

「殺す気じゃなかったんだ。ほんとなんだ」

「でも、いやだわ。おじさんが、そんな怖いことをするなんて」

「どうして、あんなことになったのか、さっぱりわからねえ。ありゃあ、オモチャの拳銃のはずだった。なのに、弾がとびだしやがって」

「ちょっと待った。そりゃあ、いったいどういう意味なんだ？」

と、禿げあたまを赤いストローハットで隠しながら、男はからだをのりだした。

「どうもこうもねえ。オモチャから弾がとびだしたのよ」

「近ごろのオモチャはよくできてるから、弾のでるのも、珍しかあないぜ」

「でも、そいつがあたって、胸に穴があいたら、珍しいだろう」

友吉はやけになって、自慢するようにいった。男はするどい目でさぐりを入れて、

「その話、もっとくわしく聞かしてもらいたいな」

「それじゃあ、おれの部屋へいこう」

友吉は立ちあがって、

「あんたには迷惑かけない。心配しなくてもいいんだよ。あんたにはなんの関係もないことだ。なんにも知らないんだから、万一、警察になにか聞かれるような羽目になっても、正直になんにも知らないといやあいい」

と、多美子の肩をたたいた。やわらかい手ざわりに、友吉はとつぜん、涙がでそうになった。その感傷を、男の不遠慮な声がやぶった。

「なんだ、ここがじいさんの部屋じゃなかったのか。すごく若い、きれいなかみさんを

持ってると思って、やっかんでたんだが」

　多美子は怒ったように、そっぽをむいた。

「おれの部屋は、この前だ」

　友吉は男をおしのけて、土間におりた。靴をはきながら、廊下をのぞいてみると、バーテンの松島のすがたは、すでになかった。

　この廊下も、これで見おさめか、と友吉は思った。若禿がどういうつもりでいるのか、見当もつかないが、どうせ警察《さつ》へつきだす気はあるのだろう。だが、多美子との約束をはたさないうちは、つかまりたくなかった。

　だから、友吉は逃げる気だった。靴をはきおわったら、立ちあがりながら、男をつきとばし、ドアをしめて、廊下を走る。階段をかけおりて、裏口からとびだせば、こちらが地形にくわしいだけに、十のうち六つぐらいは、逃げきれそうな気がした。けれど、うしろで男の声が、

「じいさん、妙な気を起すなよ。逃げたら、この女の子に埋めあわせをしてもらうぜ」

　友吉はうなだれて、廊下にでた。自分の部屋へ入ると、男はしかめ面《つら》して、あとについてきた。

「きたねえ部屋だな」

「悪かったな。どうともしてくれ。ただし、パトカーを呼ぶにしても、このアパートに

や、電話はねえぜ」

「先走るなよ、じいさん。どうして兄貴を射ったんだか、くわしい話を聞かしてもらおう。じつはな――」

と、男は声をひそめて、

「おれもなんとなく、わりきれない気もちなんだ。お前さんは、兄貴をよく知らねえはずだろう」

「名前も知らない。あったのも、きょうがはじめてだ」

「名前は豊橋啓一っていうんだ」

「すると、あんたも豊橋っていうわけだな」

「そりゃそうさ。謹二ってんだ。それで、じいさんが兄貴を射った拳銃が、オモチャだったてえのは、どういうわけなんだ」

「それを聞いて、どうする気だよ」

「なんだか、兄貴を殺したのは、じいさんじゃねえような気がしてきたんだ」

「とにかく、最初にあんたの兄《あに》さんを射ったときにゃ、弾はでなかったんだ」

と、友吉は話しはじめた。豊橋謹二はストローハットをぬいで、若禿げを光らしている汗をふきながら、熱心に耳をかたむけている。

友吉が話をおわると、はじめて豊橋は口をひらいた。

「拳銃は、ズボンのベルトにはさんでたんだな。射つときは、どうした」

「きまってらあな。バンドからぬいて、引き金ひいたさ」

「どうして」

「弾がとびだすなんて、思ってもいなかったしな。からだごと、ぶちあたる気でいたんだ」

「そんなこっちゃない。どんなふうに引き金をひいたか、聞きたいんだ。どうやって、ひいた？」

「ひとさし指さ」

「じれってえな。その前になにかしなかったかよ」

「なんにも」

「お前さん、ハジキをあつかったことがねえのか」

「馬鹿にしなさんな。これでも昔、五銭白銅を投げあげて、射ちおとすぐらいの腕があったもんだ。近ごろ、あんまりいじらねえから、にぶったようだが」

「すぐ底のわれる自慢は、するもんじゃねえよ。拳銃ってのは、いちばんうしろの、にぎりの上についてる撃鉄を起さなけりゃあ、射てねえんだぜ」

と、豊橋謹二はえぐるようにいった。友吉は、口をぽかんとあけた。

「いいから、聞きなよ。オモチャでなくても、じいさんには兄貴を射てるはずがなかったわけだ。ところが、プールの中には、一発射ったあとのある本ものの拳銃が、沈んでいた。話の裏が見えてきたじゃねえか」

「おれには、さっぱりわからねえ」

「もうひとつ、聞くがね。米沢竜子をゆするって考えは、じいさんひとりの考えなのか」

「そうさ」

「米沢竜子を、どうして知ってた」

「そりゃあ、神戸が教えてくれたんだ。あいてが女で嚇《おど》かしやすいし、金も持ってるからって……」

「それだよ、おれの聞きたかったのは」

と、豊橋はにやりと笑って、

「じいさん、おめえはおひとよしだなあ」

さも感嘆したような口ぶりに、友吉はむっとして、

「なぜよ。おりゃあ、三十年もひとをかついで、うめえ飯《めし》も、くせえ飯《めし》も、くってきた男だぜ。あんまり、なめた口をきくねえ」

「なめたのは、おれじゃないんだ。よく考えてみろよ。まず第一にだ、おれがここへやってきたのは、なぜだかわかるか。事件が夕刊にでたか、でねえかのうちに、お前さん

の寝ぐらを、どうして嗅《か》ぎつけられたと思う」

「わかるもんか、そんなこと」

「兄貴から聞いてたんだ。浦賀友吉ってじいさんをつかって、ひと芝居うってな。もっとも、演出するはずの兄貴が、けっきょくは演出されて、殺されちまったわけだが」

豊橋謹二は禿げあがったおでこを、ハンカチでふきながら、立ちあがった。

「だいたい、じいさんなんかより、あの連中は一枚も二枚もうわてでね。米沢産業てえ会社がなにを商売にしてるか、お前さんなんぞにゃ、わかるめえ。ゆすり、たかり、密輸品の鞘とり、ボロ儲けのなんでも屋さ。竜子って女が社長で、おれの兄貴が副社長って格なんだが、たがいによくねえしっぽをにぎりあってて、まあ、いままではうまくいってた」

「ほんとうか、そりゃあ?」

呆気にとられて、友吉はいった。

「うそをついても、しようがねえだろ。じいさん、おれはおめえが気の毒になった。兄貴の供養がわりに、ふたりで組んで、女社長にひとあわ吹かしてやるか」

豊橋謹二はつっ立ったまま、老人を見くだして、片目をつぶった。

「どうしようっていうんだよ、ふたりで組むとは」

「まだ話が読めねえのかな。よく考えてみろよ。じいさんが米沢竜子のところへ、ゆすりにいったのは、神戸重次のさし金だ。二度目にいったのも、そうだ。兄貴を射った拳銃はオモチャで、かりにオモチャでなくっても、お前さんの射ちかたじゃあ、弾はとびださねえ」

「そうかなあ」

「つまり、射ったのは、じいさんじゃねえってことだ。しかし、プールには兄貴を射った拳銃が沈んでいた。指紋はついていないらしい」

「待ってくれ。拳銃をおれからとりあげて、プールにほうりこんだのは、神戸だぜ。するてえと――」

「そのとき、本ものの拳銃とすりかえたのさ。ほかには考えられないな。簡単な手品だよ。神戸重次は女社長と、なあなあだったにちげえねえ」

「そういやあ、裏庭へ入るのに、いやに時間を気にしてたっけ。それにしても、なんだって、おれを……」

「きまってらあ。殺人犯人が必要だったんだ。ひとを殺したと思いこんで、逃げまわってくれるおひとよしがよ。じつはな、兄貴の計画も、そうだったんだ」

「ただ、おれをからかうだけじゃ、なかったのか」

「じいさんがあわをくって逃げだしたあとで、兄貴はほんとに社長を殺すつもりだった。それがだめになったのは、客がやってきたからだろうと思う。つまり、竜子のほうは兄貴の裏をかいて、逆に殺す気で目撃者を用意したんだ」

「プールで泳いでいた女たちか」

「そうにちげえねえ。ということはだよ。神戸重次が兄貴に相談もちかけられていながら、女社長のほうへ寝がえったんだな。考えてみりゃあ、兄貴もおひとよしさ。それに推理小説の悪影響だよ」

「ふうん」

と、友吉は鼻を鳴らした。相手のいう意味が、わからなかったからだ。豊橋はくちびるを歪めて、

「悪党のくせに、推理小説なんか読むからいけねえんだ。インドの秘法とかなんとかいって、喜んでるから、裏をかかれたのさ。だが、おりゃあ、そんなに甘かあねえ。さあ、いこう。いや、まだ時間が早えかな」

「どこへいくんだよ」

「米沢竜子を、いためつけにさ」

豊橋謹二は、腕時計を見つめた。

化かしあいの庭

ふたりが野呂松荘を出たのは、夜も九時をだいぶまわってからだった。

「いまごろなら、かならずいるよ」

と、謹二はいった。

「けど、どうもおれは気がすすまねえな」

と、友吉はいった。

「どうして？」

「あの家へいくと、ろくなことがねえからな。もうだまされたかあねえもの」

「おれを信用しねえのか」

「神戸のやつも、信用できなかったわけだからなあ、あんたの説によると――あいつは、おれの兄貴分の息子なんだ。おれを裏切るような男じゃねえはずだが」

「人間、金のためなら、親だって裏切りかねねえもんだ」

「そりゃあ、そうかも知れねえが、だったら、きょう、はじめてあったあんたは、なおさら信用できねえわけだ」

「いいさ。いっしょにいくのがいやなら、おめえを警察《さつ》へつきだすだけだ」

豊橋謹二は、友吉をにらみつけた。

「わかったよ。いっしょにいきゃあ、いいんだろう」

「そうともさ。だいたいおれは、おめえに同情してるわけじゃねえ。からくりの生証人《いき》をつれていって、米沢竜子をいたぶろうというだけの、いわばおめえを道具にしようってわけなんだ。もちろん、割前はだすさ。じいさん、五十万円ほしいんだろう」

「ほしい」

「だったら、ついてこいよ」

と、謹二はいった。ふたりはもう小日向の坂をのぼっていた。このあたりは、夜が早い。屋敷町は暗く、植えこみの奥に灯のともった家はあっても、通りには街灯がすくないのだ。ふたりは黙って、米沢竜子の家の前に立った。

「門をあけるのは、大変だな。裏へまわって、塀をのりこそう。パトロールに気をつけていてくれよ」

「なんだか、ひるまと同じようだな」

友吉は不安げに、あたりを見まわした。

ふたりは塀について、裏へまわった。

「裏口をあけたら、どうだい」

と、友吉はいった。謹二は首をふって、

「ひるまのときは、入れるようにしてあったんだ。いまはほんとに押しこむのだから、そうはいかない。じいさん、犬は好きか？」

「鼠はきらいだがね」

「そんならいいや。庭にすげえのが放してあるんだ。おれには馴れてるから、大丈夫だがね」

「ほんとかい」

友吉は尻《しり》ごみした。

「おい、逃げちゃいけないよ。じいさん、先へあがれ。おれが尻押しをしてやるから。そのごみ箱を、足がかりにするんだ」

「待ってくれ。待ってくれったら。年よりには無理だ」

と、いっているうちに、友吉は塀の上へ押しあげられてしまった。下の植えこみの中で、ものすごい唸り声が聞えた。つづいて塀によじのぼった謹二が、低い声でいった。

「おれだよ、ドドンパ、ほえるな」

「ドドンパってのか、妙な名の犬だな」

「いまおれがおりて、つないでくる」

謹二は塀からすべりおりた。庭には水銀灯がともって、植えこみを澄んだ光で濡らしていた。

謹二が犬をつないでくると、手をかしてくれて、友吉はどうやらおりることができた。ふたりは植えこみのかげをぬって、建物に近づいた。

「おめえ、器用だなあ。本職は泥坊じゃねえのか」

と、友吉が舌を巻くうちに、窓がひとつあいて、ふたりは家の中に忍びこんだ。

「女社長の部屋は、二階なんだ。こっちが階段だよ」

謹二が先に立って、二階へあがった。蛍光灯のついた廊下に、ドアがひとつだけ、半びらきになっていた。

「あそこだな」

と、友吉が前後を気にしながら、ドアに近づいて、そっと中をのぞいた。とたんに、

「あっ、あっ、あっ」

と、ファールで飛んできたボールが、喉《のど》につまったみたいな声を、友吉はあげた。

「どうした」

と、謹二が聞いた。

「あの野郎がいる。神戸のやつが！」

部屋の中には、立派なベッドが薄暗いあかりの中に、堂々とすえてあって、その上でタバコを吸っているのは、派手な縞のパンツひとつの神戸重次だった。友吉の声に、重次はぎょっとした顔を、こちらへむけた。

「へっ、こういうオマケがついてたんで、女社長のほうへ寝返りやがったのか」

と、謹二が毒づいた。

「重ちゃん、まさかと思ってたが、やっぱりおれを裏切りやがったんだな」

と、友吉はいった。重次はタバコを灰皿に投げこんで、ベッドから足をおろすと、

「じいさん、いやに怨めしそうな口ぶりだな。がらにないことをしようとするから、かすをくうのさ」

と、せせら笑った。

「畜生！」

友吉は歯がみして、重次につめよった。

「あんたたち、なにしにきたのよ」

いきなり、うしろで声がした。ふりむくと、黒っぽいネグリジェひとつで、生まれたままのからだを透《す》かして見せて、米沢竜子が立っていた。

「あいさつにきたのさ」

と、謹二がいった。

「からくりが、すっかり読めたんでね。生証人をつれてきた。うまいぐあいに、ほんとの殺人犯人がいてくれたんで、話がしやすい。おい、神戸とかいうそうだな。おれの兄貴を射ったのは、おめえだろう」

「証拠があるか」

と、重次はうそぶく。

「目撃者が、たくさんいたのよ。みんな、そのじいさんが射ったんだって、証言した

わ」

　と、竜子がいった。

「だが、おれはからくりを知ってるんだぜ。そっちの色男が、おれの兄貴とお前さんと、両方に売りこんで、金をよけいだしたほうについたんだ」

「だから、どうだというの」

「金ってのは、いいもんだからな。おれも金でおとなしくなっても、いいってことさ。その相談に、このじいさんをつれて、やってきたんだ」

「金さえ出せば、このじいさんを売るというわけね」

「まあ、そうだ。目撃者はたくさんいるんだそうだから、おれさえ黙っていりゃあ、予定どおり、ことが運ぶわけだろう」

「おい、それじゃあ、約束がちがうじゃねえか」

　と、友吉は叫んだ。

「じいさんは黙ってろ。おめえを一人前にあつかってくれる人間は、ここにゃあいねえんだ」

　と、謹二がいった。

「金を出すのは、いやだといったら、どうする気よ。謹二さん、あんたは住居不法侵入の罪をおかしてるってこと、わすれないでちょうだい」

竜子は、重次のわきへ腰をおろして、足を組んだ。ベッドが、なにかを連想させるようなきしみかたをした。謹二は白い足を見つめて、舌なめずりした。

「警察《さつ》へひきわたすのも、おもしろいかも知れねえ。おれは臆病で、おしゃべりだからね。死んだ兄貴から聞いたことを、ぜんぶしゃべってやるよ」

「いくらほしいのよ」

「そうこなくちゃいけねえ。まあ、百万かな。このじいさんのアパートにいる娘が、五十万いるそうだからね。いい娘だ。お前さんみたいなお腹に皺のよったんじゃ、ねえからな。おれが金をもってってやれば、このじいさんも安心して、刑務所へいけるだろう」

「百万なんて、そんなに現金はないわ。せいぜい、六十万ぐらいしか」

「それだけで、手を打とう。カストマー・イズ・ザ・キングってえから、お前さんはクイーンのわけだが、まあ、いくらでも歩みよるぜ」

「ふん」

鼻で笑って、竜子はベッドの上でからだをねじると、床にすえてある小型金庫に、手をのばした。なめらかに光る重そうなドアは、たちまちひらいた。けれど、中はからっぽだった。

「ないわ。ないわ。さっきまであったのに！」

米沢竜子は、金切り声をあげた。

神戸重次が、爆発したような笑い声をあげた。

悪いやつら

米沢竜子は、金庫の中をゆびさした。

「ないわ。ないわ。さっきまでは現金で六十万、たしかにあったのよ。それが、ないわ。消えちゃったのよ」

と、金切り声をあげた。黒っぽい半透明のネグリジェの下で、張りきった乳房が、ふるえている。お芝居には、見えなかった。

「ほんとにあったのか」

豊橋謹二が若禿げのあたまを光らして、金庫の中をのぞきこむ。

「ほんとよ。嘘じゃないわ」

竜子は目をつりあげて、口走った。ふいに神戸重次が、爆発したような笑い声をあげた。謹二は顔をあげて、にらみつけた。

「なにがおかしい」

「おかしいから、おかしいのさ。たがいに命のねらいっこをして、いかにも抜けめなさそうな諸君がだぜ。銭箱《ぜにばこ》の中がからっぽなのを、ご存じなかったとはね。とんびに油揚《あぶらげ》どころか、すずめにダイヤモンドをさらわれたってやつだよ」

重次はまた、馬みたいに笑った。

豊橋謹二は、鼻のあたまに皺をよせた。

「畜生、きさまが盗んだんだな」

「冗談じゃない。おれはこの通り、裸だぜ」

重次はまばらな胸毛を、ぴしゃりと平手でたたいて、立ちあがる。

「裸だって、油断はならねえ。こいつは手妻つかいだ」

と、友吉は口をはさんだ。

「よしてくれ。いくらおれが器用でも、一万円札で六十枚、口の中にゃあ頬《ほお》ばれない。パンツの中にだって、かくせやしないぜ」

派手な縦縞のパンツを、はたいてみせてから、重次は椅子の背にかけてあるシャツに、手をのばした。

「納得がいったら、帰らしてもらうよ。おれのほうの取引きは、もうすんだんでね」

手早くシャツに腕を通し、ズボンをはく重次の顔を、謹二はいまいましげに見つめた。

「まさか、あんたがたがとったんじゃないでしょうね」

と、竜子が甲高い声をあげて、謹二にゆびをつきつけた。

「馬鹿をいえ。おれたちがこの部屋へ入ってから、したことはぜんぶ、この神戸とか、アカンべとかいう野郎が見ている。そんな八つあたりして、じつは六十万円なんて、なかったんじゃねえのか、もともと」

と、謹二がやりかえす。竜子は憤然として、

「失礼な！　たしかにあったわ」

神戸重次はズボンのポケットを、両方ひっぱりだしてみせて、

「この通り、おれはなんにも、この部屋からは持ちださねえぜ」

と、いってから、ひろげた両手を、頭上でひらひらさせながら、

「じゃあ、お先に失礼。ゆっくりつかみあいでも、なんでもしてくれ」

鼻で笑って、重次は部屋を出ていった。

「変だな。ほんとにあったものなら、だれか盗んだものがいるわけだ」

と、謹二がつぶやく。竜子もいった。

「ほんとに、だれかが盗んだのよ」

「六十万円、どうしてあったんだ。札束のまま、金庫の中に積んであったのか」

「一万円札で六十枚、束にはしないで、小さなかばんに入れておいたの。麻雀牌《マージャンパイ》のケースぐらいの大きさで、かたちも似てるわ。生のままのいろの豚革のかばん」

「ふうん」

謹二は室内を見まわした。その視線は、ぴったりとしめきって、レースのカーテンを引いた窓に、とまった。

「畜生、いっぱい食ったらしいぞ」

謹二は窓に走りよった。窓枠と窓のあいだに、はさまっている薄いきれをつまんだ。片手は急いで、窓をあける。

「ナイロンの靴下だ」

「あたしんだわ！」

「ふたつむすびあわせて、その先にかばんが吊《つる》してあるんだ。重いぞ。まだある」

謹二はナイロンのストッキングを、たぐりあげかけた。

「ちぇっ、軽くなりやがった」

「あら、あのじいさん、いないわ」

「先を越されたか！」

はじめてふたりは、友吉のすがたが消えているのに、気がついた。謹二が先に部屋をとびだして、階段をおりかけた。

「社長、あんたは裏口へまわって、ドドンパを放してくれ。あの犬に追わせるんだ」

「ええ」

米沢竜子はネグリジェをなびかせて、白い腿もあらわに、廊下を勝手口のほうに走っていった。謹二はテラスのフランス窓から、水銀灯に照らされた庭に、すごい勢いでとびだした。

風が出て、空には雲が渦巻きはじめている。プールの水は波だって、ぎらぎら光っていた。神戸重次のすがたが、小脇《こわき》になにかをかかえて、植えこみに走りこもうとするのが見えた。

勝手口のほうで、犬の吼える声がした。と思うと、まっ黒な弾丸みたいに、犬がかけてきた。

「アタック！」

と、謹二が叫ぶと、名前はドドンパでも、尻ごみはしなかった。猛然と神戸重次におそいかかった。

「わあっ」

重次はかばんを抛りだして、悲鳴をあげた。あと足で立ちあがったセパードは、重次の腕にするどい歯を立てていた。重次はあおむけにたおれた。犬とひととが一体になって、芝生をころげまわった。

ネグリジェをなびかせて、竜子の裸身がそのそばに走りよると、かばんをひろいあげた。謹二がそれを追った。ふたつのからだが、プールサイドでぶつかった。

謹二の禿げあたまと、竜子の裸身が白くかがやいて見えた。もうひとつ、光ったものがあった。謹二の手の中で、飛び出しナイフが、するどい刃をひらいたのだ。竜子の悲鳴が聞えた。

ふたつのからだが、もつれあって、傾いた。平均をうしなって、たおれかかる下に、プールの水が波立っている。はげしい水音が起った。

水の中で、ふたつのからだは、もつれあって沈んだ。さきに浮かびあがったのは、竜子だった。半分ぬげたネグリジェが、網のようにひろがった。それといっしょに、赤黒いものが雲のようにひろがった。飛び出しナイフが、脇腹をえぐったのだ。いったん浮きあがった竜子のからだは、また沈んだ。

かばんはプールのへりに落ちていた。家のまわりの植えこみの中から、ひとつの影が走りでた。一直線にプールサイドへ近づくと、かばんをひろいあげた。

犬の唸り声と水音が、庭にはぶきみにあふれている。神戸重次はドドンパともつれあって、芝生をころがりまわっていた。プールの中では、服のまま水に落ちた豊橋謹二が、まつわりつく竜子の裸身を、ふりはなそうともがいていた。血で黒くにごった水は、はげしさを増した風に、ひときわ波立った。

空には雲が走り、地上には声を発するものもない。水音と犬の唸りと人間のうめきが、異様にひびきあう中を、植えこみから走りでて、プールサイドのかばんをひろいあげた人影は、よろよろと表門のほうへ、かけていった。

それが、浦賀友吉であることは、いうまでもない。

友吉のすがたが、建物の角をまがって、表門へ消えてから、しばらくすると、プールの中から、濡れねずみの謹二が、はいあがった。飛び出しナイフをにぎりしめて、こわばった右手のゆびを、左手で一本一本ほぐしてから、ナイフを左にもちかえて、大きくふった。プールサイドのコンクリートへ、血が一滴、椿の花のように落ちた。

「畜生、骨を折らせやがった」

と、謹二はつぶやいて、プールの中を見かえった。そこにはネグリジェが、人間のように浮き、そのそばにつかず離れず、全裸の竜子が漂っていた。不手際な盲腸手術のあとが、ムカデみたいに下腹を走っている。

「ふん、ざまはねえや」

謹二は水中へ、つばをはいた。足もとへドドンパが走ってきて、ひと声、吼えた。

「どうした。うまくやったか」

謹二は芝生のほうを見た。神戸重次が顔じゅう血だらけにして、うめいていた。くいちぎられて、鼻がなくなっていた。うめき声はひどく弱かった。ドドンパの顔も、血だらけだった。

「あっ、かばん!」

と、謹二は叫んで、あたりを見まわした。ドドンパが、はげしく吼えた。

「あのじいのやつ、漁夫《ぎょふ》の利をしめやがったな」

柄《がら》になくむずかしいことをいったとたん、謹二は大きなくしゃみをした。

「いけねえ、これじゃあ、風邪をひく」

暗い公園で

浦賀友吉は、かばんをかかえて、坂道をかけおりた。心臓がはげしく鳴って、いまにも破れそうだった。

目のさきには、犬とたたかう重次のすがた、水中でもがきあう竜子と謹二のすがたが、まだちらついた。あんなおそろしい光景を見たのは、はじめてだった。

「とんでもねえことに、なりやがった。とんでもねえことに、なりやがった」

くりかえし、つぶやきながら、友吉はかばんを両手で、しっかりと胸にかかえて、水道端の通りへ出ると、あたりをきょろきょろ見まわした。町すじには、まだ灯がともっているが、かなり広い道の片がわは、寺ばかりが並んで、だいぶ暗い。車がスピードをあげて、走ってくる。何台も通りすぎるが、空車はなかった。

友吉は、江戸川橋のほうへ歩きだした。早くこのあたりから、逃げださなければならない。友吉は走ったり、歩いたりしながら、水道端の通りをぬけて、都電通りへ出た。

矢来《やらい》から護国寺へぬける通りで、線路を横ぎったところに、江戸川公園がある。

なんとなくひと目がはばかられて、友吉は暗い公園の中へ入った。

それから十五分ばかりたって、おなじ都電通りを、妙な男が横ぎっていった。太い綱でセパードをつないだところは、高台の屋敷町に出入りする犬の訓練士みたいだが、あたまが禿げて、きている派手な半袖シャツは、よく見ると左前だった。どうやら女のシャツブラウスらしい。ズボンも腰のあたりがだぶついて、前あきがないところは、婦人用のスラックスだろう。

目を光らして、その男はセパードのみちびくままに、江戸川公園へ入っていった。

公園の中は、街灯がところどころに立っているが、電球がこわされていて、ものの役には立たなかった。暗い植えこみの中で、アベックらしい人影が、うごめくばかりで、歩いてるひとは、ほとんどない。片がわは目白の高台にのぼる崖だ。片がわは神田上水で、公園は細長く、関口町のあたりまでつづいている。

友吉が目白台へのぼる石段のとちゅうに腰をおろして、川むこうの灯を見つめていた。膝の上には、かばんをかかえている。

「こんなところで、ぐずぐずしちゃあいられねえ」

と、思うのだが、膝ががくがくして、立ちあがれなかった。早く東大久保の野呂松荘へかえって、かばんの中身を、多美子にわたしたい。あの清純な娘の、よろこぶ顔を想像すると、とたんに元気が出て、友吉は立ちあがった。だが、歩きだすと、足もとはおぼつかなかった。

「おれも年をとったな」

友吉はしょんぼりと、川音のひびく大滝橋をわたりかけた。そのすがたを見とめて、暗い道をやってきたひとりの男が、立ちどまった。

「あれだな。ようし、これから先はお前が邪魔だ。やたらに吼えられて、パトロールにでも聞きつけられたら、ことだからな。いいか、ドドンパ、おれがもどってくるまで、吼えるんじゃねえぞ。ここでおとなしくしてるんだ」

男は立木に、犬の綱をしばりつけると、橋にむかって、走りだした。

「待て、じじい!」

友吉はぎょっとして、ふりかえった。

「あっ、きさまか」

「きさまかも、ねえもんだ。そのかばんをよこせ」

と、豊橋謹二は低い声でいった。

「待ってくれ。これだけは渡せねえ。こうしよう。この中には六十万あるといってた。十万だけ、あんたにやる、それで、かんべんしてくれ」

友吉は片手でかばんをかかえ、片手で謹二を拝んだ。

「かんべんできねえ。口さきひとつで、うまく百万円ばかり手に入れるつもりが、けっきょく女社長を殺《ばら》しちまった。おれはそこらの頭の悪い悪党とちがって、はした金で人殺しなんかしねえんだ。かばんぐるみ、よこしゃあがれ」

「おれだって、これだけだまされつづけてきたんだ。こんなことになったら、おれはやっぱり、あんたの兄貴を殺した犯人にされてしまう。手ぶらじゃ帰れねえ。それじゃ、二十万にふやそう」

「いやだ。ぜんぶよこせ」

謹二はつめよった。

友吉はじりじりあとずさりした。橋の上には、風が吹きわたっていた。川音も橋の下で堰《せき》とめられているせいで、ひときわ高い。大粒の雨が謹二の禿げあたまを打った。

「こっちも、いやだ」

友吉は身をひるがえして、走りだした。橋をわたりきって、川端の道を早稲田のほうへ、逃げようとした。豊橋謹二は、その腰にとびついた。友吉のからだが、ぐるぐるっとまわった。飛び出しナイフの刃のとびだす音が、するどくひびいた。

「畜生！」

友吉は目がまわりそうになりながら、謹二のからだを、ふりはなした。

謹二は両手をひろげて、あおむけに倒れそうになった。うしろには、なにもなかった。

川端の手すりは、高くない。友吉は相手の肩を、かばんをふって、強くたたいた。

「わあっ」

叫びを残して、謹二のからだは、川の中へ落ちた。水音が派手にひびいた。

友吉はその水音に追い立てられて、走りだした。足に力が入らない。友吉は脇腹に手をやった。固いものが、手にふれた。ゆびさきがねばついた。

「やられた。やられた」

友吉は脇腹につきささった飛び出しナイフをつかんで、うめきながら、よろよろと走った。これをぬいたら、助からない、と思った。片手でナイフをおさえて、友吉は早稲田の電車通りへ出た。暗がりに立って、タクシーの空車を待った。ようやく一台、通りかかったのをとめて、

「東大久保へやってくれ」

と、友吉は苦しい声を張りあげた。車にゆられると、ときどき気が遠くなった。それでも、このかばんを多美子にわたさないうちは、死にきれない、と思って、息をつめて頑張った。

「ここでいい」

友吉は野呂松荘へおりる坂の上で、タクシーから、はうように出ると、大きく肩で息をついた。

「お客さん、金をはらわない気かね」

と、運転手がいった。

「ああ、金か」

友吉は両手がふさがっていた。片手ではかばんをかかえ、片手では脇腹にささった飛び出しナイフをおさえている。

かばんを離すわけにはいかない。友吉はナイフから、手を離した。血がひとすじ、ズボンをつうっと流れて落ちた。運転手は、ぎょっとして、友吉を見つめた。飛び出しナイフの金属の柄に気づくと、

「あっ」

と、叫んで、いきなり車をスタートさせた。ドアはあけはなしたままだ。ドアにあおられて、友吉はよろめいた。血がどっと流れだした。

友吉はナイフをおさえて、よろよろと坂道をくだった。野呂松荘の玄関を入って、階段をのぼりかけると、足がいうことをきかなくなった。

「まだ死なねえぞ」

友吉はうめいた。かばんがやけに重くなった。目もよく見えなくなった。友吉は壁につかまりながら、片手にかばんをぶらさげて、廊下をゆっくり歩いていった。ズボンは血だらけだった。友吉はようやく多美子の部屋まで、たどりついた。かばんをドアにぶ

つけて、音を立てた。

「どなた」

　多美子の声がした。

「おれだ。友吉だ」

「ああ、おじさん。用があるなら、あしたにしてくれない。あたし、もう寝ちゃったの」

　あしたまでは、命がもたない、と友吉は思った。

「ちょっとでいい。あけてくれ」

「あたし、裸なのよ。どうしても、いまでなけりゃ、いけないの」

「ああ」

　友吉は、声をしぼりだした。

「じゃあ、ちょっと待って」

　友吉はドアのわきによりかかった。しばらくして、ドアがあいた。多美子の顔がのぞいた。

　友吉は万斛《ばんこく》の思いをこめて、その白い顔を見つめた。

「まあ、おじさん、どうしたの、青い顔して！」

と、多美子は叫んだ。友吉はよろよろと、土間に膝をついた。

「血だわ。おじさん、ひどい血よ。どうしたっていうの」

「なんでもない。大丈夫だ。多美ちゃん、心配するこたないぜ。おじさん、金を持ってきた」

友吉は膝の上で、かばんをあけようとした。かばんは、なかなかあかなかった。ようやくあいたとき、友吉はかばんといっしょに、前へのめって、畳に顔をつけた。六十枚の一万円札が、顔のまわりにちらばった。

「おじさん、このお金……」

「心配することはない。悪いやつらから、とりあげた金だ。札束がそこにあるから、もらってきたまでだ。かばんだけは、どこかへ棄ててくれ……多美ちゃん」

友吉は力をしぼって、顔をあげた。

「うれしいかい」

「ありがとう、おじさん。でも、その血。いまお医者を呼ぶわ」

「ほっといてくれ。どうせ助からねえ。でも、いいんだ。おれもひとつだけ、いいことをして死ぬんだから……だまされてばかりはいねえ。多美ちゃんにも、嘘をつかねえですんだ……うれしいよ……おれも……」

友吉の顔が、畳に落ちた。

カーテンのかげから出てきた男が、多美子の肩に手をかけた。

「どうした。死んだか」

「死んだわ」

「ずいぶん、あるな。じじい、なかなかやるじゃねえか。五十万、約束どおりあるようだぜ」

「あるようね」

「早くひろい集めねえか。じじいの死骸を、やつの部屋におしこまなけりゃならねえし、することはたくさんあるんだぜ」

バーテンの松島は、札をひろいあつめながら、いった。

「でも、このひと、死んだのよ」

多美子は、友吉の顔を見おろしながら、いった。友吉の顔は、かすかに微笑しているようだった。

「だから、どうしたっていうんだ。このじじいをだまくらかして、金の工面をさせよう、といいだしたのは、多美子、おめえだぜ。そら、一万円札をこんなにつかんだことがあるかよ、おめえ」

松島は多美子の前に、両手いっぱいの札をさしだした。多美子はその手を、はらいのけた。

「なによ、お金なんて！」

札は友吉の死骸の上へ、ふりそそいだ。

あとがき

『いじわるな花束／犯罪見本市　都筑道夫異色シリーズ6』（三一書房）

本書の前半を占めている『いじわるな花束』は、昭和三十七年（一九六二年）の七月、ちょうど五作めの長篇『紙の罠』とおなじ月に、七曜社という出版社から出したもので、私の最初の短篇集だ。推理小説の創作に本腰を入れはじめた昭和三十五年（一九六〇年）から、三十七年前半までに書いたSF、怪談、ショートショートで編集した。ミステリの短篇を加えなかったのは、当時べつに短篇集をつくる話があったからだ。

わずかな部数しか刷ってもらえないのはわかっていたが、配列を考えたり、ショートショートを新しく組みあわせて、岩波文庫の発刊の辞のもじりを書きくわえたり、短篇ひとつをまるまる書きなおしたりするのが、たいへんに楽しかった。ところが、本が出ると間もなく、七曜社はつぶれてしまって、印税はほんの一部しかもらえなかった。割りつけまで自分でやって、さんざ楽しんだ本なのだから、見栄でもなんでもなく、それほど腹は立たなかったけれど、財政面では多少あわてた。それで、原稿整理に時間のかかる短篇集は、当分だされないことにしたら、こんどは声がかからなくなってしまった。

そんなわけで、後半を占める『犯罪見本市』は、新しく編集したものである。短篇をえらぶと、趣向のある編みかたをしたくなるので、昭和三十六年から三十九年（一九六四年）までに、週刊誌、にそれぞれ短期間連載した中篇を、四つならべることにした。アメリカふうのマガジン・ストーリイ（作家の名前でいえばフレドリック・ブラウンやジョン・D・マクドナルドが雑誌に書くような作品）を、書こうとしていたころのものだから、筋を目まぐるしく、かつユーモラスにころがすことしか、念頭においていない。

この六冊めで、ユニフォーム・エディションを出しおえるわけだが、過去をまとめる機会をつくってくだすった三一書房の正木重之さんに、ここで厚くお礼を申しあげたい。なまけもので、校正に手間どるばかりの私を、辛抱づよく担当してくれた三角忠君にも、お礼を申しあげる。それから、てれ性の私に、てれずにすむ百面相を、表紙で楽しくやらせてくれた山藤章二君にも——なにしろ結城昌治にいわせると、うしろ姿まで似ているそうだ。Oct. 1968

編者解説

日下三蔵

ちくま文庫から復刊した都筑道夫作品、近藤・土方シリーズ『紙の罠』『悪意銀行』、片岡直次郎シリーズ『吸血鬼飼育法　完全版』は、読者の皆さまからご好評をいただき、新たに二冊の短篇集をお届けできることになった。

この『妖精悪女解剖図　増補版』と続刊『哀愁新宿円舞曲　増補版』がそれだが、それぞれ表題となっている短篇集に、四つの中篇からなる作品集『犯罪見本市』を分割して、二篇ずつ加えたものである。つまり、今回の二冊は、『妖精悪女解剖図』『哀愁新宿円舞曲』『犯罪見本市』の三冊分の復刊ということになる。

都筑道夫のオリジナル著書は約一九〇冊あり、そのうちの五十冊は合本、再編集本だから、重複なしの作品数としては約一四〇冊。その内訳を見てみると、長篇小説三十、短篇集九十、ショートショート集十、エッセー評論などのノンフィクション十で、短篇集が圧倒的に多い。

その短篇集も、キリオン・スレイ、なめくじ長屋、退職刑事など、シリーズキャラクターが登場する連作が五十冊以上を占めている。さらに残る三十冊強の中にも、《都筑道夫ひとり雑誌》全四巻や《都筑道夫少年小説コレクション》全六巻のようなテーマ別作品集があり、『東京夢幻図絵』『猫の目が変わるように』『都筑道夫ドラマ・ランド』のように同一の趣向の作品をまとめたものもあるから、さまざまな雑誌に発表した作品を集めたふつうの意味での短篇集は、実は二十冊もないのである。

短篇集『アダムはイヴに殺された』（80年4月／桃源社）の「あとがき」で、都筑道夫は、こう述べている。

一冊分たまりましたから、本にしました、というような短篇集は、つくりたくない。そんなことを考えていると、どうしても、はみ出す作品が出てくる。長いあいだに、それが一冊分になって、桃源社が持っていった。近年の作もあれば、二十年まえに書いたものもある。それでも、本にするのは、いずれも初めてのはずで（以下略）

普通は「一冊分たまれば本になる」ものなのに、こんなことを考えていたら、なかな

（左）『妖精悪女解剖図《都筑道夫〈新作〉コレクション２》』桃源社（1974年11月）

（下）『妖精悪女解剖図』角川文庫（1985年２月）

か短篇集が出ないのも無理はない。七四年から翌年にかけて桃源社から刊行された《都筑道夫新作コレクション》シリーズは、たまり過ぎた未刊行短篇を一気に単行本化する企画であった。ここにある「新作」は文字通りの「近年の作」ではなく、「未刊行の作」の意味だから、古いものでは五八年の作品も含まれている。

第一巻『危険冒険大犯罪』（74年10月）巻末の広告ページを見ると、当初は全七巻の企画であったことが分かる。この内容紹介が面白いので、ここでご紹介しておこう。予告では巻数表示がなく、続刊はすべて仮題なので、実際の刊行タイトルと巻数、発行月を付記してある。

＊危険冒険大犯罪（74年10月）
スリル・スピード・セックスの氾濫する犯罪と暴力の中を、頭脳プレイでスマートに泳ぎまわる、コメディー・アクションの決定版

＊あなたのためのスリリングロマン　↓　2　妖精悪女解剖図（74年11月）
いじわるな恋人のように、そっとあなたの背後に忍びよる恐怖の影……おぼろげな悪夢のように残酷でロマンチックな物語をどうぞ

＊怪奇小説という題の怪奇小説　↓　怪奇小説という題名の怪奇小説（75年9月）

怪談のようでポルノグラフィのようで推理小説のようでSFのようでもあるけれど、やはり怪奇小説としか言えない奇妙な長編小説

＊涙と笑いの珠玉小説　↓　3　哀愁新宿円舞曲（74年12月）

都会の街角でふとすれちがう人々の心の奥の万華鏡……そんな色とりどりの歓びと悲しみと、笑いの数かずを綴り合せた珠玉の輝き

＊ハードボイルドアクション！　↓　4　酔いどれひとり街を行く（75年1月）

現代のヒーローはここにいる！　非情な陥穽に敢然と挑戦する《男》の怒り！　肉体の限界を超えて悪に対抗する《男》の血しぶき！

＊謎と論理の本格推理　↓　西洋骨牌探偵術（75年12月）

タローカードを手にした名探偵が、現実ばなれした謎に華麗な論理のアクロバットで挑戦する、日本唯一のパズラー作家の最新自信作

＊殺人と犯罪のあふれる現代小説　↓　5　絶対惨酷博覧会（75年6月）
完全犯罪はあなたにもできます。けれどもこんな結果に終らないように……ちょっと間抜けな犯罪者がまきおこす悲劇と喜劇と活劇

このうち『怪奇小説という題名の怪奇小説』と『西洋骨牌探偵術』は、ソフトカバーの《都筑道夫新作コレクション》シリーズではなく、単発のハードカバー単行本として刊行された。また、同じく桃源社から、『危険冒険大犯罪』と『絶対惨酷博覧会』の合本『タフでなければ生きられない』（78年11月）、『妖精悪女解剖図』と『哀愁新宿円舞曲』の合本『哀しみの画廊から』（79年1月）、『西洋骨牌探偵術』と『酔いどれひとり街を行く』の合本『気まぐれダブル・エース』（79年2月）としても刊行されている。

本書の第一部『妖精悪女解剖図』は、さらに八五年二月に角川文庫に収められた。各篇の初出は、以下の通り。

霧をつむぐ指　「小さな蕾」70年1～12月号　※「霧を紡ぐ手」改題
らくがきの根　「推理ストーリー」62年3月号
濡れた恐怖　「週刊実話特報」61年7月20日号

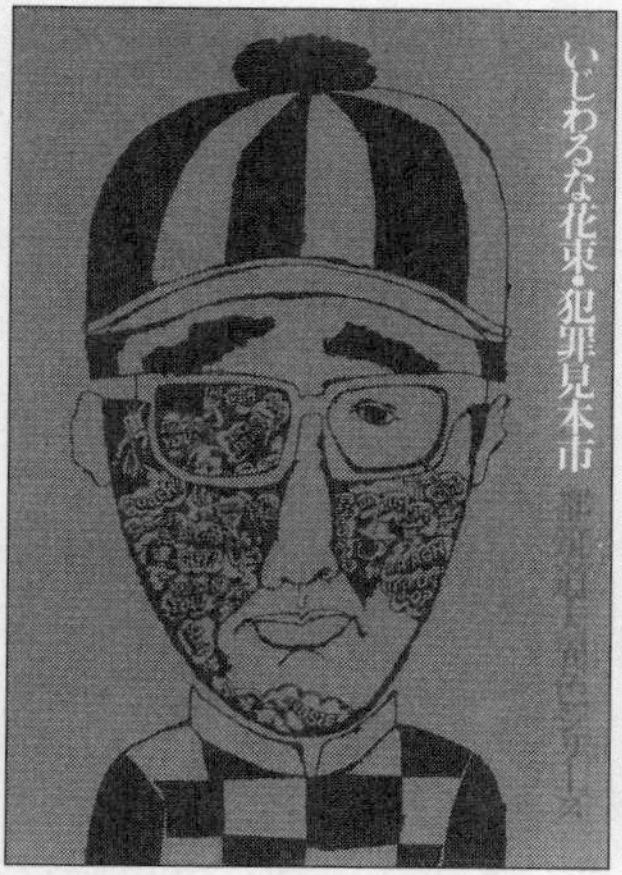

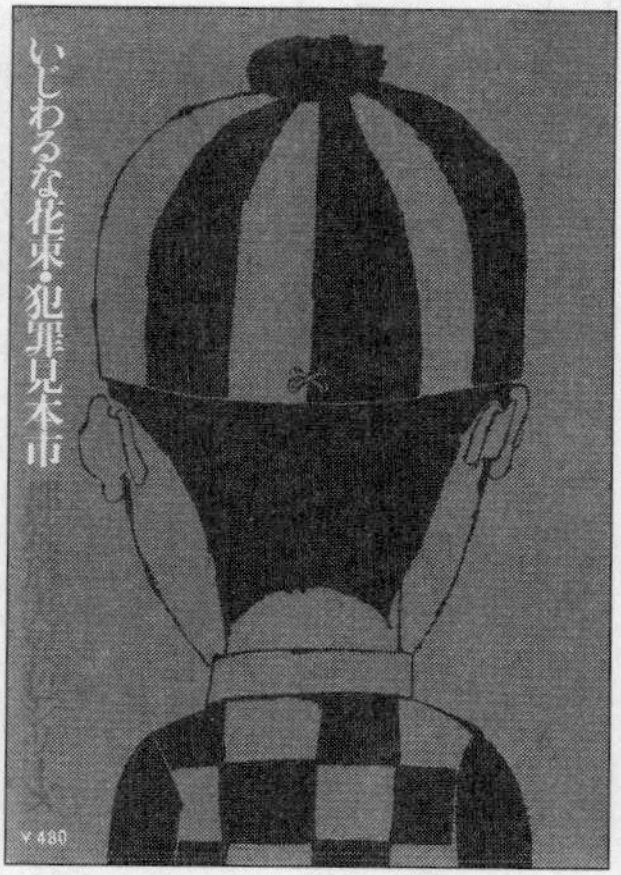

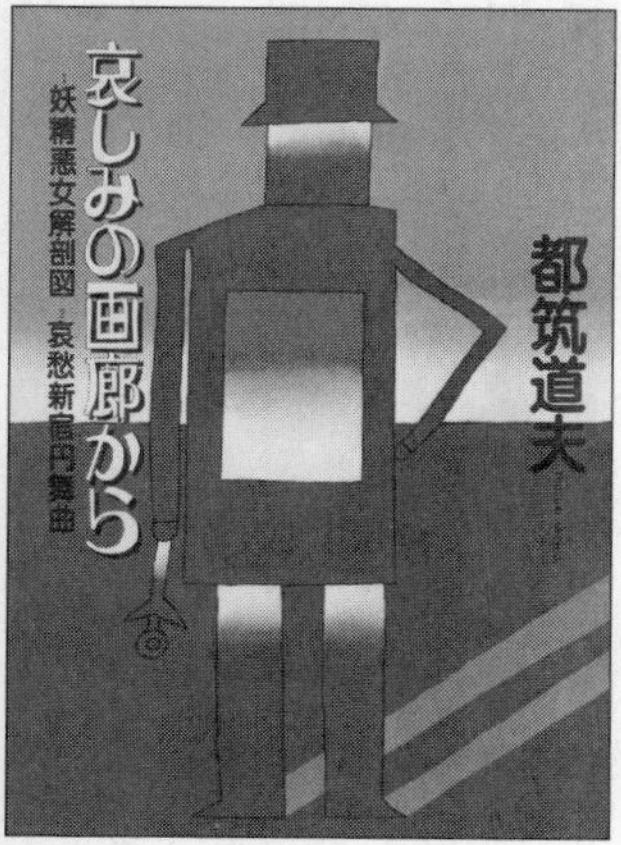

（左上）『いじわるな花束・犯罪見本市《都筑道夫異色シリーズ６》』三一書房（1968年11月）
（右上）同上カバー表４
（左）『哀しみの画廊から』桃源社（1979年１月）

手袋のうらも手袋　「別冊宝石」64年1月号
鏡の中の悪女　「推理ストーリー」63年8月号

「霧を紡ぐ手」がスリリングロマンの角書きで連載された大門出版の月刊誌「小さな蕾」は生活情報誌。同誌はのちに古美術、骨董の専門誌となり、七六年からは創樹社美術出版から発行されている。

双葉社の月刊誌「推理ストーリー」は現在の「小説推理」の前身である。「鏡の中の悪女」は同誌の名物企画、中篇二百枚一挙掲載のうちの一篇。「週刊実話特報」は同じく双葉社の週刊誌。ちくま文庫の既刊では『悪意銀行』の原型中篇版の掲載誌であった。「別冊宝石」は宝石社の探偵小説誌で、「手袋のうらも手袋」は休刊直前の「サラリーマンミステリー傑作集」号に掲載された。

タイトルのとおり女性を主人公にしたサスペンスで統一されていて、巻頭と巻末に中篇、その間に短篇が配置されているのは、第一巻『危険冒険大犯罪』と同じ構成である。

六八年に三一書房から刊行された《都筑道夫異色シリーズ》（全6巻）は、既刊の作品を同一の装丁でまとめた選集であった。

1　やぶにらみの時計・かがみ地獄　68年3月
2　なめくじに聞いてみろ　68年4月
3　猫の舌に釘をうて・三重露出　68年6月
4　紙の罠・悪意銀行　68年7月
5　暗殺教程　68年8月
6　いじわるな花束・犯罪見本市　68年11月

第一巻の『かがみ地獄』は読物作家時代の五四年に若潮社から刊行された時代伝奇小説の改題。桃源社からこのタイトルで二度刊行された後、原題にもどして中公文庫に収められた。六七年六月に桃源社の新書判叢書〈ポピュラーブックス〉に収められたばかりの長篇ミステリ『誘拐作戦』を除いた全作品が、この「ユニフォーム・エディション」に入っている。

第六巻は短篇集だが、都筑道夫にはこの時点で、SF、ホラー、ショートショートがメインの『いじわるな花束』（62年7月／七曜社）しか短篇集がなかったため、未刊行のミステリ中篇四本を選んで新たに編まれたのが、後半を占める『犯罪見本市』である。

各篇の初出は、以下の通り。

第一会場　影が大きい　「週刊実話特報」61年4月20日〜5月4日号
第二会場　札束がそこにあるから　「週刊大衆」61年8月7日〜9月4日号
第三会場　隣りは隣り　「週刊漫画 TIMES」62年1月17日〜2月28日号
第四会場　森の石松　「週刊漫画 TIMES」64年1月11日〜2月1日号

七〇年十月に桃源社〈ポピュラーブックス〉から独立した作品集として刊行され、八一年五月に集英社文庫に収められた。「週刊大衆」は前出の「週刊実話特報」と同じく双葉社の週刊誌。「週刊漫画 TIMES」は芳文社のマンガ週刊誌である。

本書の第二部には、「第一会場　影が大きい」と「第二会場　札束がそこにあるから」を収めた。「第三会場　隣りは隣り」と「第四会場　森の石松」は、近刊『哀愁新宿円舞曲　増補版』に収められる予定である。

なお、山藤章二氏のご厚意で〈ポピュラーブックス〉版の扉イラストを、ここに再録させていただいた。作品とあわせてお楽しみください。

（左）『犯罪見本市』〈ポピュラーブックス版〉桃源社（1970年10月）

（下）『犯罪見本市』集英社文庫（1981年５月）

『犯罪見本市』〈ポピュラーブックス版〉の山藤章二氏による扉絵

『右同』扉絵

各作品の底本は以下の通りです。
「妖精悪女解剖図」――『妖精悪女解剖図』(角川文庫　一九八五年二月)
「影が大きい」――『犯罪見本市』(集英社文庫　一九八一年五月)
「札束がそこにあるから」――『犯罪見本市』(集英社文庫　一九八一年五月)

本書のなかには、今日の人権感覚に照らして差別的ととられかねない箇所がありますが、作者が差別の助長を意図したのではなく、故人であること、執筆当時の時代背景を考え、該当箇所の削除や書き換えは行わず、原文のままとしました。

紙の罠　都筑道夫　日下三蔵編

都筑作品でも人気の〝近藤・土方シリーズ〟が遂に復活。贋札作りをめぐり巻き起こる奇想天外アクション小説。二転三転する物語の結末は予測不能。

悪意銀行　都筑道夫　日下三蔵編

洒落た会話と何重にも仕掛けられる罠、激烈な銃撃戦（死者多数）とちょっぴりお色気、そして結末は完全予測不能。近藤・土方シリーズ第二弾。

吸血鬼飼育法　完全版　都筑道夫　日下三蔵編

事件屋稼業、片岡直次郎がどんな無茶苦茶な依頼も解決する予測不能の活劇連作。入手困難の原型作品やスピンオフも収録し〈完全版〉として復活。

幻の女　田中小実昌　日下三蔵編

近年、なかなか読むことが出来なかった〝幻〟のミステリ作品群が編者の詳細な解説とともに甦る。夜の街の片隅で起こる世にも奇妙な出来事たち。

あるフィルムの背景　結城昌治　日下三蔵編

普通の人間が起こす歪んだ事件、そこに至る絶望を描き、思いもよらない結末を鮮やかに提示する。昭和ミステリの名手、オリジナル短篇集。

夜の終る時／熱い死角　結城昌治　日下三蔵編

組織の歪みと現場の刑事の葛藤を乾いた筆致でリアルに描き、日本推理作家協会賞を受賞した警察小説の記念碑的長篇『夜の終る時』に短篇4作を増補。

落ちる／黒い木の葉　多岐川恭　日下三蔵編

江戸川乱歩賞と直木賞をダブル受賞した昭和の名手、深い抒情性とミステリのたくらみに満ちた、単行本未収録作品を含む14篇。文庫オリジナル編集。

赤い猫　仁木悦子　日下三蔵編

爽やかなユーモアと本格推理、そしてほろ苦さを少々。日本推理作家協会賞受賞の表題作ほか〈日本のクリスティー〉の魅力を堪能できる傑作選。

緋の堕胎　戸川昌子　日下三蔵編

これは現実か悪夢か。独自の美意識に貫かれた淫靡かつ幻想的な世界を築いた異色の作家。常人の倫理を遥かに超えていく劇薬のような短篇9作。

方壺園　陳舜臣　日下三蔵編

唐後期、特異な建築「方壺園」で起きた漢詩の盗作をめぐる密室殺人の他、乱歩賞・直木賞・推理作家協会賞を受賞したミステリの名手による傑作集。

最終戦争／空族館 今日泊亜蘭 日下三蔵編

日本SFの胎動期から参加し「長老」と呼ばれた伝説的作家の、未発表作「空族館」や単行本未収録作14篇を収録する文庫オリジナルの作品集。（峯島正行）

光の塔 今日泊亜蘭

地球上の電気が消失する「絶電現象」は人類を襲う未曾有の危機の前兆だった。日本SF初の長篇にして圧倒的な面白さを誇る傑作が復刊。（日下三蔵）

『新青年』名作コレクション 『新青年』研究会編

探偵小説の牙城として多くの作家を輩出した伝説の総合娯楽雑誌『新青年』。創刊から101年を迎え新たな視点で各時代の名作を集めたアンソロジー。

世界幻想文学大全
幻想文学入門 東雅夫編著

幻想文学のすべてがわかるガイドブック。澁澤龍彥、中井英夫、カイヨワ等の幻想文学案内のエッセイも収録し、資料も充実。初心者も通も楽しめる。

世界幻想文学大全
怪奇小説精華 東雅夫編

ルキアノスから、デフォー、メリメ、ゴーチエ、ゴーゴリ……時代を超えたベスト・オブ・ベスト。岡本綺堂、芥川龍之介等の名訳も読みどころ。

日本幻想文学大全
幻妖の水脈 東雅夫編

『源氏物語』から小泉八雲、泉鏡花、江戸川乱歩、都筑道夫……。妖しさ蠢く日本幻想文学、ボリューム満点のオールタイムベスト。

日本幻想文学大全
幻視の系譜 東雅夫編

世阿弥の謡曲から、小川未明、夢野久作、宮沢賢治、中島敦、吉村昭……。幻視の閃きに満ちた日本幻想文学の逸品を集めたベスト・オブ・ベスト。

文豪たちの怪談ライブ 東雅夫編著

「百物語」の昔から、時代の境目では怪談が流行る——泉鏡花没後80年、「おばけずき」文豪たちの饗宴を追う前代未聞の怪談評論×アンソロジー！

ゴシック文学入門 東雅夫編

江戸川乱歩、小泉八雲、平井呈一、日夏耿之介、澁澤龍彥、種村季弘——。「ゴシック文学」の世界へと誘う厳選評論・エッセイアンソロジーが誕生！

ゴシック文学神髄 東雅夫編

「オトラント城綺譚」「ヴァテック」「死妖姫」に詩篇「大鴉」……ゴシック文学の「絶対名作」を不朽の名訳で味わい尽くす贅沢な一冊！ 絢爛たる作品集。

ちくま文庫

妖精悪女解剖図《ようせいあくじょかいぼうず》　増補版《ぞうほばん》

二〇二一年五月十日　第一刷発行

著　者　都筑道夫（つづき・みちお）
編　者　日下三蔵（くさか・さんぞう）
発行者　喜入冬子
発行所　株式会社　筑摩書房
東京都台東区蔵前二―五―三　〒一一一―八七五五
電話番号　〇三―五六八七―二六〇一（代表）
装幀者　安野光雅
印刷所　三松堂印刷株式会社
製本所　三松堂印刷株式会社

ISBN978-4-480-43743-3　C0193